Enlevée par le destin

SHANNON MAYER

Enlevée par le Destin

Les Territoires Alpha – 1

Traduit de l'anglais
par Charline McGregor

roncière

Ce livre est une fiction. Toute ressemblance avec des personnages, lieux, organisations ou évènements existant ou ayant existé ne serait que purement fortuite.

RÉSERVÉ À UN PUBLIC AVERTI :
Agression physique / captivité / décapitation / description de cadavre / enlèvement / esclavagisme / exploitation sexuelle / langage grossier / meurtre / mort / sang / scènes à caractère sexuel explicite / suicide / tentative de viol / trafic d'êtres humains / violence explicite.

Enlevée par le destin – Les Territoires Alpha, tome 1
par Shannon Mayer

Ouvrage publié sous la direction de Coline Sorgue

TAKEN BY FATE (THE ALPHA TERRITORIES BOOK ONE)

Composition et mise en pages : PCA

ISBN (relié) : 978-2-38566-004-8
ISBN (broché) : 978-2-38566-003-1
ISBN (e-book) : 978-2-38566-005-5
Dépôt légal : janvier 2024

1re édition – 1er tirage

Imprimé en République tchèque par FINIDR en décembre 2023,
sur du papier issu de forêts gérées durablement.

À Christine Bell et Denise Grover Swank,
sans qui ce livre ne serait pas entre vos mains.

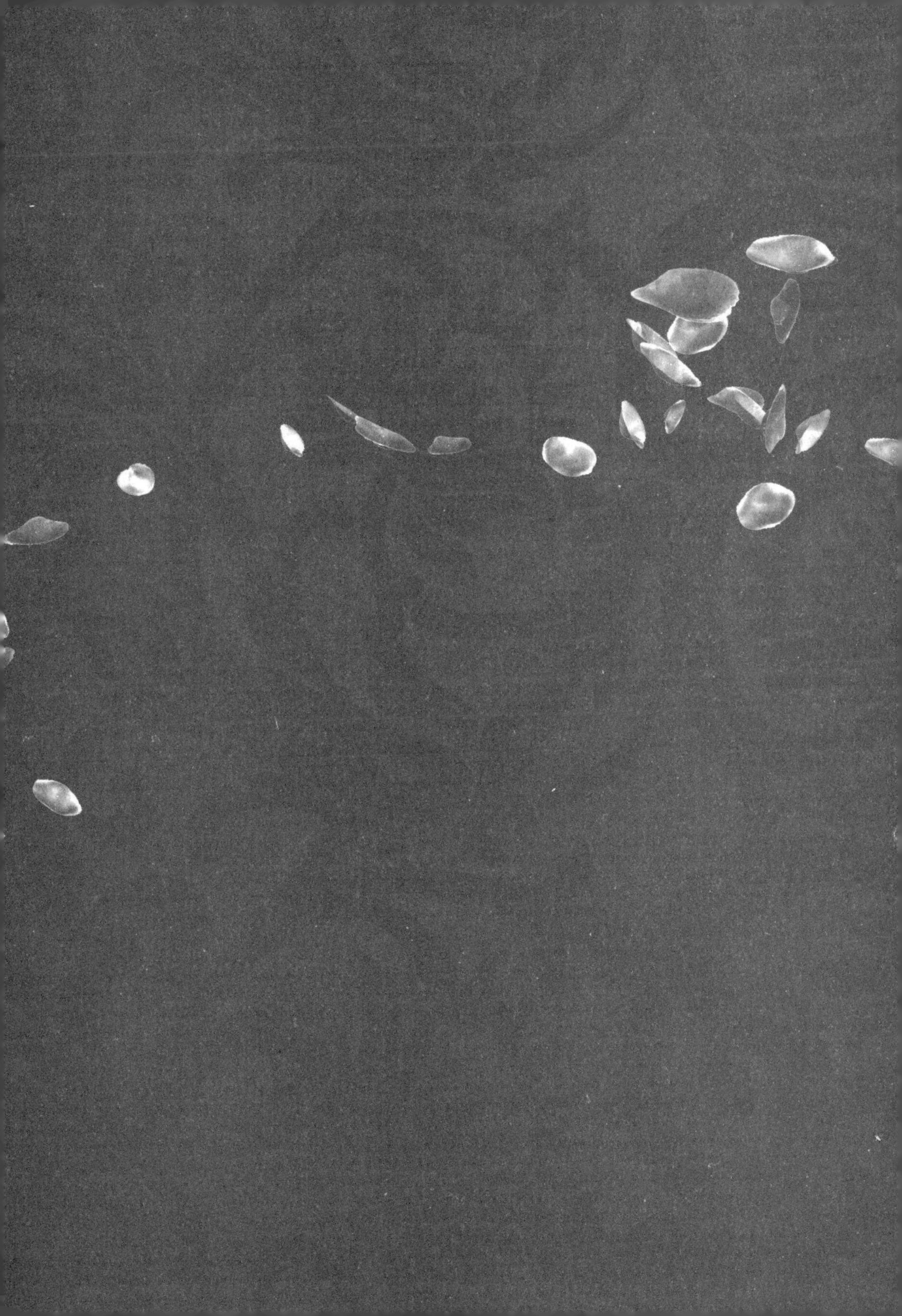

L'Empire de la Magie
LES
Fort septentrional
VAMPIRES
Baie Blackthorne
DuMont
Port Blackthorne
Aigues-douces
Château

Après la chute du Voile
OIRES ALPHA
rte
allée
Loups
Cabane
de la mère
de Dom
Belladone
Pont
frontalier
Donjon des
loups-garous
rne
Domaine des
Méridioventis

1
Sienna

Cela faisait quinze ans que le Voile entre *eux* et nous était tombé.

Quinze ans que les humains avaient compris : ils n'étaient plus au sommet de la chaîne alimentaire, au sens le plus littéral du terme.

Les fines menottes de fer qui m'enserraient les poignets étaient à leur tour reliées à celles de la fille devant moi et, puisqu'elle devait marcher sans s'arrêter, j'étais bien forcée de faire de même.

Je ne devais pas oublier que je m'étais laissé attraper. Parce que c'était ici que je devais être si je voulais retrouver Jordan. Il avait été enlevé au cours du dernier raid sur la Cinquième Avenue, pendant que j'étais occupée à danser. Je ne pouvais pas le laisser partir sans me battre. Sans chercher à le récupérer.

Il était ce que j'avais de plus proche d'un petit frère dans ma vie et à la pensée qu'il ait été kidnappé sous mon nez… mes tripes se nouèrent et je m'efforçai de me sortir ça de la tête.

Quatre rangées de femmes, toutes enchaînées ensemble. Dans la troisième à partir de la droite, je cherchais à voir par-delà celles qui se tenaient devant moi.

« Pourquoi on s'est arrêtées ?

— Qui sait ?

— Peut-être qu'ils vont nous laisser partir ? »

Cette question fut reçue par un éclat de rire.

En d'autres circonstances, j'aurais peut-être ri aussi. J'avais toujours apprécié l'humour noir. Cette fois, cependant, la potence était trop proche pour que j'aie le cœur à plaisanter.

L'espace d'un instant, la pluie se calma pour n'être plus qu'une bruine, mais un bruit d'eau attira mon attention. Je tournai la tête vers la colonne de jeunes femmes sur ma droite, qui s'avançaient en traînant des pieds, tout comme nous. Toute la palette de couleurs de cheveux, toutes en dessous de 30 ans, à première vue.

Mais ce fut la brune la plus proche de moi qui retint mon regard. Elle se vidait la vessie sans même lever les yeux, trempant sa robe blanche salie. Ses genoux flageolaient et une odeur d'urine, forte malgré la boue et la pluie, emplit l'air.

« Courage, lui murmurai-je. Rien n'est figé dans le marbre. Je parie qu'un grand nombre d'entre nous finiront simplement comme domestiques. »

C'était mon espoir : devenir servante chez les métamorphes, puis retrouver Jordan et nous échapper tous les deux. Au moins avais-je été en mesure de déterminer dans quelle partie des Territoires on l'avait emmené.

La jeune femme tourna vers moi ses yeux noirs, d'où s'échappèrent les larmes qui les mouillaient. « Mon frère aîné m'a vendue pour rembourser ses dettes de jeu. Avec les nouvelles règles, ma mère n'a pas pu l'en empêcher. Je ne devrais pas être ici. Je ne peux… je ne peux pas faire ça. »

À ses mots, la fureur explosa en moi. Qu'était donc devenu ce monde ? Depuis que le Voile était tombé et que les « Autres » avaient pris le contrôle, la vie de nous autres, humains, avait suivi la pente d'une lente spirale descendante. Mais ces deux dernières années...

Une chute vertigineuse.

Même si j'aurais aimé en faire intégralement retomber la responsabilité sur le dos des Autres, les humains s'étaient avérés tout aussi monstrueux que les créatures qui nous chassaient : les frères vendaient leurs sœurs, les maris sacrifiaient leurs épouses, les courtiers mettaient les gens aux enchères comme du bétail, au plus offrant.

Enfin, je n'étais pas là pour changer le monde. Moi, mon but était de retrouver mon ami et de nous ramener à la maison, bordel.

Je lâchai un soupir tremblotant et posai une main au creux des reins de la jeune femme, espérant ainsi lui apporter le peu de réconfort à ma disposition.

« Je suis désolée, ma belle. Vraiment. Mais tu vas t'en sortir, j'en suis sûre. Ça va aller. »

Bien entendu, je n'en croyais rien. En tout cas, rien ne me permettait de l'affirmer.

Pas avec toutes les histoires qui nous parvenaient des Territoires. Le sang et la mort. La torture et le viol.

On ne pouvait pas vraiment appeler ça un conte de fées, en dépit des gesticulations des autorités pour convaincre la populace du contraire.

« Je suis sûre que ton frère...

— Il se fout bien de moi. Et ma mère n'a pas vraiment cherché à s'opposer à lui. Mon départ, ça fait une bouche de moins à nourrir. »

Elle se tordit les mains, frénétiquement, ce qui fit cliqueter ses menottes.

Punaise, et moi qui pensais avoir la vie dure. Au moins mes parents avaient-ils eu la décence de mourir avant de me voir ici, dans cette situation. Enchaînée et envoyée se faire vendre aux enchères comme un animal.

Des haut-le-cœur en série déferlèrent sur la rangée, comme des dominos dont la chute est déclenchée par le précédent, en l'occurrence entendre ou voir vomir sa voisine.

« Merde ! » grommelai-je en serrant les dents.

Je détournai le regard : ce n'était pas le moment de faire preuve de faiblesse.

L'un des matons qui fréquentaient le bar où je dansais m'avait assurée que la prochaine cargaison était destinée aux loups-garous. Aux métamorphes. C'était leur tour de recevoir des filles et des gars au sang frais.

Ce qui signifiait que c'était ma chance ou jamais de parvenir jusqu'à Jordan.

Je m'étais arrangée pour qu'un bateau vienne nous attendre, deux mois après le jour où je pénétrerais dans les Territoires. Je touchai le bracelet de perles que j'avais au poignet. J'avais commencé avec soixante perles. J'en enlèverais une par jour pour ne pas perdre le décompte. Si je n'avais pas retrouvé Jordan quand arriverait le dernier jour… il ne me resterait plus qu'à partir sans lui.

Mais je refusais ne serait-ce que d'envisager cette possibilité.

Devant moi, la brune tremblait si fort que son corps secouait les chaînes qui la reliaient à la fille devant elle et à moi, dans son dos. Pourtant elle continuait à avancer de son pas traînant. Une traction sur mes propres fers me remit en marche, mais la fille aux yeux marron avait besoin d'un filin de sécurité.

Je pouvais remplir ce rôle pour elle, au moins pendant quelques minutes.

« Hé, je m'appelle Sienna. Et toi ?

— Hannah, répondit-elle en ravalant un sanglot. Tu penses vraiment qu'un grand nombre d'entre nous deviendront des servantes ? Je ne veux pas aller avec les loups. Ou les suceurs… de sang. » Elle avait baissé la voix et secouait rapidement la tête, comme si un refus catégorique pouvait la sauver.

Nos quatre groupes continuèrent à avancer dans la boue créée par les milliers de pieds qu'on avait envoyés dans les enclos qui servaient de cachots depuis la signature de notre traité avec les territoires Alpha, dix ans plus tôt.

Ce traité était simple. Notre camp sacrifiait des humains en échange d'une paix relative de la part de créatures qui pouvaient par ailleurs nous détruire si l'envie les en prenait. Elles pouvaient venir se réapprovisionner au besoin depuis le continent, du moment qu'elles ne causaient pas le chaos total en débarquant ni ne semaient la terreur et la pagaille dans les rues.

Vampires, loups-garous, fae, démons et déchus n'avaient pas le droit de circuler librement ici.

En théorie.

Un frisson me parcourut. « Je pense que tu as une chance de te retrouver avec les fae, peut-être même avec les ailés. Tu es très jolie et la beauté est très cotée, là-bas. » Du moins d'après ce que j'avais compris. Pour être honnête, je ne connaissais pas grand-chose sur ces enclos-cachots – ceux qui y entraient n'en ressortaient pas pour raconter leur histoire –, mais Hannah n'avait pas besoin de le savoir. Et elle n'avait pas non plus à savoir que nous allions toutes nous retrouver chez les loups. Inutile d'en rajouter à sa panique.

Le grondement du tonnerre au-dessus de nos têtes fut suivi par un violent éclair qui éclaira de son feu les colonnes de jeunes femmes avec pour toile de fond les enclos du littoral.

« Comment es-tu arrivée ici ? s'enquit Hannah entre deux sanglots. Tu as un accent. D'où viens-tu ? »

Je souris, sensation pour le moins étrange quand mon humeur s'apparentait plutôt à la crise dépressive. Car oui, la réalité était en train de s'imposer à moi.

Deux mois.

J'avais deux mois pour retrouver Jordan et nous faire sortir de là tous les deux.

« Mes parents sont morts peu de temps après la chute du Voile, quand le monde est parti en sucette. J'ai passé presque dix ans dans un orphelinat de Londres, avant qu'on m'annonce que je devais me débrouiller seule. Depuis, eh bien… j'ai arpenté l'Amérique du Nord. »

J'avais toujours eu la bougeotte, l'envie d'aller de l'avant. Je ne restais jamais très longtemps dans une ville. Juste assez pour me faire un peu d'argent en dansant, histoire que Jordan et moi puissions reprendre la route.

On savonne, on rince, on recommence.

S'attarder quelque part était une erreur idiote et un bon moyen pour attirer l'attention sur soi. Surtout à mon âge. Encore quelques années et je serais sortie de la catégorie la plus recherchée par les Ramasseurs.

« Tu cherchais un endroit sûr ? me demanda Hannah.

— Je cherchais quelque chose, sans doute. » Je haussai les épaules en me forçant à sourire.

Ce quelque chose, je ne pouvais le définir, mais je le sentais au fond de moi, me chuchoter que je m'en rapprochais un peu plus chaque jour. Que quelqu'un me cherchait, quelque part, avec autant d'acharnement que je mettais à le trouver. Une pensée saugrenue, je sais.

Je chassai ces réflexions d'un battement de paupières et plaquai un sourire sur mon visage. « Je me trouvais ici, à Seattle, j'essayais de retrouver une ancienne amie d'école. » Cette partie était véridique, elle aussi. « Rose, elle s'appelle. On était ensemble à l'orphelinat, à Londres. Bref, j'ai été prise dans une des opérations de ratissage que les Ramasseurs ont menées dans le centre-ville. »

Cette dernière partie, en revanche, n'était pas tout à fait vraie. J'étais devenue très douée pour échapper aux ratissages, mais cette fois, je les avais laissé m'attraper. Pour Jordan.

« Ah ! Ben dis donc, tu n'as vraiment pas de chance, hein ? »

J'étouffai un rire. « Oh, ma belle, si tu savais ! »

Ce fut peut-être mon rire qui fit tourner ma chance, ce jour-là, attirant la colère d'un dieu inconnu sur mon manque d'humilité. Parce que je croyais être plus maligne que les êtres surnaturels qui revendiquaient la possession de notre monde. Peut-être que si j'avais été plus discrète, plus modeste, je n'aurais pas eu à affronter mon pire cauchemar.

Je sentis une main se refermer sur mon bras et je me retournai : un gros costaud se tenait devant moi, bedaine volumineuse sous un T-shirt trop petit qui craquait aux entournures sous un épais gilet de peau, également trop petit. On aurait dit une saucisse trop farcie en train de moisir.

La bordure en fourrure de son gilet ainsi qu'un écusson orné d'une tête de loup le désignaient comme agent de liaison pour les métamorphes. Je dus ravaler un soupir de soulagement.

Je me rapprochais à grands pas de mon objectif. Jordan et moi n'allions pas tarder à être réunis.

« Toi, dans cet enclos, là-bas », grogna-t-il en me détachant sans ménagement.

Au-dessus de nous, le tonnerre aboya comme un chien enragé, dernier avertissement avant que des éclairs ne jaillissent et que le ciel ne s'ouvre. Un torrent de pluie se déversa soudain, comme si quelqu'un nous vidait un seau sur la tête.

Le Nord-Ouest était connu pour son temps pourri, mais là, c'était un peu beaucoup. Je levai une main pour adresser un doigt d'honneur aux nuages. Parce que bon, à ce stade, je ne serais même plus surprise qu'il se trouve une autre race, là-haut, qui se paie notre tête.

Comme si on n'en avait pas déjà assez pour nous en l'état.

Fae.

Loups-garous.

Anges.

Démons.

Et les pires de tous, à mon avis : les vampires. Ils étaient à l'avant-garde quand la guerre avait commencé, après la chute du Voile.

Non que la guerre ait duré longtemps.

Non, pas longtemps du tout.

La puissance combinée des cinq races, leur magie et le contrôle qu'elles exerçaient sur les éléments nous avaient remis à notre place en l'espace de quelques semaines, nous les humains.

Les gouvernements du monde entier et l'OTAN avaient imploré qu'on nous accorde une paix négociée, et ils l'avaient obtenue.

Un système d'échange : quelques vies sacrifiées pour épargner la majorité.

Je levai la main vers le grillage qui nous entourait. Un enclos parfaitement rond qui accueillait vingt-cinq femmes.

« Écoutez-moi toutes ! On a un enclos pour le sexe. Un enclos pour la nourriture. Un enclos pour les esclaves. Et le dernier… C'est celui où personne ne veut atterrir. » Le gros bonhomme au gilet éclata de rire. « Toujours pareil : les appâts. Vous ne voulez pas finir dans le dernier enclos. »

Appât.

Mon cœur se serra. « Putain », chuchotai-je. Je ne savais pas que ça faisait partie des possibilités.

Le gros lard fit le tour des cages, parlant assez fort pour être entendu par-dessus le tonnerre et la pluie. « Vingt-cinq femmes embarqueront sur le même bateau que vous. Mais au lieu de poser un pied sur les territoires de l'Empire, elles seront jetées par-dessus bord au-dessus des fosses de l'océan Pacifique.

— Quoi ? Pourquoi ? gémit une femme depuis l'enclos en face de nous. Pourquoi nous jeter à l'eau ? Pourquoi ne pas nous renvoyer chez nous si on ne sert à rien ? »

Nouveau rire du gros lard. « Pour servir de nourriture aux créatures surnaturelles des profondeurs, ma chère. Elles ont de l'appétit, elles aussi, figure-toi. Ça fait aussi partie de la paix négociée. Mais dont personne aime trop parler, tu vois ? On va pas dévoiler tous nos secrets. Ha ha, conclut-il sur un rire qui roula sur nous toutes, j'oubliais qu'aucune d'entre vous sera en mesure de révéler nos secrets à qui que ce soit ! »

J'étais si horrifiée qu'il me fallut lutter pour rester debout. Je pensais qu'on ferait de moi au mieux une servante, au pire une concubine ou le membre d'un harem. J'avais un plan en prévision de cette éventualité. Me faire pipi dessus, ça n'était rien, comparé aux extrémités jusqu'où j'étais prête à aller pour me rendre indésirable. Mais maintenant ? Tout avait changé à cause d'un seul mot.

Appât.

Appât ne figurait même pas sur ma liste de « Ce qui pourrait se produire si je partais à la recherche de Jordan ».

Parce que personne ne revenait des enclos pour raconter ce qui s'y passait.

Je me cramponnai à la clôture, inspirant une grande bouffée d'air malgré la panique qui enflait, pour me concentrer sur le sentiment que j'avais en tête et qui me certifiait que c'était la bonne décision. Je devais aller chercher Jordan. Il avait besoin de moi.

La voix douce et mélodieuse d'une des femmes s'éleva autour de nous tandis que la pluie s'abattait sur nos corps, ruisselant sur les cheveux, la peau, les vêtements.

Je m'enveloppai de mes bras pour me réchauffer un peu et m'accordai un moment de paix au son de cette mélopée lancinante qui s'élevait au-dessus des enclos puants.

« Cent femmes dans des enclos parquées
Cent lancers de dés
Toutes en vie ne seront pas laissées, mais toutes sacrifiées
Pour maintenir la paix
Pour que le sang cesse de couler
Cent femmes dont les larmes inondent une à une
À chaque phase qui vient, elle est proche, ton infortune,
Un millier de larmes, pour la plus pleine des lunes. »

« Faites venir cette chanteuse, tonna une voix au-dessus de la tempête. Les enchérisseurs veulent être divertis. »

Et il n'en fallut pas davantage : l'une d'entre nous était sauvée. Pour le moment du moins. Parce qu'elle avait réussi son coup. Elle les avait charmés.

« Merde et remerde », marmonnai-je.

À moins que les enchérisseurs ne veuillent d'une fille débitant des jurons à la chaîne dotée d'une certaine tendance à chercher les ennuis, j'étais dans le pétrin.

Il ne m'était jamais venu à l'esprit que je puisse avoir besoin d'un maudit talent de chanteuse quand j'avais laissé les Ramasseurs m'embarquer. Je m'étais dit qu'un coup d'œil leur permettrait de comprendre que j'étais bien loin des beautés qu'ils recherchaient et que je deviendrais la servante d'une meute de grandes gueules. Fastoche.

Avant de pouvoir approfondir mes réflexions, je sentis qu'on tirait sur mon T-shirt. Je me retournai : Hannah se tenait derrière moi, d'une pâleur de linceul, ses grands yeux ronds sous l'effet du choc. Indifférente au fait que je la connaissais à peine, je jetai mes bras autour d'elle et la serrai contre moi – peut-être avais-je autant besoin de son contact qu'elle du mien en cet instant. Elle enfouit son visage dans le creux de mon épaule.

« J'ai tellement peur. Sienna, qu'est-ce qu'on peut faire ? Je ne sais même pas nager ! Et encore moins chanter ou... »

Je m'efforçai de la calmer, tandis que les femmes qui nous entouraient avaient les yeux rivés sur nous. « Je sais. On est toutes dans le même bateau, ma belle. Tout ce qu'on peut faire, c'est en tirer le meilleur parti.

— Le meilleur parti ? grogna une voix à l'autre extrémité de l'enclos. Il n'y a pas de meilleur parti, espèce d'idiote. »

Une femme, probablement plus jeune qu'elle n'en avait l'air, s'approcha de nous. Ses cheveux, autrefois blonds, étaient pleins de nœuds et une plaque avait été arrachée sur un côté, laissant une zone de peau chauve à vif. Elle boitait lourdement de la jambe droite.

« Cet endroit, c'est la mort, même si on ne te jette pas dans l'océan en guise de droit de passage.

— De droit de passage ? répéta Hannah, décontenancée.

— C'est le prix que paie le bateau pour convoyer le reste des filles dans les Territoires. Des appâts. Vous avez entendu le gros lard, non ? » Elle sourit, dévoilant des dents incroyablement blanches et régulières, qui ressortaient étonnamment sur son visage crasseux.

« Mais tu t'imagines que tu vas vivre plus longtemps si tu échappes à l'océan ? Les loups-garous ont des jeux bien à eux : ils organisent des chasses aux humains qu'ils choisissent. Les fae te regardent comme un insecte à écraser ou à enfermer dans un bocal, enfin, si tu présentes assez d'intérêt pour être étudiée. »

Sa voix avait gagné en puissance, si bien que les femmes alentour s'étaient tues pour l'écouter.

« Et les anges ? Ils ne valent pas mieux que leurs cousins démons. Lumière et ténèbres, ce sont deux sortes de démons qui n'aspirent qu'à détruire ton âme tout en laissant pourrir ton corps, ajouta-t-elle, désignant mes cheveux dont elle osa tirer une longue mèche. Mais les pires, ce sont les vampires. On le sait toutes. Ils boivent ton sang. Ils te baisent jusqu'à ce que tu perdes connaissance. Et puis, quand ils se sont lassés de toi, ils te donnent à manger à leurs animaux de compagnie. Des abominations de leur cru. Des créatures qui ressemblent à des dragons et qu'ils appellent des Chasseurs. Des dévoreurs, plutôt, oui. Au moins, à la chasse, les proies, c'est-à-dire nous, ont une chance de s'échapper. »

J'avais les mains froides à présent, la pluie qui tombait à seaux devenait glaciale, mais je n'y prêtais guère attention, tant les paroles de la femme s'insinuaient profondément dans mon cœur et ébranlaient le peu de confiance qui me restait.

« Comment tu sais ça, vu que tu n'y es jamais allée ? Tu ne serais pas ici, sinon », objectai-je.

Quelques prisonnières firent entendre des murmures d'approbation.

La femme ricana. « Mon homme était l'un des gardes du port. Il est au courant. Il connaît les histoires et il me les a racontées sous le sceau du secret.

— Comme ça se fait que tu as atterri ici, alors ? lança une rouquine aux yeux d'un bleu très vif. Si tu te tapes un garde du port, pourquoi tu n'es pas épargnée ? »

La blonde fit la moue. « Parce qu'il a décidé qu'il voulait se débarrasser de moi et d'un enfant non désiré, répondit-elle en passant la main sur un petit ventre légèrement bombé. C'était le moyen le plus simple, faut croire. »

À côté de moi, Hannah tremblait si fort qu'elle finit par tomber à genoux.

« Je… je ne suis pas assez forte. Je n'y arriverai pas, Sienna. Je ne peux pas. Ma mère disait… qu'il y a toujours un moyen de s'en sortir. »

Ses propos devenaient incohérents. Je me tournai vers elle et vis qu'elle portait une main à ses cheveux. Mon cerveau bataillait toujours pour déterminer le sens de ses paroles lorsqu'elle retira une épingle de ses mèches brunes. Longue, fine et taillée en une pointe dangereusement effilée.

Elle planta ses yeux dans les miens. « Sois courageuse pour nous deux, Sienna. »

Et d'un geste vif, elle se plongea l'épingle acérée dans la gorge. Un gargouillis lui échappa et elle bascula sur le flanc, avant de retirer l'épingle. Le sang jaillit de la plaie. Je me laissai tomber à genoux à côté d'elle.

« Hannah, non ! » Je pressai les mains sur sa gorge, mais c'était trop tard. Elle s'était sectionné une artère et son sang chaud empoissait mes mains glacées.

Une série de cris s'éleva autour de moi, alors que les yeux de Hannah croisaient les miens une dernière fois. Sa bouche remuait sans qu'aucun son n'en sorte.

« Sois forte. Sois forte. Sois forte. »

Je vis, à l'instant où la vie la quitta, la lumière vaciller dans ses yeux marron foncé, ses pupilles s'éteindre de la façon la plus étrange qui soit. Comme si un nuage avait glissé devant elles au moment où son âme la désertait.

« Lâche-la ! »

Des mains rudes et calleuses me saisirent par l'épaule et je fus projetée loin de Hannah, dans le mélange de boue, de pisse et de merde qui tapissait le sol des enclos.

En me retournant, à quatre pattes, je vis les gardiens des enclos emmener Hannah en la traînant par une cheville.

« En voilà une qui fera appât. Facile ! » aboya celui qui la trimballait.

Je fermai les yeux, le temps de refouler mes larmes. Non que Hannah n'ait pas mérité mon chagrin, mais… elle avait raison. Je devais être forte pour nous deux.

Pour Jordan et moi.

J'entendais presque sa voix, me remontant le moral comme il le faisait toujours.

« Si quelqu'un peut le faire, c'est toi, Ceecee. »

Je plantai mes mains dans la boue pour me relever et là, sous ma paume, je sentis quelque chose d'effilé, de dur, de métallique. Je refermai les doigts autour de ce qui ne pouvait être que l'épingle à cheveux que Hannah avait conservée au nez et à la barbe des gardes.

Évidemment, les armes n'étaient pas autorisées, mais elle avait réussi à faire passer celle-ci.

L'extirpant avec précaution de la boue, je l'essuyai sur mon T-shirt, afin d'enlever l'essentiel de la crasse et du sang de Hannah. Dorée, l'épingle avait un papillon gravé dans sa partie la plus épaisse.

« Vole vers la lumière, fille-papillon », murmurai-je en passant les mains derrière ma tête pour entortiller l'épaisse masse de mes cheveux et y enfoncer l'épingle.

Une arme, aussi insignifiante soit-elle, pourrait me donner l'avantage. Et peut-être donnerait-elle aussi un sens à la mort horrible de Hannah, si je parvenais à rester en vie, retrouver Jordan et m'échapper avec lui.

« Ohé, vous autres ! En rangs ! » Saucisse-moisie était de retour, avec son gilet en fourrure.

Une petite lueur d'espoir s'alluma en moi. Il ressemblait exactement à ce qu'on pouvait attendre de quelqu'un qui travaillait pour le clan des loups-garous, si l'on pouvait se fier à ses vêtements et à l'odeur de chien mouillé qui émanait de lui.

Ce devait être le tour des loups d'enchérir sur nous.

« Tiens bon, Ceecee. On y est presque. »

Je me relevai en un clin d'œil et me rangeai avec les autres. Ce n'était pas le moment de leur montrer que j'étais différente des autres femmes. Que j'avais un objectif. Une raison d'être ici. Cela viendrait, il me suffisait d'être patiente. Je relâchai lentement mon souffle et avançai d'un pas, puis d'un autre quand mon tour arriva.

Le gros lard leva une main. « Nom, âge, talents particuliers ? »

Bon, ce n'était pas le moment, seulement la peur et le choc me rendirent… impertinente.

« On est au concours Miss Amérique ? Parce que je n'ai pas apporté de bikini, lançai-je, avant de feindre un petit cri en portant une main à ma bouche. Bon Dieu, comment vais-je faire ? »

Il avait beau être gros, il se déplaçait vite. Sa main surgit et il me talocha, en plein dans la tempe, ce qui me sonna littéralement les cloches.

« Nom, âge, talents particuliers. Maintenant. À moins que tu veuilles finir direct dans la poubelle à appâts avec ta petite copine, là-bas. »

Il m'attrapa la tête et la fit pivoter pour me forcer à regarder la pauvre Hannah, effondrée en un tas entre les enclos.

Ses yeux vitreux me renvoyèrent mon regard.

L'espace d'un instant, je vis Jordan à sa place, recroquevillé, les yeux vides.

Non, non, je refusais de croire qu'il était mort.

« Sienna, 21 ans. » Je marquai une pause, le temps de trouver un domaine où j'étais douée. Bien sûr, la danse faisait partie de cette courte liste, mais qu'est-ce qui pouvait bien faire envie à des loups-garous ? « Je suis, euh… douée avec les animaux ? »

Il lâcha un ricanement dégoûté, avant de me faire avancer d'une bourrade dans le dos. « Suis les autres. Et putain, bonne chance, avec un talent comme le tien ! »

Et ce fut tout. Pas d'autre indication.

Après quoi on me poussa dans un étroit sentier entre des enclos pleins de femmes en pleurs. Je baissai la tête, en proie à un mélange d'indignation et de chagrin. Les larmes qui coulaient de mes yeux étaient chaudes, elles brûlaient mes joues froides tandis que je gravissais péniblement une petite série de marches pour me retrouver sur une plate-forme. Je tentai d'entrevoir la galerie de sièges qui se trouvaient devant nous, mais des projecteurs s'allumèrent au sol, nous empêchant efficacement de voir quoi que ce soit, humain ou autre, à part nous les prisonnières.

« Ils ont emmené des hommes chez les loups le mois dernier, donc c'est à notre tour, les femmes, de rejoindre la meute.

— Comment en es-tu si sûre ? »

Je regardai autour de moi et avisai la femme qui avait déclaré avoir été la maîtresse d'un garde.

« Parce que Robbie me l'a dit, répondit-elle avec un sourire narquois, avant de se caresser une nouvelle fois le ventre. C'est ce qu'il pouvait faire de mieux pour moi. Ils aiment les pondeuses, dans les meutes de loups. »

Une vague glacée me traversa à la vue de son ventre arrondi. Robbie était-il du genre à vouloir vraiment aider la mère de son bébé ou plutôt à s'en débarrasser une bonne fois pour toutes ?

Les femmes devant moi se balançaient d'un pied sur l'autre sans bruit. Des chuchotements frénétiques émergèrent bientôt, alors que j'entendais, en contrebas, le discret murmure de voix masculines dans le public et le grincement de chaises.

Les enchérisseurs.

Les loups-garous.

Ils nous voyaient, mais nous ne pouvions les voir.

Le cœur battant, je m'efforçai de les distinguer.

« Est-ce que l'une d'entre vous les voit ? » demandai-je.

Quelqu'un m'intima le silence, mais un nouveau sentiment d'effroi me submergea de la tête aux pieds. Il fallait que je voie les enchérisseurs.

Je me frayai un chemin prudent à travers les rangées de femmes. Personne ne tenta de m'arrêter, cela dit.

Personne ne voulait se retrouver au premier rang.

À part l'idiote que j'étais.

Je m'immobilisai au bord de la plate-forme et fixai des yeux les ténèbres d'encre, la gorge nouée par le désespoir. Si je parvenais à poser ne serait-ce qu'un instant les yeux sur eux, peut-être la terreur affreuse qui m'étreignait refluerait-elle un peu. Au moment où je pensais ne plus être capable de la supporter une seconde de plus, l'un d'eux fit un pas dans la lumière. Ma bouche s'ouvrit et se referma sans bruit, tandis que je dévisageais un homme que j'avais vu bien trop souvent en rêve.

Des yeux couleur chocolat noir, des cheveux noirs comme la nuit, un visage qui aurait certainement pu être sculpté dans la pierre par Michel-Ange en personne…

Dans tous les rêves que j'avais faits de lui, je m'étais enfuie. Il m'avait toujours rattrapée, ses mains serrées autour de ma gorge dans un geste où la colère était palpable, même à travers le sommeil.

Il y avait pire que tout ça, néanmoins…

Des crocs, luisant à la lumière comme des perles soigneusement polies, aiguisés et affutés pour le meurtre, pointaient légèrement de sous sa lèvre supérieure.

« Oh, putain », chuchotai-je.

Tous les espoirs que j'avais pu nourrir s'envolèrent, remplacés par l'horreur. Non seulement j'étais vendue aux créatures les plus sadiques de tout l'Empire de la Magie, mais je savais maintenant que le monstre de mes cauchemars avait pris vie.

Et que je ne pourrais pas lui échapper en me réveillant.

2
Dominic

Ses cheveux étaient emmêlés et si sales qu'on aurait été bien en peine de leur donner une couleur. Son corps, dissimulé sous une robe en lambeaux qui semblait avoir jadis été un sac, dessinait des courbes plantureuses, à mille lieues de ce qui était actuellement à la mode dans le royaume. Ces pensées s'évanouirent à l'instant où les yeux de la fille plongèrent dans les miens et où sa bouche forma un joli « O ».

Ses yeux de miel liquide m'aspirèrent.

« Oh, putain », chuchota-t-elle d'une voix rauque qui s'enfonça en moi aussi profondément qu'un piolet en plein torse.

Mon pouls grimpa en flèche et je retins mon souffle pour arrêter littéralement de respirer. Mes crocs sortirent d'eux-mêmes, comme si j'étais redevenu un adolescent incapable de se contrôler. Je parvins à détourner le regard dans la fraction de seconde qui suivit, mais ça avait suffi à la graver dans mon esprit.

Une cloche retentit, signalant le début de la vente aux enchères, et la jeune femme aux yeux de miel fut poussée à l'arrière du groupe de femmes. Disparue de ma vue, mais certainement pas de ma mémoire.

Que venait-il de se passer, bordel ?

Anthony avait-il versé quelque chose dans mon verre ? Je me retournai brusquement pour l'examiner, mais il était en train de causer avec Raven, un vampire qui régnait pour l'heure sur la région de Seattle.

Anthony, comte de DuMont, incarnait tout ce qui dysfonctionnait sur notre territoire : le faste et la grandeur, les excès et les divertissements extravagants. Sachant pourtant qu'on allait devoir patauger dans la boue, la merde et la pisse pour parvenir jusqu'ici, Anthony portait des bottes ouvertes de cuir verni brillant, un pantalon de velours, un manteau de soie assorti d'une lavallière et d'une cape d'un bleu éclatant. J'aurais payé cher pour le voir à cheval, sur le point de partir au combat sous des trombes d'eau tombant du ciel. J'étais prêt à parier qu'il se serait pissé dessus avant même le premier coup de clairon.

Alors qu'ayant mis fin à sa conversation, il se dirigeait vers moi, son pied glissa et il chercha à agripper le bras de Raven pour se retenir. Dégoûté, je levai les yeux au ciel. Les vampires étaient censés être rapides. Gracieux. Le Voile était tombé quinze ans plus tôt, démasquant les créatures surnaturelles qui gouvernaient le monde en secret depuis très longtemps. Quinze ans que nous étions passés de la clandestinité à la vie au grand jour, et ces quinze ans avaient ramolli mes frères, au premier rang desquels Anthony.

« Ça promet d'être amusant », me lança-t-il quand il se fut enfin choisi un itinéraire à travers le merdier pour prendre un siège à côté de moi.

En guise de réponse, je lâchai une espèce de grognement qui pouvait bien vouloir dire n'importe quoi.

Selon moi, cet endroit était l'exemple parfait des changements qui ne plaidaient pas en notre faveur depuis la chute du Voile. Auparavant, nous venions sur le continent pour trouver de la nourriture et des serviteurs, mais nous étions plus discrets. Nous choisissions les meilleurs et nous les emportions sans que personne n'en sache rien. Désormais, les autres factions surnaturelles et nous ne faisions plus mystère de notre utilisation des humains : ils nous servaient de nourriture, de serviteurs et de divertissement. Et assez souvent, les trois à la fois.

Je détestais le marché et la vision de ce que l'humanité avait de plus vil qu'il offrait. Je détestais la puanteur et la crasse. Je détestais les suppliques et les pleurs, pour des raisons que je me refusais à explorer. Il me faudrait une heure pour ôter la boue des crevasses et fissures de mes bottes de cuir, tâche dont je me chargerais moi-même, sans recourir à un serviteur humain. Un guerrier se devait d'avoir un équipement impeccable et les bottes en constituaient un élément essentiel.

Je n'avais eu aucune envie d'entreprendre ce voyage et je n'en avais certainement aucune de passer du temps en compagnie d'Anthony. Nous étions arrivés la veille et, dans la soirée, il avait insisté pour que je me joigne au dîner qu'il prenait avec ses amis. Devant mon refus, il avait joué la carte de la responsabilité sur ce ton pleurnichard qu'il affectionnait.

« Je croyais que votre rôle était de me protéger, général. Dérogeriez-vous à vos devoirs ? »

J'avais été à deux doigts de lui faire remarquer que j'étais là pour protéger la cargaison, pas lui, au lieu de quoi j'avais tenu ma langue et participé à sa « soirée », comme il l'avait appelée, à manger une nourriture trop riche avec une série de femmes en guise de dessert.

Anthony et ses petits camarades aimaient baiser leur nourriture, mais ça n'avait jamais été mon style, ce qu'il savait très bien. J'avais donc bu son vin épicé au sang humain, tout en regardant la débauche environnante avec un dégoût à peine voilé. Une fois mon verre de vin vidé, je m'étais levé pour partir. Étudier les cartes maritimes, déterminer à quels endroits nous risquions d'essuyer une attaque lors de notre voyage de retour m'apparaissait comme une manière plus utile de mettre à profit le temps dont je disposais.

En me dirigeant à grands pas vers la porte, j'avais senti les yeux d'Anthony sur moi. Le sexe fiché dans la femme sur ses genoux et les crocs plantés dans sa jugulaire, il semblait en extase. Je n'avais pu m'empêcher de me demander si une partie de sa joie ne naissait pas du spectacle de mon départ.

J'étais Dominic Blackthorne, général de l'armée du prince héritier et bâtard du roi Stirling. Les types dans le genre d'Anthony ne se lassaient jamais de me rappeler qu'on ne me légitimerait jamais. On n'avait jamais été amis et on ne le serait jamais, du coup je me demandais bien à quel jeu il jouait. Car s'il y avait bien une chose que je savais à propos de ce type, c'était qu'il intriguait en permanence, toujours à l'affût du prochain échelon à gravir dans notre société.

Lors de son dernier voyage pour se procurer des humains, son navire avait été attaqué sur le chemin du retour. Tous les humains avaient été capturés et quatre de mes gardes tués – un exploit en soi pour quiconque n'est pas surnaturel. Anthony avait regagné la cour avec un récit sur le danger qu'il avait affronté, mais incapable de donner une description des tueurs, vu qu'il s'était terré dans sa cabine pendant tout ce temps. Le seul indice qu'il avait été en mesure de fournir, c'était sa certitude d'avoir entendu des grognements d'animaux. Ce qui, bien sûr, désignait sans grande subtilité nos voisins loups-garous et ajoutait de l'huile sur le feu d'une situation déjà tendue.

Il avait exigé que je l'accompagne dans ce voyage-ci, afin de lui servir de garde du corps. Parmi tous les candidats possibles à cette fonction, j'avais été pour le moins surpris qu'il cite mon nom.

Si j'avais accepté de participer à cette expédition, ce n'était pas pour protéger la vie du comte de DuMont, comme il lui plaisait de le croire, mais pour m'assurer que je ne perdrais pas d'autres éléments parmi mes troupes, et accessoirement voir si les auteurs de la première attaque allaient récidiver.

Même s'il n'était pas impossible que les loups-garous soient derrière l'incident, j'en doutais. Je penchais plutôt pour les Vanators. Les chasseurs de vampires s'étaient multipliés au cours des quinze dernières années. Toutefois, ils n'avaient pas pour habitude d'attaquer par bateau, préférant le couvert de l'obscurité sur la terre ferme. Et pourquoi s'étaient-ils arrêtés en pleine attaque ? Si leurs forces étaient assez puissantes pour tuer quatre de mes hommes, pourquoi ne pas éliminer tout le monde sur le vaisseau, y compris Anthony ?

Trop de questions demeuraient en suspens à mon goût et la situation m'inspirait un sentiment de malaise général. Le même que j'avais ressenti avant chaque bataille au cours de ma vie.

Une guerre s'annonçait, même si j'étais le seul à en sentir le grondement sous mes pieds.

M'obligeant à revenir au présent, je me concentrai sur l'estrade devant moi.

Bien que ce soit leur tour, les loups-garous avaient renoncé à cette cargaison. Elle était donc pour nous. En tant qu'émissaires du prince héritier, Anthony et moi étions seuls au premier rang. Derrière nous se trouvaient une dizaine de vampires ayant choisi de ne pas habiter l'Empire et de rester sur le continent, disséminés parmi les humains, pour servir d'intermédiaires entre le roi et le gouvernement humain.

J'adressai un signe de tête aux quelques personnes que je reconnus, lesquelles opinèrent en retour, mais mon esprit revint bien vite à la fille aux yeux d'or.

Il allait falloir que je tire un coup en rentrant à la maison. Ça faisait un moment, mais j'avais été occupé et le sexe était la dernière de mes préoccupations. Apparemment, j'allais devoir mettre un terme à ma période d'abstinence, si j'avais une trique d'enfer à la simple vue d'une souillon déguenillée. Non sans me moquer de moi-même, je rajustai mon sexe revenu à la vie.

L'organisateur des enchères avait appris à ses dépens qu'il valait mieux isoler les surnaturels, et les vampires se voyaient souvent accorder ce qu'il y avait de mieux en raison de leurs poches bien garnies. À en juger par l'apparence des femmes gardées dans les enclos, cependant, j'avais de sérieux doutes que ce soit le cas aujourd'hui.

Peut-être cela expliquait-il pourquoi les loups-garous avaient renoncé à leur tour ?

Une fois qu'on fut assis, le commissaire-priseur fit un signe de tête à Anthony, puis s'adressa à la foule.

« Vous savez tous comment cela fonctionne. On présente le premier spécimen, on la laisse montrer sa marchandise, puis vous enchérissez. »

Alors la séance débuta.

Je refusais de me demander qui finirait avec la femme aux yeux de miel. Peut-être Raven. Il appréciait les exotiques.

J'avais déjà assisté à des ventes aux enchères, avant qu'on isole les surnaturels, mais l'expérience remontait au moins à cinq ans. Pourtant, rien ne semblait avoir changé.

Quelqu'un se saisit d'une femme, sur le côté de la scène, et la tira vers l'avant. Elle résista, agitant les bras et poussant de petits cris qui ne firent qu'exciter davantage les vampires autour de moi. Le frisson de la chasse leur manquait et ils lapaient sa peur comme des chatons du lait tiède.

Les auxiliaires de la vente aux enchères la traînèrent au centre de la petite plate-forme qui servait de scène.

La terreur emplissait ses yeux marron et son cœur battait plus fort que celui des autres femmes. Plus vite. Plus proche.

Les yeux d'Anthony se mirent à flamboyer, il se pourlécha les babines, passant et repassant la langue sur la pointe d'un croc.

Avant même qu'il fasse une offre, je savais qu'il allait chercher à l'acheter. Et qu'il l'utiliserait d'abord, puis la remettrait avec le groupe avant que le bateau n'accoste. Enfin, à condition qu'il ne l'ait pas tuée. Ce ne serait pas la première fois. Cela dit, je devinais qu'il serait plus prudent au cours de ce voyage, du fait de ma présence.

Réflexion qui fit rejaillir en moi la même question : pourquoi, en réalité, avait-il demandé à ce que je participe à ce voyage ?

Il l'achetait pour le royaume et Anthony entendait payer le moins possible de sa poche. Il n'aurait aucune envie de rembourser le roi pour une humaine morte.

« Comment t'appelles-tu ? » demanda le commissaire-priseur à la femme dont deux auxiliaires tenaient les avant-bras pour l'empêcher de s'enfuir.

Elle regarda la foule, les yeux écarquillés, clignant des paupières sous les projecteurs braqués sur elle, mais ne répondit rien.

« Très bien, on va donc t'appeler Daisy, grommela le commissaire-priseur avant de se tourner vers l'assistance. Daisy a l'air d'avoir entre 20 et 25 ans, mais il semble qu'elle ait donné naissance à au moins un enfant. Elle pourrait donc convenir pour les programmes de reproduction que vous avez peut-être en cours.

— Lâchez-moi ! » hurla la femme, qui tenta de se libérer des deux hommes, en vain.

Le commissaire-priseur s'approcha d'elle. « Sa force physique paraît inférieure à la moyenne, vous n'en tirerez donc pas grand-chose en matière de travail manuel, mais elle est canon. » Il lui saisit le menton, l'obligeant à relever le visage afin qu'on puisse l'observer, ses longs cheveux bruns pendant dans son dos en un épais rideau. Après quoi, il attrapa le col de sa tunique, qu'il déchira en deux par le milieu. Les deux hommes la débarrassèrent des restes du vêtement, puis lui tinrent les bras pour l'empêcher de couvrir ses seins nus.

« Chouettes nibards, poursuivit le commissaire. Je dirais donc bonne pour la baise ou la bouffe. À moins que vous ne souhaitiez l'avoir pour les deux. »

Anthony en bavait presque, pourtant il demeura silencieux quand d'autres lancèrent les premières offres.

« 200, attaqua un type.

— 300. »

Les enchères se poursuivirent un moment, avant de ralentir. Le commissaire-priseur lança : « Est-ce que j'entends 1 200 ? Une fois, deux…

— 1 300, le coupa Anthony d'une voix claire et suffisante.

— 1 400 », enchérit une voix derrière nous.

Raven.

Anthony ouvrit la bouche pour continuer à enchérir, mais je lui pris le bras et le serrai en guise d'avertissement.

« Ça suffit », marmonnai-je à travers mes dents serrées.

Son regard se voila de fureur et il ouvrait déjà la bouche pour me défier, mais quelque chose dans mon expression dut l'en dissuader, car il déglutit péniblement et opina.

« Bon, d'accord. Je me disais qu'on aurait pu se la partager sur le long chemin du retour. »

Ce connard n'avait aucune idée de ce qu'était un long voyage. « On n'en a que pour deux jours de traversée, Anthony. Et on n'a pas le droit de toucher les femelles avant qu'elles aient été revendiquées, après la fin des Jeux de la moisson.

— Les Jeux de la moisson n'ont pas encore commencé, objecta-t-il, sourcils froncés.

— C'est un détail, comme vous le savez pertinemment. On ne touche pas aux femmes, compris ? » Je le fixai du regard jusqu'à ce qu'il détourne les yeux.

« Rabat-joie. »

Notre conversation sur sa tentative de détournement des fonds royaux attendrait qu'on soit remontés à bord et hors de portée d'oreille.

Le commissaire-priseur remit Daisy à son acheteur, puis il présenta la femme suivante. Prénommée Becky, elle était coiffeuse.

« D'après Amelia, on a besoin de quelqu'un pour faire des chignons aux autres nanas, déclara Anthony, pensif. Surtout avec l'approche des Jeux de la moisson. Elle pourrait s'avérer utile, celle-là. »

Je détournai les yeux, déjà lassé par cette conversation et, curieusement, irrité par le nom de ce qu'on appelait autrefois les Essais. Si le royaume dégénérait à force d'opulence, les Jeux de la moisson en étaient la plus grosse manifestation. Une énième manière de se moquer des humains en faisant croire à une femme qui se battait pour une place dans notre monde qu'elle avait la moindre chance d'accéder à la véritable liberté.

Anthony fit une offre sur Becky et la remporta.

Un défilé de femmes se succéda sur la scène, presque toutes dénudées afin que l'acheteur sache à quoi s'en tenir. Certaines tentaient de se couvrir de leurs mains écartées, mais d'autres demeuraient fièrement dressées, le menton haut, la peau hérissée par le froid.

Plutôt que de me concentrer sur elles, je laissai mon esprit vagabonder vers le voyage de retour. Si c'étaient bien les Vanators qui avaient attaqué la dernière fois, travaillaient-ils avec un autre groupe surnaturel ? Peut-être s'étaient-ils alliés aux loups-garous dans le but de nous duper ?

Les vampires étaient au sommet de la hiérarchie et tout le monde convoitait notre place. C'était nous qui négocions avec les humains, au nom de tous les Territoires. Ceux qui s'en étaient pris au bateau, qui qu'ils soient, disposaient d'un équipement ayant nécessité un gros budget. Il pouvait s'agir des métamorphes de l'est de notre royaume, chez qui les tensions étaient vives et l'animosité prête à déborder.

Enfin – pas trop tôt ! –, il ne resta plus qu'une femme.

La fille aux yeux d'or.

Deux hommes la traînèrent sur le devant de la scène et mon sang se remit à pulser d'une manière qui me déplut. Ils ne prirent pas la peine de lui ôter ses vêtements. Elle les toisait de ses yeux étincelant d'un feu magnifique. En la voyant serrer les poings, je m'efforçai de ne pas rire de cette attitude de défi.

Du moins jusqu'à ce que l'un des auxiliaires agrippe sa chemise et qu'elle lance un poing.

Droit dans le nez du type.

Le sang jaillit aussitôt. Le gros au gilet en peau de loup hurla en tournant sur lui-même, chancelant. Plus d'un vampire soupira discrètement quand monta l'odeur du sang frais. Tous étaient assez âgés pour se contrôler, mais tout de même…

Le gros s'était ressaisi et relevé, du sang lui dégoulinant sur les lèvres. « Espèce de salope ! hurla-t-il. Je vais te tuer ! »

Elle ne prit pas la fuite et je ne pus m'empêcher de hausser un sourcil en la voyant lever les deux poings. « Vas-y, essaie. »

Anthony se leva de son siège, un mouchoir pressé sous son nez, comme si ce sang l'offensait. Je lui posai une main sur l'épaule et le poussai rudement sur son siège, au point même qu'il rebondit.

« Vous allez manquer le spectacle. Je suis curieux de voir comment elle va se défendre, déclarai-je.

— Tu veux parier, mon vieil ami ? s'esclaffa Raven dans mon dos.

— Bien sûr, répondis-je en hochant sèchement la tête. On parie quoi ? »

Raven se rapprocha de moi. « Si elle perd, je l'emmène et elle devient ma servante. Si elle gagne, tu l'achètes pour les Jeux de la moisson. Tu imagines l'agitation qu'un pétard comme elle suscitera chez la duchesse quand elle tentera d'en faire une dame ?

— C'est une perte de temps, grommela Anthony. Cette nana, c'est au mieux un appât. Il suffit de la regarder. »

J'étudiai la jeune femme, cherchant à comprendre d'où lui venait cette idée, puis je reportai mon attention sur Raven.

« Je relève le pari, l'ami », répondis-je avec un sourire sinistre.

Ses chances de battre un garde qui pesait au moins cinquante kilos de plus qu'elle étaient minces, mais pour une raison qui m'échappait, j'avais l'impression qu'elle était plus forte qu'elle en avait l'air.

Je tendis une main que Raven saisit avec force.

« Marché conclu. »

Le garde des enclos tournait autour de la femme qui l'imitait, sans jamais le quitter des yeux.

« Elle s'est déjà battue, murmura Raven. Mince, je pourrais bien ne pas avoir ma servante après tout. »

Il n'avait pas tort. J'avais vu assez de combattants pour reconnaître la grâce de ses mouvements, la façon dont elle évitait de décoller les pieds du sol, préférant les faire glisser.

Elle n'était pas aussi gracile que certaines des femmes qui avaient été vendues pour remplir les harems de la petite noblesse. Elle n'était pas non plus aussi robuste que celles achetées pour des tâches manuelles. Ses seins étaient ronds et ses hanches pleines, faits pour les péchés de minuit qui jamais ne voyaient la lumière du jour. Ses cheveux auburn étaient un enchevêtrement de mèches vaguement retenu par une épingle en or. Ses yeux plissés étincelaient de la colère ardente qui l'animait très clairement, malgré sa situation.

C'était peut-être ce qui m'intriguait chez elle.

Le garde s'élança soudain sur elle, une main ouverte comme pour la frapper en pleine tête. Elle esquiva et, alors qu'il lui tournait le dos, frappa de toutes ses forces.

« Aïe ! fit Raven en grimaçant. Elle sait où se situent les reins. Je n'ai peut-être pas tant besoin d'une bonne que ça, tout compte fait. J'adore prendre leur cul dodu à pleines mains, mais à mon avis, celle-là ne doit pas être très... accommodante.

— Tu fais déjà marche arrière ? ironisai-je. Trouillard.

— Hé, toi ! lança Raven en attrapant au passage l'une des auxiliaires du commissaire-priseur. Elle s'appelle comment, cette fille ?

— Sienna, répondit-elle après un coup d'œil hésitant à sa feuille.

— On n'a plus besoin de femmes, intervint Anthony en levant les yeux au ciel. Et si vous vous ennuyiez à ce point, pourquoi n'êtes-vous pas resté à faire la fête avec nous, hier soir ? »

Je posai une main précautionneuse sur l'épaule d'Anthony pendant que la fille – Sienna – tournait autour du gardien des enclos et le mettait à genoux, coup après coup.

« Anthony », susurrai-je, ce qui obligea le comte à poser les yeux sur ma bouche. Lentement, je fis glisser ma main jusqu'à son cou puis, si vite qu'il ne cessa pas de se croire en sécurité, je resserrai ma prise. « Doutez de moi encore une fois, et je vous arrache la tête et vous jette avec les appâts. Pigé ? »

Il eut l'air stupéfait, ce qui n'était guère étonnant. D'ordinaire, je me contrôlais.

Mais pas aujourd'hui.

Pas maintenant.

Je repoussai Anthony assez fort pour l'envoyer valdinguer dans la boue. Seul le pied de l'estrade arrêta sa course. Il porta une main tremblante à sa gorge.

« Comment osez-vous ? »

Je levai les yeux juste à temps pour voir que le garde avait finalement réussi à porter un coup à la fille, en plein dans le ventre. Elle se plia en deux et, à l'instant où il leva sa botte répugnante pour la frapper pendant qu'elle était à terre, je me levai.

« Arrêtez ! » L'ordre avait quitté mes lèvres, exprimé non seulement par ma voix, mais aussi par le contrôle bien particulier que les vampires exercent sur les humains.

Le garde se figea et la fille se remit tant bien que mal sur pied. Elle s'immobilisa le plus infime des instants, avant de lui décocher un coup de pied dans les parties, de toute la puissance dont elle était capable.

Les rires fusèrent dans la foule quand le gros lard s'écroula, au bord de l'asphyxie. Sienna resta plantée là, visiblement tremblante, mais toujours… rebelle.

Intéressant.

« Bon, lança le commissaire-priseur après s'être éclairci la gorge. Je suppose que personne ne souhaite ouvrir les enchères ?

— Elle a gagné, Dom, ricana Raven. Grâce à ton ingérence. Si je ne te connaissais pas mieux, j'aurais pu croire que tu voulais la voir gagner.

— J'ai parié pour le sport, c'est tout, répliquai-je, les mâchoires serrées.

— Quelqu'un est intéressé ? Ou je l'expédie dans les enclos des appâts ? »

Une vision d'elle en train de se débattre au milieu des vagues, baignant dans son sang, ses yeux d'or perdant toute leur vie devant moi… Putain de merde ! Je ferais mieux de m'en aller.

Ses yeux emprisonnèrent les miens de leur flamboiement de rage.

Rebelle.

Sauvage.

Tout en moi se tendit. Je voulais la baiser. Mais pire encore ? Je l'admirais.

« 100, lançai-je.

— Vous avez perdu la tête ? cracha Anthony qui tentait de se remettre debout. On a déjà dépensé tout l'argent qu'on nous avait alloué et elle ne vaut pas autant.

— Un pari est un pari, répliquai-je.

— Ai-je entendu "150" ? » s'enquit le commissaire-priseur avec un sourire à Raven qui secoua la tête.

Je jetai un œil à Anthony et m'en approchai en deux enjambées pour poser ma botte sur sa main et le maintenir dans la boue.

« Ce n'est pas le jour, comte.

— Adjugée au général ! Merci à tous, vos marchandises vous seront livrées... »

Les paroles du commissaire-priseur parurent s'estomper lorsque la fille fit un pas vers moi. Son corps bourdonnait d'une énergie qui ne manqua pas de réveiller mon sexe.

Tu as commis une erreur.

J'aurais dû la laisser à Raven.

« Considérons-la comme un cadeau à la duchesse, déclarai-je en broyant les doigts d'Anthony sous mon talon. Compris ? »

Celui-ci me lança un regard noir, mais finit par opiner. « Bien sûr, comme vous voulez, mon général. »

Ce que je voulais, c'était attraper cette fille et la jeter contre un mur pour enfoncer ma queue et mes crocs en elle, encore et encore.

Au lieu de quoi, je me détournai de l'estrade et m'éloignai en déployant d'immenses efforts pour ne pas regarder en arrière.

« Raven, tu me dois un verre, pour t'avoir débarrassé de celle-là. »

Malheureusement, il me faudrait plus qu'un verre pour oublier ses yeux.

Bon sang, qu'est-ce que j'avais fait ?

3
Sienna

« Il est temps de vous préparer, mademoiselle. La duchesse passera pour inspection dans moins d'une heure et nous avons beaucoup à faire », me lança ma femme de chambre d'une voix douce.

Malgré les deux jours et demi qu'avait duré la traversée en bateau et un trajet dans une calèche aux vitres obscurcies, je ne comprenais toujours pas comment j'avais atterri là.

Ici.

Dans les territoires Vampires, au lieu de ceux qu'occupaient les métamorphes. Comme si ma mission de sauvetage foireuse n'était déjà pas assez compliquée.

Tiens bon, Jordan. Tiens bon.

L'eau de la baignoire clapota autour de moi quand je levai une main pour me toucher le visage. Au moins les coups du gros garde n'avaient pas porté à un endroit visible de tous. Mon ventre me faisait toujours souffrir, en revanche, et une large ecchymose s'y épanouissait.

Je forçai mes paupières à s'ouvrir, toutes lourdes qu'elles soient, et j'opinai à l'intention de ma femme de chambre. La frustration que j'avais réussi à étouffer pendant une bonne vingtaine de minutes revint de plein fouet. On nous avait déposées tard, la nuit précédente, attribué une chambre, une domestique et donné la consigne de nous reposer.

Cela mis à part, je n'avais aucune idée de ce que je fabriquais ici. J'étais censée devenir servante moi-même, or voilà qu'on m'en attribuait une.

Autoritaire, de surcroît.

« Oui, bien sûr. Accorde-moi juste une minute. Ce bain est une bénédiction, quand on est restée crasseuse aussi longtemps. »

La jeune femme, qui s'était présentée sous le nom de Bethany, hésita avant d'acquiescer. « Il faut que j'aille chercher quelques fanfreluches pour vos cheveux, de toute façon. Je reviens tout de suite. »

Je la regardai détaler en regrettant de ne pouvoir l'accompagner… de ne pas être elle.

Bordel, j'étais dans une merde noire.

Comment allais-je parvenir jusqu'à Jordan, à présent ? Je m'appuyai une main sur la tête et m'enfonçai dans l'eau parfumée.

Par où commencer, déjà ? Je tirai sur mon bracelet que je dénouai pour en faire tomber une autre perle. Trois jours s'étaient écoulés. Il en restait cinquante-sept.

Nous allions tous les deux mourir sur ces territoires si je ne trouvais pas une parade rapidement. Peut-être pourrais-je demander à Bethany comment devenir femme de chambre ? Cela me permettrait de me déplacer plus librement, au moins.

Je lâchai un ricanement. Voilà que j'aspirais à devenir domestique, maintenant ?

La dernière fois que j'avais réfléchi à la profession que j'aimerais exercer, j'avais 6 ans. Naïve et heureuse, comme le reste de la population humaine. Tellement, tellement convaincue d'être au sommet de la chaîne alimentaire. Et tellement, tellement à l'aise dans le sentiment de notre supériorité innée que ce n'était même pas un sujet de conversation.

Petite fille, je passais des heures devant le miroir, à rêver de devenir un jour ballerine, dans un tutu de tulle raide et blanc et des chaussons couleur barbe à papa. Je passais mes nuits à bondir dans les airs pendant que l'orchestre jouait, que les violons chantaient et que le public applaudissait. J'avais même pris quelques cours à l'occasion.

Mais c'était avant que le Voile ne tombe.

Désormais, mon vœu le plus cher était de devenir domestique dans un repaire de vampires.

Non que les choses aient été particulièrement horribles pour moi jusque-là, pour être honnête.

En fait, ça s'était plutôt bien déroulé, pour quelqu'un qui avait vu, quelques jours plus tôt, sa nouvelle amie se suicider avec une épingle à cheveux afin d'échapper à notre destinée commune, à savoir être vendue à un vampire. Lorsqu'on nous avait fait monter à bord de l'immense navire en bois qui semblait avoir appartenu à Barbe Noire dans une vie antérieure, je m'étais demandé si je n'allais pas mourir du scorbut ou de quelque maladie archaïque du même genre pendant le voyage. Toutefois, si j'exceptais la nécessité de me laver à une bassine avec une éponge, et la soupe de poulet insipide qui nous tenait invariablement lieu de repas (par pitié, faites qu'il se soit bien agi de poulet et pas d'une autre viande blanche), je devais admettre que j'avais été traitée correctement. Bon, ce n'était pas une croisière de luxe, ni de près ni de loin, mais j'avais eu droit à trois repas par jour, un lit convenable et une chambre individuelle. Plus important encore, j'avais quitté le navire avec le même nombre de trous dans le corps qu'en y montant, et ceux qui étaient déjà présents au départ n'avaient subi aucun assaut.

Chose que je considérais être une victoire, après le regard que m'avait jeté mon acquéreur. Le général, ils l'appelaient. Son regard perçant m'avait fait l'effet d'un véritable contact. Je frissonnai malgré moi, et mes mains se retrouvèrent à glisser sur mon corps avant que je ne réalise ce que je faisais et que je ne les retire.

La vérité, c'était que le voyage sur ce satané bateau de pirate avait été le calme avant la tempête. Mais le calme touchait à sa fin désormais et, bien trop vite, je me retrouverais à patauger en plein dans le maelström.

Le visage du général s'était gravé dans mon esprit. Mes cauchemars, il les hantait depuis si longtemps que le voir en chair et en os… Mon souffle devint court quand je repensai à la façon dont il m'avait regardée. Au renflement de son pantalon. Allait-il me baiser avant de me tuer ou après ?

Je pris une brève inspiration et plongeai la tête sous l'eau pendant un long moment avant de ressortir pour respirer, tout en tâchant coûte que coûte de ne pas imaginer ce que l'avenir me réservait… De ne pas me demander si j'allais être en mesure de nous sortir de ce guêpier, Jordan et moi.

Et malgré tout, je n'arrêtais pas de penser aux rêves. Plutôt des prémonitions, semblait-il maintenant. Quand j'avais vu son visage à la vente aux enchères, j'avais été complètement tourneboulée. Comment était-ce possible ? Comment pouvais-je le connaître sans même le connaître ? Maintenant que le Voile était tombé et que la vérité sur ce qui était possible dans ce monde avait été révélée, rien n'aurait dû pouvoir me surprendre encore, pourtant je n'arrivais pas à me faire à cette idée.

Que signifiait donc tout cela ?

« Dépêchez-vous, mademoiselle ! me lança Bethany, revenue s'affairer dans la salle de bains. Elle a pris de l'avance et sera là dans vingt minutes ! » ajouta-t-elle, ses prunelles bleues écarquillées.

Je me levai à contrecœur. La fraîcheur de l'air me donna la chair de poule, alors que l'eau ruisselait sur ma peau.

« Je sais que tu n'es pas censée me révéler grand-chose… », attaquai-je, même si ce constat ne m'avait jamais dissuadée de poser des questions jusqu'à présent. Et je n'allais certainement pas commencer à changer de méthode. « Mais est-ce que tu pourrais me préciser à qui “elle” fait référence au juste, Bethany ? Tu as parlé d'une duchesse, je sais, mais quel est son rôle ici ? Et quel est le mien ? Je veux juste être femme de chambre, moi ! »

Elle tendit vers moi une serviette éponge d'un rouge cramoisi. Je sortis alors de la grande baignoire de porcelaine pour me laisser envelopper dans le tissu moelleux.

Il était sidérant de constater ce que l'enfermement dans un enclos avec ses semblables, où l'on était traité comme un cochon qui n'aurait remporté aucun prix à la foire du comté, pouvait infliger à la pudeur d'une jeune femme. À un moment donné, j'avais apparemment cessé de me préoccuper qu'on me voie nue, sauf s'il y avait un risque qu'on projette de me dévorer.

Le général s'imposa à nouveau dans mes pensées. Comment pouvait-il se faire que l'homme qui avait hanté aussi fréquemment mes rêves se soit trouvé là, devant moi ?

Des lambeaux de ces rêves surgissaient encore maintenant dans mon esprit…

Ses yeux noirs alors qu'il me pourchassait à travers les forêts de mon imagination. Ses mains qui me saisissaient, emprisonnaient mes bras. Les bleus qu'il m'infligeait en me malmenant, en déchirant mes vêtements… Des frissons remontèrent le long de mes bras.

« Oh, vous avez encore la chair de poule ! On va utiliser une autre serviette. Celle-ci a été chauffée. » Bethany m'arracha la première pour draper la seconde serviette autour de moi.

J'en sentis à peine la chaleur. Parce que voir mon cauchemar en chair et en os m'avait fait l'effet d'un coup de pied dans le ventre dont je ne m'étais pas encore remise.

Et puis, il y avait eu l'homme à ses côtés, qui avait fait naître en moi des frémissements d'un tout autre ordre. Il avait des yeux de la couleur de l'onyx, dans lesquels j'espérais ne plus jamais avoir à plonger les miens, et qui recelaient une cruauté à laquelle je n'avais pu échapper, même en me frayant un chemin vers l'arrière du groupe pour me cacher de lui au début de la vente aux enchères.

Non que cela m'ait été d'une quelconque utilité, au bout du compte.

Dieu merci, ce n'était pas lui qui avait enchéri sur moi, mais l'autre… l'homme de mes rêves, au baryton profond, envoûtant. Rien de soyeux dans sa voix, comme chez son homologue, mais un timbre rauque.

Rocailleux.

Je frissonnai et repoussai ce souvenir pour me concentrer à nouveau sur Bethany. Je devais appréhender mes rêves comme un avertissement dont il fallait tenir compte. En dépit des apparences vers la fin des enchères, le général n'était pas là pour m'aider : il était là pour me tuer.

Pour me manger.

Ce sur quoi je devais me concentrer, c'était la manière de collecter des informations. Même quelques bribes devraient aider à calmer un peu mes nerfs. Ce va-et-vient, en l'espace de quelques heures, de la misère la plus crasse à l'or et au confort du palais où l'on m'avait conduite, était très certainement conçu pour me donner le vertige, à force d'inquiétude et de peur. Peur de l'inconnu. Peur de ce qui m'attendait.

Les enfoirés.

Tout ce qu'ils avaient réussi à faire, c'était me mettre en rogne, ce qui était une bonne chose. La colère valait bien mieux que la terreur. Je le savais d'expérience.

« S'il te plaît, Bethany, je suis complètement perdue, là, murmurai-je, dans l'espoir de faire appel à la compassion de la domestique. Si tu pouvais me dire quoi que ce soit… »

Bethany me frottait la peau énergiquement à l'aide de la serviette chaude, dont elle m'enveloppa ensuite étroitement, avant de se pencher vers moi.

« La duchesse Evangeline, chuchota-t-elle. Elle est tout pour vous, mademoiselle. Elle veillera à ce qu'on s'occupe de vous, elle sera votre mentor… » Visiblement embarrassée, la jeune femme détourna le regard. « Du mieux qu'elle pourra, du moins. Elle veillera à ce que vous ayez les meilleures chances possibles de…

— Quinze minutes ! lança une voix à travers la porte fermée.

— Bon sang ! Elle va être fâchée contre moi si vous ne ressemblez à rien. Sienna, si vous promettez de coopérer et de vite vous préparer, je promets de vous en dire plus, tout à l'heure. D'accord ? »

Rassurée par la perspective d'en apprendre davantage, j'acquiesçai et lui pris la serviette. « Je m'occupe de mes cheveux, occupe-toi de mes vêtements. »

Pendant les quinze minutes qui suivirent, notre tandem œuvra de conserve à un but commun : transformer la sorcière des mers que j'étais en une jeune femme à l'apparence acceptable. Lorsque je sortis de la salle de bains pour gagner le dressing où je me contemplai dans un miroir en pied avec seulement soixante secondes d'avance, je dus admettre que nous avions fait de l'assez bon travail.

Bethany m'avait revêtue d'une création vert émeraude qui aurait rendu dingo la petite Sienna de 6 ans. La robe, dotée d'un décolleté en forme de cœur, s'avérait très cintrée à la taille, laquelle paraissait incroyablement fine en raison du corset dans lequel ma femme de chambre m'avait engoncée et ficelée, un genou enfoncé dans mon dos pour mieux serrer. Je passai une main sur les volants soyeux et portai l'autre à mes cheveux.

J'avais réussi à réaliser un chignon plus ou moins à la mode – quoiqu'un peu humide – où Bethany avait glissé de minuscules petites fleurs. L'auburn profond de mes cheveux paraissait encore plus riche par contraste avec le vert de ma robe… Je me surpris à regretter que la vie ne puisse reprendre son cours normal. C'est-à-dire moi, allant au bal de fin d'année du lycée auquel je n'avais pas assisté pour y retrouver le garçon que je n'embrasserais jamais et passer une soirée magique qui n'aurait pas lieu.

Mais alors que je tournais la tête, la lumière tomba sur l'épingle au papillon doré, que j'avais glissée parmi les mèches, et je me crispai tout entière.

Pauvre Hannah ! Elle n'avait pas choisi de se retrouver dans ces enclos. Au moins, je n'avais que moi-même à blâmer pour ma présence ici.

Je n'étais pas au putain de bal de promo. Non, j'étais plutôt une figurante dans le film d'horreur le plus macabre jamais réalisé.

En un mot ?

Sacrifiable. Quantité négligeable.

Autrement dit, je n'avais plus le temps de rêvasser bêtement à des bals de fin d'année ou à devenir domestique. J'avais devant moi une tâche et une tâche seulement : trouver comment parvenir jusqu'à Jordan puis, à partir de là, comment regagner le bateau. Et je disposais pour ce faire de cinquante-sept jours.

Une fois que j'aurais pigé la méthode, je passerais à l'étape suivante.

Les doigts dans le nez.

Je serrai les poings et me retournai vers Bethany, qui triturait le nœud de mon corset.

« Est-ce que je vais être à la hauteur ? demandai-je, les lèvres soudain engourdies.

— Tout à fait, répondit-elle avec un petit hochement de tête satisfait, avant de s'écrier, sur un claquement de doigts : Oh, j'ai failli oublier ! »

Elle se précipita dans la salle de bains, d'où elle revint, quelques secondes plus tard, avec un galet de plage monté en pendentif au bout d'une lanière de cuir. « Vous en aurez besoin. »

Je baissai la tête pour la laisser attacher le fermoir. Le contact frais de la pierre entre mes seins m'arracha un petit cri.

« J'en aurai besoin ? » répétai-je. Le collier, indéniablement beau, irradiait une lueur presque irréelle. Pourtant, je brûlais de l'arracher de mon cou, car, étrangement, il me rappelait bien trop les chaînes que j'avais portées dans l'enclos. « Pourquoi ? »

Bethany s'humecta les lèvres et ouvrait la bouche pour me répondre quand la porte s'ouvrit à la volée.

Une femme plus âgée, portant une coiffe de domestique noir et blanc, identique à celle de Bethany, entra et siffla : « Allons-y ! La duchesse attend les filles dans le salon nord. Vite, vite !

— Nous devons y aller sur-le-champ. Il ne faut surtout pas commencer par une mauvaise impression », renchérit Bethany.

Elle m'agrippa la main et me traîna à moitié hors de la pièce, dans le large couloir dallé de marbre.

Ce fut le cœur étreint par la peur que je trottinai à ses côtés, alors que nous dépassions la vieille femme de chambre pour gagner une imposante série de portes ouvertes, au bout du couloir.

« S'il te plaît, Bethany, tu pourrais me donner une indication ? N'importe quoi. Est-ce qu'elle va nous reluquer comme des dindes de Noël ? Est-ce que la plus belle et la plus dodue se retrouvera au menu de ce soir ? »

La servante ne répondit rien, elle se borna à courir plus vite, m'obligeant à l'imiter.

« Je t'en supplie. Cette attente me tue », m'écriai-je. Mes ballerines glissaient sur le sol de marbre et les portes ouvertes n'étaient plus qu'à quelques mètres désormais. « Je suis sérieuse, je vais exploser si personne ne me dit rien. Est-ce que je vais mourir ce soir, dans cette pièce ? Parce que dans ce cas, je veux au moins… ben, tu sais, me préparer un peu. Adresser quelques prières aux dieux qui pourraient encore m'écouter. Quelque chose, quoi… »

Bethany s'arrêta brusquement et me fit pivoter vers elle pour me fusiller du regard. Ses yeux bleus lançaient des éclairs tandis que ses joues rebondies s'empourpraient. « Bon sang, Sienna, surveillez vos paroles ! Vous survivrez à cette nuit sans problème, si seulement vous… »

Elle s'interrompit, redevenant livide au son d'un claquement de portes qui se refermaient dans le couloir caverneux. Je jetai un coup d'œil aux immenses portes, puis revins à Bethany, qui poussa un gémissement et secoua la tête.

« Et merde ! Nous voilà en retard, maintenant ! »

4
Sienna

« M… mais alors, qu'est-ce que ça signifie ? » demandai-je en regardant les portes. Pourquoi Bethany était-elle aussi contrariée ? « On ne peut pas entrer ? Parce que moi, je n'y vois pas d'inconvénient. On peut retourner dans le dressing, jouer aux cartes ou quelque chose comme ça, le temps que… »

La gifle que je reçus fut un choc. Si elle ne s'était pas accompagnée d'un claquement sonore, qui fit voler le silence en éclats, j'aurais presque cru l'avoir imaginée. Et puis ma joue se mit à palpiter.

« Tu viens de me frapper, là ? » constatai-je, incrédule, en baissant les yeux vers Bethany. Mince, la fille était rapide !

Je la dépassais d'une bonne dizaine de centimètres, pourtant elle ne recula pas.

« Je l'ai fait pour votre bien, petite idiote. Si vous n'entrez pas dans le salon, vous ne rencontrerez pas la duchesse en face-à-face. Si vous ne rencontrez pas la duchesse en face-à-face, vous n'avez aucune chance de gagner ses faveurs. » Elle secoua lentement la tête. « Et là, autant dire que vous êtes morte. »

Il fallut un moment pour que le sens de ses mots parvienne jusqu'à mon cerveau, mais quand je compris, je chancelai comme si je venais d'être frappée une seconde fois.

Indépendamment des horreurs qui s'étaient succédé dans ma vie – la mort de mes parents, la chute du Voile, la perte de Jordan... –, une chose était demeurée constante.

Pour protéger et sauver mon ami, je devais rester en vie.

Bethany dut lire cette vérité sur mon visage, car elle m'adressa un bref hochement de tête.

« Très bien. Maintenant, suivez-moi, arrêtez les plaisanteries et gardez la tête froide. Ne parlez que quand on vous adresse la parole, pas avant. Et pour l'amour des dieux, ne posez pas de questions. Ils ne sont pas plus obligés de vous répondre que vous ne l'êtes de vous soumettre à l'interrogatoire d'un cafard, et ils n'ont guère de patience envers l'impertinence. Compris ? »

La gorge nouée, j'acquiesçai. Peut-être était-ce un effet de ma peur, ou peut-être que mes tentatives de plaisanterie mues par mon instinct de survie l'avaient un peu adoucie, toujours est-il que, je le sentais au fond de moi, Bethany cherchait vraiment à m'aider, à la hauteur de ses faibles moyens.

C'était exactement la dose d'espoir dont j'avais besoin. La situation dans son ensemble était terrifiante, l'inconnu bâillait devant moi comme la mâchoire béante du malheur, mais j'avais une amie. C'était un début dans la bonne direction.

Sa main surgit avec la vivacité d'une vipère pour me frapper l'autre joue.

« Merde, c'était quoi, ça ? » m'insurgeai-je, en lui jetant un regard noir.

Elle haussa les épaules. « Désolée, mais une seule joue rouge donne à penser que vous avez une éruption cutanée.

Deux, c'est une charmante rougeur sur votre peau pâle. » Elle me passa rapidement en revue, lissa ma jupe et me reprit la main. « N'oubliez pas de suivre mon exemple », marmonna-t-elle en me tirant vers les portes.

Elle tapa énergiquement sur le lourd battant d'acajou, puis recula d'un pas.

Attendit.

La douleur cuisante de mes joues fut oubliée dès que les portes s'ouvrirent.

Deux douzaines de têtes se tournèrent vers nous et le bourdonnement des conversations se tut dans la pièce.

Une femme d'allure royale, vêtue d'une tenue victorienne entièrement noire, s'avança. Ses pommettes étaient si hautes et si sculptées qu'elles auraient pu couper du verre. Elle avait des lèvres charnues, que rehaussait un rouge rubis profond, mais ce furent ses yeux qui me fascinèrent. On aurait dit des éclats de glace argentée, et ils ressortaient d'autant mieux sur sa peau foncée. Mon ventre se serra à la vue de ses sourcils qui se fronçaient, orageux.

« Qu'est-ce que cela signifie ? demanda-t-elle d'une voix qui m'évoqua le claquement d'un fouet.

— Je vous présente toutes mes excuses pour notre retard, Votre Grâce, se hâta de murmurer Bethany. Vous connaissez ma maladresse. Je me suis empêtrée dans mes jupes et mademoiselle Sienna que voilà a eu la gentillesse de s'occuper de moi, de vérifier si je n'avais pas la cheville enflée et ainsi de suite. Je vous implore humblement de ne pas la punir pour ma négligence. » Tout en parlant, elle s'inclina en une profonde révérence et exerça une pression de sa paume tiède sur ma main glacée pour m'indiquer de faire pareil.

Prise de vertige, je pliai un genou afin d'imiter les mouvements de la jeune domestique.

Avait-elle sérieusement mis en péril son propre bien-être pour le mien ? Elle me connaissait à peine. Si elle se retrouvait punie à cause de moi, je ne me le pardonnerais jamais.

Certes, je devais rester en vie, pour de nombreuses raisons, mais pas question de laisser quiconque assumer mes fautes à ma place.

J'ouvrais déjà la bouche pour démentir la version de Bethany, mais je la refermai en sentant le talon de sa botte s'enfoncer dans mon orteil. Apparemment, en plus d'être une mégère scandaleusement violente, elle lisait aussi dans les pensées.

Je ravalai un juron alors que la duchesse s'avançait vers nous, gracieuse, révélant un éclat de ses escarpins à la semelle rouge à chacun de ses pas élégants. Elle s'immobilisa non loin de nous.

« Relève-toi, mon enfant », murmura-t-elle avec un soupir. La colère s'était estompée dans ses yeux sombres pour laisser place à quelque chose que je ne pouvais interpréter que comme de l'affection lorsqu'elle croisa le regard de Bethany. « Ta maladresse aura raison de toi. Je redoute qu'un jour, en ouvrant une fenêtre afin d'aérer une chambre, tu n'éternues et ne tombes dans le vide vers ta mort. Et que deviendrai-je alors, mon enfant ? Qui me préparera mon cacao exactement comme je l'aime ? »

Bethany relâcha ma main pour plonger dans une nouvelle révérence.

« Je sais, Votre Grâce. Je vous promets d'être plus vigilante à l'avenir. »

La duchesse inclina sa tête royale et ses lèvres cramoisies esquissèrent un sourire. « Veilles-y. Et va donc parler à l'infirmière de ta… cheville. »

Intéressant. Elle n'était pas dupe du mensonge.

Bethany recula, non sans me jeter un regard et un clin d'œil subreptice, avant de quitter la pièce en feignant de boiter. Je dus me faire violence pour ne pas lui courir après.

« Sienna, donc, c'est cela ? s'enquit la duchesse en m'observant aussi attentivement que si j'étais un papillon sous une plaque de verre.

— Oui… Votre Grâce. »

Elle fit claquer sa langue et inclina la tête. « Tu es curieuse, dans ton genre. Un défi. » Elle entreprit de me tourner autour, tout en continuant son évaluation. « Pas aussi mince que certaines, mais cela te va bien. Il semble que les dieux aient béni cette fleur en lui accordant cette couleur. Autrefois, quand je me souciais du regard des mâles, j'aurais tué pour des cheveux de cette nuance. » Au terme de ses déambulations, elle s'arrêta devant moi, si près que nos nez se touchaient presque.

Je m'efforçai de ne pas paniquer, mais dus déployer d'immenses efforts pour ne pas m'effondrer lorsque, ouvrant la bouche, elle révéla ses crocs.

Elle vint coller ses lèvres contre mon oreille et se décida enfin à ajouter, dans un murmure à peine audible : « Je vais t'accorder une seconde chance, parce que Bethany a clairement vu quelque chose en toi qu'elle a jugé digne d'être sauvé. Mais mon cœur n'est pas aussi tendre que le sien. Deux erreurs et tu es éliminée, peu importe qui t'a achetée. C'est compris ?

— Oui, Votre Grâce », lâchai-je malgré le nœud dans ma gorge.

Sur cette réponse, elle recula et sourit.

« Et si nous poursuivions, mesdames ? »

Elle se tourna vers le reste de la salle. Le cœur toujours battant, je pris alors vraiment conscience de la présence d'autres personnes. Exclusivement des jeunes femmes, certaines un peu plus âgées que moi, mais d'à peu près mon âge pour la plupart. Toutes tirées à quatre épingles. Et toutes sans exception avaient l'air carrément soulagées de pouvoir se fondre dans un groupe d'un côté de la pièce, et non d'être séparées du reste du troupeau comme votre humble serviteuse.

« Mettez-vous en ligne. »

Les jeunes femmes se hâtèrent d'obéir, puis s'immobilisèrent, le dos droit, le regard fixé droit devant elles.

« Sienna, va donc te positionner là », ordonna la duchesse en désignant une place à côté d'une blonde frêle en robe blanche qui donnait l'impression d'avoir été en route pour son mariage et de s'en être vue détournée.

Je suivis les instructions, puis regardai, immobile, la duchesse passer en revue nos rangs.

« Ceci n'est peut-être pas la vie que vous aviez imaginée, mais en tant que femmes, nous devons travailler avec les cartes qui nous ont été distribuées. Votre séjour ici sera facile ou difficile, selon ce que vous en ferez, ajouta-t-elle en ralentissant pour embrasser notre groupe du regard. Le palais peut être un endroit merveilleux, si vous jouez correctement vos cartes. Vous vous y ferez des camarades, savourerez des plats succulents ainsi que de bons vins. Nous possédons également certaines des plus belles terres de l'Empire, que vous pourrez explorer pendant votre temps libre, du moment que vous restez de ce côté-ci du pont frontalier. Le reste de vos journées sera occupé à la préparation et à la participation aux Jeux de la moisson. Les gagnantes jouiront d'une vie dont la plupart des gens ne peuvent que rêver. Les perdantes... eh bien, disons simplement que vous n'avez pas envie d'être l'une d'entre elles. Pendant les huit semaines à venir, jusqu'à la lune de sang, vous serez en représentation. »

Huit semaines ?

J'effectuai le calcul dans ma tête à toute vitesse. Cinquante-six jours. La première petite lueur de chance que j'apercevais. C'était suffisant pour que le bateau vienne nous chercher, Jordan et moi, au lendemain de la fin des Jeux de la moisson.

Ouais, parfait.

Je reportai mon attention sur la duchesse.

« Votre seule et unique tâche est d'impressionner. Usez pour cela de votre visage, vos formes, vos charmes, votre personnalité... tout ce que vous avez à votre disposition. Chacune d'entre vous a reçu un collier. Vous devez le porter en permanence. La gemme qui constitue le pendentif est transparente, au départ, puis elle change de couleur, un peu comme le ferait une bague d'humeur humaine, à ceci près que cette pierre détecte la soif de sang. Plus vous serez désirée par les hommes, ici au palais, plus vous aurez de chances d'être choisie comme partenaire par l'un d'eux. J'ai convaincu les hommes d'accepter ce pendentif, que vous ne devez jamais enlever, en leur expliquant qu'il leur permettrait d'évaluer la concurrence dans la compétition à laquelle ils se livrent pour chaque femelle. En réalité, toutefois, ce collier n'est pas destiné à les aider, eux. Il est fait pour vous aider, vous. »

Elle scruta les visages devant elle, puis poursuivit, la mine devenue plus sombre, la voix vibrante de sincérité : « La première semaine sera une sorte de parcours d'orientation, au cours duquel vous vous habituerez à nos méthodes et au comportement que nous attendons de vous à la cour. C'est au cours des sept semaines suivantes que la compétition deviendra sérieuse. Aussi peu important qu'un événement puisse paraître, ne vous y trompez pas. Chaque fois que vous serez en présence des hommes, y compris ce soir, ce sera l'occasion pour vous de susciter l'intérêt de quelqu'un susceptible d'aider votre cause. Si votre pierre précieuse ne change pas de couleur au fil des jours, cela indiquera que vous devez vous atteler plus dur à cette tâche. Plus souvent la pierre est imprégnée du désir des hommes, plus sa couleur persistera. Plus cette couleur est foncée et stable, plus vous bénéficierez de libertés et meilleur sera votre traitement. Si vous ne devez retenir qu'une seule chose de ce que je vous dis aujourd'hui, que ce soit celle-ci : une pierre transparente à la fin des jeux est synonyme de mort certaine. »

Un murmure se propagea dans notre rang, entre petits cris et regards furtifs des jeunes femmes à leur collier ainsi qu'à celui des autres. Certaines gemmes étaient déjà légèrement plus foncées que d'autres, quand bien même il s'agissait seulement d'infimes nuances, constat qui ne fit qu'en rajouter à l'agitation générale.

« Ne vous inquiétez pas, intervint la duchesse en balayant notre tapage d'un geste de la main. Malgré nos efforts pour vous tenir à l'abri des regards jusqu'à la fête de ce soir, certaines d'entre vous ont été aperçues par plusieurs hommes à votre arrivée dans le palais. Cela étant, rien ne vaut l'instant présent. Je vous suggère donc de faire disparaître ces mines inquiètes, mesdemoiselles. Nous devons retrouver ces messieurs dans la Grand-Salle. Il est l'heure du dîner. »

Parfait.

Exactement ce que j'avais envie d'entendre de la bouche d'une vampire.

Sonnez la cloche du dîner, les humaines arrivent !

5
Dominic

Je détestais ces dîners, putain, je les détestais avec autant de feu que mille soleils incandescents. J'étais ficelé comme un de ces foutus oiseaux que les humains mangent à Noël dans ma tunique de cuir trop serrée et mon pantalon fluide qui n'aurait pas arrêté une flèche, même si elle m'avait raté. Mon frère cadet avait tenu à ce que je revête mes plus beaux vêtements pour dîner avec lui.

Alors pourquoi y allais-je, quand j'évitais tous les banquets de cette envergure depuis plusieurs années, que je déclinais toutes les invitations, repoussais la simple suggestion d'y participer ?

Peut-être étais-je curieux de savoir si une certaine humaine serait présente. Curieux, rien de plus, de voir ce qu'elle faisait maintenant que la duchesse l'avait mise au pas et de quoi elle avait l'air sans les haillons qui dissimulaient son corps.

Je souris. Curieux aussi de voir si quelqu'un finirait avec le nez cassé.

Les supplications de mon écuyer, comme quoi le jeune prince avait menacé de le rosser s'il ne me convainquait pas de me laver et d'assister au dîner, avaient joué un rôle décisif. Mon frère était bien trop gentil pour mettre sa menace à exécution, mais je m'étais tout de même rendu à ses arguments. Autant pour le feu follet aux cheveux auburn que pour complaire à Will.

« Mon frère, tu dois comprendre que si tu ne viens pas, les gens vont en conclure que nous sommes fâchés ou que tu es en train de fomenter un coup d'État contre Edmund. Tu sais que nous ne pouvons pas nous le permettre. »

William était mon cadet de quarante ans et plus petit que moi de quelques centimètres. Il me flanqua une tape énergique dans le dos. Aujourd'hui encore, il aimait voir s'il pouvait me pousser à la bagarre, me déstabiliser. Nous nous entendions mieux qu'il n'y paraissait aux yeux de certains.

Edmund, en revanche, c'était une tout autre histoire. Je le chassai de mon esprit tout en coulant un regard noir à mon jeune frère.

« Le roi n'y croirait pas plus que n'importe lequel de nos sujets, Will. »

Il posa sur moi un regard suspicieux, même si une pointe d'humour animait le bleu profond de ses yeux. « Alors dis-moi, mon frère, pourquoi es-tu venu ? Ne te méprends pas, j'apprécie bien davantage ces dîners lorsque je te vois te tortiller quand les catins royales essaient de te faire jouir sous la table, mais… ce n'est pas ton genre de céder si facilement. Cela fait combien de temps que tu n'es pas venu à l'une de ces réceptions ? Deux ans ?

— Trois », rectifiai-je. Évidemment, je n'allais pas mentionner la rousse aux yeux d'or. « Je tiens à garder un œil sur DuMont. C'est un connard et je me demande s'il n'a pas quelque chose à voir avec l'attaque de la cargaison, le mois dernier. »

William, benjamin des princes du royaume des Vampires et deuxième dans l'ordre de succession au trône, m'agrippa le bras. « Tu te fous de ma gueule ? Anthony ? Je veux dire… An-foiré ? »

J'ébauchai une moue en entendant ce surnom nullissime. « An-foiré, oui. Je l'ai lourdement menacé, j'espère qu'il s'en souvient.

— Il n'est pas assez intelligent pour fomenter une attaque », objecta Will dans un murmure.

J'ôtai sa main de mon bras. « Je suis en train d'examiner la question de plus près. Il a survécu à un raid qui a éliminé quatre de mes meilleurs gardes, des hommes que j'avais formés moi-même, autant dire pas du genre à tomber facilement. Or DuMont ne saurait même pas se battre contre son ombre. »

C'était l'une des rares métaphores humaines que j'avais toujours voulu utiliser, or elle s'appliquait à merveille à ce parfait imbécile de DuMont.

Will me dévisagea, la mâchoire crispée, mais il ne releva pas. « Tu es sûr de ça ? Parce que, bon, c'est un crétin fini, et totalement sous la coupe d'Edmund, mais…

— Non, je ne suis pas sûr qu'il soit derrière tout ça, c'est d'ailleurs pour cette raison que je n'ai pas porté d'accusations contre lui. » Je baissai la voix. « Je ne veux pas contrarier le roi. Il est assez débordé comme ça. S'il le faut, je tuerai Anthony en douce et je balancerai ses restes aux Chasseurs. »

Non, je n'appelais pas le roi « père ». Pour moi, il avait toujours été « le roi ». Je ne pensais pas que cela changerait un jour. Le roi avait fait une… incartade… qui avait abouti à ma naissance, près de cent ans après celle d'Edmund, le prince héritier. Même si je n'avais pas été élevé au château, évidemment, je savais de qui je tenais mon sang et pourquoi : les secrets n'existaient pas dans mon monde. Ma mère m'avait élevé seule dans une cabane à la lisière de la forêt, et je m'étais entraîné à entrer dans l'armée dès que j'avais été en âge d'être écuyer.

Je me promis d'aller rendre visite à ma mère. Cela faisait trop longtemps que je n'avais pas pris de ses nouvelles. En l'état, je m'étais montré assez négligent pour essuyer de sérieuses remontrances.

Je grimaçai. Cette perspective suffisait à me donner envie de remettre ma visite à plus tard.

Je fis signe à Will de me précéder dans la salle du banquet, comme il se devait puisqu'il était le prince reconnu du royaume.

Je me fichais bien des titres et du prestige, même si nombreux étaient ceux qui refusaient de croire que je n'avais aucune intention de me lancer à la conquête du trône. J'aurais pu, en effet. J'aurais pu défier Edmund et le tuer une fois devenu adulte pour m'emparer de la couronne.

Or, malgré le comportement sadique d'Edmund, je ne l'avais jamais fait.

Pas parce qu'il ferait un bon roi un jour, ni de près ni de loin et je n'exagérais pas. Et pas non plus parce que je ne pouvais pas le battre.

Je donnai une tape dans le dos de mon cadet. Il trébucha, provoquant les rires de la foule. Il pivota lentement pour saluer l'assemblée de la main.

« Bienvenue à tous ! »

Si je n'avais pas tué Edmund, c'était pour Will.

Non que celui-ci se doute de quelque chose. Il ne connaîtrait jamais la vérité. C'était exclu, autrement il défierait Edmund, j'en étais certain. Et notre aîné assassinerait la seule personnalité de sang royal qui mérite d'être protégée.

La splendeur de la salle attira enfin mon attention et je la balayai du regard, en quête du moindre détail qui ne serait pas à sa place. Parce que si je ne défiais pas Edmund, d'autres étaient assez proches du trône dans la lignée pour songer à le faire. Et il y avait aussi ceux qui voyaient Will comme une menace potentielle pour Edmund. Ridicule, mais bon, une tentative d'assassinat sur la personne de Will dans le but de protéger la position d'Edmund n'était pas totalement exclue.

Le dos d'une robe vert émeraude entra dans mon champ de vision, des épaules nues et une lourde masse de cheveux auburn, soigneusement tressés. De minuscules pousses de lierre en fleur étaient tissées entre les mèches et j'eus l'étrange envie de me pencher pour respirer leur parfum.

Et une envie plus forte encore d'arracher cette robe pour lécher le corps qu'elle dissimulait, jusqu'à l'entrejambe.

Sienna.

« C'est quoi, ce bordel ? grommelai-je, abasourdi par la force de mon désir, alors même que je luttais pour détacher mon regard de son dos.

— On a faim ? » Une main minuscule venait de se presser sur mon torse. Baissant les yeux, j'avisai une petite femme au visage en forme de cœur. « Waouh ! Ce que vous êtes grand ! Est-ce que tout est aussi grand, chez vous ? »

Elle referma les doigts, plantant ses ongles dans ma peau. Sa bouche dessina un « O » parfait.

« Tu ne crois pas si bien dire », répondis-je en repoussant sa main. Comment cette femme avait-elle pu s'approcher aussi près sans que je m'en aperçoive ? J'étais donc tant happé que ça par la rousse ?

« Je peux vous emmener faire un tour, mon grand ? » me chuchota-t-elle en se collant à nouveau contre moi, les deux mains sur mon torse cette fois. Son parfum était subtil, ses grands yeux de biche auraient attiré plus d'un homme ici, sans parler de la robe qui épousait sa silhouette mince et je savais, d'un point de vue théorique, qu'elle était belle.

Et pourtant…

Je cillai pour m'obliger à détacher les yeux de Sienna. Puis je me retrouvai à fixer Will, qui me dévisageait, la tête inclinée d'une façon qui ne masquait rien de sa curiosité.

Putain, je n'avais pas besoin de ça en ce moment.

« On s'est fait une nouvelle copine ? » ironisa-t-il en désignant du menton la petite brune, toujours plantée bien trop près de moi, qui m'enlaçait la taille. Par les dieux, elle devenait effrontée !

« Tu la veux ? répliquai-je en écartant les mains de la femme – encore une fois.

— Pas vraiment mon genre », répondit Will avec un sourire.

Bon sang, les bras de la petite brune revenaient déjà se nouer autour de moi comme les tentacules d'une saleté de pieuvre !

Je levai une main et claquai des doigts. Ma tante, la duchesse d'Aigues-douces, accessoirement directrice des Jeux de la moisson, me vit et s'avança de sa démarche fluide. Ses prunelles argentées se braquèrent sur la jeune femme, qui se ratatina sous son regard.

« Laisse-le. Nous ne nous jetons pas à la tête des hommes, Holly. » Avec la brusquerie de son ton, elle n'eut pas besoin d'en dire plus à la petite brune dont le pendentif était transparent, sans la moindre once de couleur.

Et si je m'étais trouvé plus près de Sienna ? Le sien aurait été saturé de couleurs, l'étiquetant clairement comme désirable et très baisable.

Non, ce n'était pas possible. Je devais garder mes distances, le temps de me soulager avec quelqu'un d'autre.

« Général ». La duchesse glissa un bras sous le mien pour m'éloigner de Will. « C'est un plaisir de vous voir ici. J'aimerais cependant m'entretenir avec vous.

— Bonne chance, mon frère ! » s'esclaffa mon cadet.

Je me retins tout juste de lever les yeux au ciel. « Que puis-je pour vous, duchesse ?

— Dansez avec une vieille dame et discutons de votre dernier achat. Je le trouve… intéressant. »

Je veillai à garder un visage impassible tout en lui prenant le bras.

« De quel achat s'agit-il ? » Je la fis délicatement tourner autour de moi, entamant une valse – dont les pas avaient été créés par les vampires, bien sûr, à mille lieues de l'insipide version humaine –, avant de la laisser adopter le rythme qu'elle préférait.

Elle partit d'un vif éclat de rire puis poursuivit à voix basse : « La fille. Pourquoi, au nom de la lune de sang, avoir acheté celle-là ? Elle n'a rien de commun avec le style actuel. Et elle est impétueuse, par-dessus le marché ! Bien loin de la demoiselle pudique que votre père et votre frère ont demandé qu'on leur amène. »

L'avantage qu'il y avait à être beaucoup plus grand qu'elle, c'était que je pouvais l'attirer à moi et l'empêcher de voir mon visage. D'ordinaire, je ne me serais guère inquiété des émotions reflétées par mon expression, mais dans le cas présent, moins elle en lirait, mieux ce serait.

Heureusement pour moi, je savais réfléchir vite. Un atout nécessaire dans la bataille.

« Elle était bon marché. Je me suis dit qu'il serait intéressant de voir comment une personne d'un niveau si manifestement inférieur à celui des autres filles s'en sortirait. Il faut bien que j'aie quelques distractions, non ? » Je virevoltai avec elle, sachant pertinemment que les paroles de la duchesse pouvaient s'avérer aussi tranchantes que n'importe quelle arme. « Vous savez qu'elle a cassé le nez d'un des gardes ? »

Cette danse était tout autant un combat que si nous étions en armure, avec armes et effusion de sang.

« Hmm. » La duchesse me tapota l'épaule. « C'est un fait. Ce pourrait être curieux à observer. Si sa passion est dirigée dans le bon sens, elle pourrait changer le cours des Jeux. Vous la voyez donc comme une espèce de cheval fou, du genre à l'emporter même prise tout au fond du panier ? »

Pourtant peu enclin aux envolées fantaisistes, je fus soudain submergé et surpris par une vague d'images érotiques, déclenchée par la « prise tout au fond ».

La fille aux yeux de miel, à quatre pattes, nue, me regardant par-dessus son épaule, les cheveux lâchés, des marques de morsures dans le cou, sa peau pâle couverte d'un voile de sueur, les poings serrés sur des draps de satin noir, poussant son cul vers moi, ses hanches douces entre mes mains pendant que je plongeais dans sa chatte et que je la sentais convulser autour de ma queue.

Des gémissements émergeant de sa gorge tandis qu'elle qui me suppliait de lui en donner plus.

Je dus ravaler un grognement alors que je luttais contre ces images, raide dans tous les sens du terme.

« Duchesse, laissez-la sombrer en cas de nécessité. Retenez la somme sur mon salaire si vous êtes tellement inquiète, ou remettez-la au capitaine du bateau, qu'il la livre aux vagues. J'ai agi sur un coup de tête, probablement de manière inconsidérée. À cause d'un pari entre Raven et moi, que j'ai perdu. »

Reculant d'un pas, je lui pris la main pour plonger dans une révérence. « Je vous en prie, cessez de vous tourmenter et profitez plutôt de votre soirée. »

Sans attendre sa réaction, je l'abandonnai sur la piste de danse.

Bénis soient les dieux, ma longue tunique en cuir était rigide, sans quoi tous les vampires présents dans la salle en seraient venus à penser que la duchesse me faisait bander. Les images de la fille à quatre pattes refusaient de s'estomper, m'obligeant à batailler pour respirer normalement malgré ma tension qui ne cessait de croître.

Je percevais le contact de son corps sous ma main avec une netteté stupéfiante.

Merde ! Il fallait vraiment que je m'envoie en l'air. Et vite.

Je me dirigeai vers la table d'honneur pour prendre place à côté de mon frère et me versai un verre de rhum-sang aux épices, que je vidai d'un trait avant de m'en verser un autre. L'alcool n'aurait pas de gros effets sur moi, mais le sang m'aiderait à me calmer et à atténuer l'autre besoin, celui qui tenaillait mon sexe.

Finalement, les conversations autour de moi commencèrent à lentement me parvenir par-dessus le tonnerre de mon cœur.

« Nous sommes vraiment chanceux d'avoir Edmund. Pas seulement pour nous débarrasser des vers de sang, mais aussi pour traiter avec les loups-garous.

— Vraiment, il fera un grand roi, un jour.

— Longue vie au roi Stirling. »

Des mots, rien que des mots, et j'arrivais à peine à les comprendre.

Ce… cela ne me ressemblait pas. Jamais je ne perdais la notion de ce qui m'entourait.

Jamais. Ça ne m'était jamais arrivé.

Peut-être avais-je été empoisonné ?

Cette idée n'était pas nouvelle. Je l'avais déjà brièvement envisagée lors de la vente aux enchères.

Je me retournai pour chercher DuMont du regard. L'enfoiré n'était pas assis très loin de nous, une fille sur les genoux, les mains sans vergogne sous sa jupe. Il ne regardait pas dans ma direction. Mais ce n'était pas parce qu'il était occupé pour l'heure qu'il ne m'avait pas administré quelque chose ou demandé à quelqu'un de le faire. L'ingestion massive d'un produit capable, en une prise, de m'abattre aurait paru bien trop suspecte et provoqué le chaos, mais une mort lente, par petites gorgées, n'éveillerait sans doute pas de soupçons.

Je considérai attentivement le verre dans ma main. Je savais qu'un empoisonnement était peu probable, mais c'était tout ce que j'avais pour expliquer les sensations perturbantes dont j'étais assailli.

Une main songeuse sur le menton, j'observai la nourriture qui garnissait mon assiette et la repoussai.

Juste au cas où.

Mon irritation augmenta tant que je ne pus retenir un ricanement quand la discussion en vint à porter sur l'Oracle et ses dernières prédictions.

« Une pensée vous traverse l'esprit, général ? » Teresa, duchesse des Terres des Méridioventis, se pencha de façon à m'offrir une vue plongeante de son décolleté, jusqu'à son ventre si j'avais voulu me laisser tenter. Elle avait tressé ses cheveux noirs en une couronne droite, constellée de bijoux. Pas vraiment subtil.

« Je trouve l'Oracle très surestimée et qu'elle tire parti des caprices d'un roi souffrant et affaibli, répliquai-je.

Je ne considère pas ses propos comme parole d'évangile, contrairement à tant d'autres. Je m'attache aux faits et aux rapports de mes hommes bien plus qu'à ses… incantations et ses ragots. »

Les souffles que l'on retint autour de la table en disaient long.

J'étais allé un peu trop loin.

Pourtant, à ma droite, Will acquiesça posément. « Oui, j'ai souvent pensé la même chose. Elle lui donne de faux espoirs, mais tant que nous les considérons comme tels, est-ce vraiment si grave ? Cela revient à donner un dernier verre à un mourant. Une forme de réconfort. Je sais que ses prédictions ne sont que du vent. »

Quelques mains tapèrent sur la table en signe d'assentiment, au moment même où plusieurs artistes déboulaient dans la salle. Des acrobates, tous humains. Il fut un temps où nous avions des acrobates qui nous venaient du royaume des Fae, mais après notre dernière guerre contre eux, nous étions tombés d'accord pour ne plus avoir d'esclaves en provenance du pays des Fées. Ce qui était bien dommage, car les humains s'avéraient extrêmement cassables quand ils tombaient de haut.

Une série de longues perches, d'un diamètre de deux pouces, étaient placées de manière à toucher sol et plafond, et les acrobates, même si je doutais qu'ils soient entraînés à l'exercice, s'efforçaient de tourner autour et d'effectuer quelques pirouettes.

Avant de tomber, comme prévu.

De pleurer quand on les évacuait de la scène, les membres tordus et brisés.

« Ils seraient meilleurs en tant que clowns », lâchai-je en observant la scène.

Mes yeux s'échappèrent vers la droite… L'éclat d'une robe verte, la courbe douce d'une hanche… Je ramenai le regard sur mon assiette, de nouveau furieux.

Peut-être ferais-je mieux de la tuer moi-même.

Sauf que je voyais plutôt mes doigts s'enrouler autour de son cou pour l'attirer à moi et meurtrir sa bouche d'un baiser dont nous ressortirions tous les deux pantelants. Le désir qui courait dans mes veines était si puissant que je n'arrivais plus à respirer normalement.

Il y avait décidément quelque chose qui clochait chez moi.

« Will, lançai-je. Je suis… » Impossible de dire « malade », il ne m'aurait jamais cru. « Il faut que j'aille vérifier un truc. »

Il me regarda me lever. « Déjà ? » Il se tourna vers le reste de la tablée avec un large sourire. « Qui avait parié sur quinze minutes ? C'est vous qui allez remporter la mise. »

On s'esclaffa discrètement parmi l'assistance, mais je me foutais éperdument de leurs paris, même s'ils portaient sur moi. Ce n'était qu'un moyen supplémentaire de se divertir au lieu de se pencher sur l'état de notre monde.

Je m'obligeai à soutenir son regard. « Tu connais mon amour pour ce genre de soirées, un vrai moment de bonheur dans ma vie, dont je ne suis pas certain de pouvoir me passer un jour. Mais le devoir m'appelle. » Je parachevai mon lourd sarcasme d'un salut militaire sévère et je me tournai vers la sortie.

Will m'arrêta d'une main sur mon poignet. « Je voudrais te parler avant que tu t'en ailles, général. En privé. »

Un autre soir, sa demande ne m'aurait pas dérangé, mais comme je désirais par-dessus tout me réfugier dans ma chambre et prendre une très longue douche froide, son besoin de me parler était pour le moins malvenu.

« Ça ne peut pas attendre ? »

Nouvelle salve de hoquets ravalés par tous les crocs autour de la table. C'étaient des simagrées, chacun sachant qu'il n'y avait aucune lutte de pouvoir entre mon frère et moi. Mais les autres membres de la famille royale devaient vouloir que ce soit le cas.

De la comédie. Tout comme nos anciens terrains de chasse dans la bonne société de la vieille Angleterre, ils adoraient ça.

Will leva les deux mains, alors qu'un sourire se dessinait sur ses lèvres. « Ça me semble possible. Mais pas trop longtemps, mon frère. J'attends notre prochaine entrevue avec une impatience quasi insoutenable. »

Je m'inclinai, la main sur le cœur, pour coller à la solennité de son ton. « À ta guise, mon prince. »

Voilà, que les petits suceurs de sang amateurs de drame se repaissent de la scène.

La salle du banquet bourdonnait de conversations, dans des effluves de peur humaine et même d'un peu de désir. Tandis que je me dirigeais vers la porte, la duchesse attira mon attention en haussant un sourcil à mon intention.

Je ne cillai même pas. Les portes étaient mon échappatoire.

« Général. »

Je m'immobilisai et me tournai vers DuMont.

« Tony », répliquai-je, abrégeant délibérément son prénom. Une astuce de la duchesse que j'utilisais de temps en temps pour remettre les gens à leur place.

Le visage aiguisé du comte se plissa, comme s'il venait de boire une gorgée de sang de cadavre. « Anthony », rectifia-t-il.

Je le toisai de toute ma hauteur, sans corriger mon apostrophe. « Qu'est-ce que vous voulez ? »

Mon manque de respect lui tira une grimace. « On me demande d'expliquer des fonds dépensés au cours de la vente aux enchères. Je vous suggère de confesser à Edmund que c'est vous qui avez acheté la dernière fille. Elle valait 600, si je me rappelle bien. Pour une moins que rien. »

Les personnes qui se trouvaient à côté de lui nous observaient, les yeux écarquillés, tout ouïe. Je souris et m'approchai du comte : il cherchait à me punir pour ce qui s'était passé à la vente aux enchères, bien sûr. Il voulut reculer, mais une table se trouvait derrière lui. Poussant un petit glapissement, il pâlit. Je laissai se déployer la colère qui enflammait mes entrailles, emplissant mes yeux du calme qui venait, chez moi, avant l'attaque mortelle.

« *Tony*, repris-je doucement, vous savez très bien qu'elle n'a coûté que 100, et que c'est vous qui avez dépensé la majeure partie des fonds. Et que ç'aurait été encore pire si je vous avais autorisé à acheter Daisy. Donc soit vous avouez vos excès, soit je demande à participer à la prochaine expédition. Et la petite discussion que nous avons eue aux enclos ? Vous vous la rappelez, n'est-ce pas ? »

Un homme plus intelligent aurait clairement saisi la menace implicite : j'attendrais que nous nous retrouvions sur l'océan pour le tuer sans témoin. Le capitaine et l'équipage humains, grassement payés pour leurs services, ne sourcilleraient même pas. Et je pourrais sans problème incriminer des tas d'autres coupables pour la mort du comte.

Ce fantasme était presque aussi agréable que celui de la fille à quatre pattes, son cul rebondi suppliant que j'y plante mes dents et ma queue.

Presque.

Il mit beaucoup trop longtemps à écarquiller les yeux de stupeur. « Vous osez me menacer ? »

Vu la succession de petits cris autour de nous, il était évident que les vampires alentour ne perdaient rien de la conversation.

Je posai précautionneusement la main à la base du cou du comte. « Pourquoi diable aurais-je besoin de vous menacer, Tony ? À moins bien sûr que vous n'ayez enfreint les règles, encore une fois ? »

Nouveaux hoquets autour de nous.

Anthony, lui, se contenta de cligner des yeux en me regardant de son air stupide. Une lueur de désir apparut même dans son regard alors que je retirais ma main. Au lit, il aimait aussi bien être au-dessous qu'au-dessus, et n'en faisait aucun mystère.

Soudain, je compris pourquoi il avait requis ma présence lors de la dernière expédition. La lueur dans ses yeux me le disait : il me désirait.

Je me détournai pour le congédier. Que j'aie pu lui prêter assez d'intelligence pour m'avoir empoisonné m'amenait à douter de mes propres capacités mentales. Du moins pour un moment. Cela étant, je devais garder un œil sur cet imbécile.

Surtout s'il brûlait de coucher avec moi. Putain de merde, c'était bien la dernière chose dont j'avais besoin.

Au sortir de la salle du banquet, je continuai à avancer à grandes enjambées, avalant rapidement la distance qui me séparait de mes quartiers au deuxième étage. Car dès l'instant où je n'eus plus affaire à Anthony, le corps de la rousse me revint à l'esprit, sans que je puisse lui échapper. Je gravis les marches quatre à quatre jusqu'en haut de l'escalier, où je franchis en trombe la porte de mes quartiers.

Hobbin, mon jeune écuyer, leva les yeux de la bride d'Arès qu'il était en train d'astiquer. « Général ?

— Dehors. » Je lui désignai la porte, par laquelle il s'empressa de détaler. Ma tenue de cuir n'était pas particulièrement facile à ôter, pourtant en quelques secondes je m'en étais dépouillé et je fonçais dans la douche, le sexe dur dressé contre mon ventre, une goutte perlant déjà au bout du gland.

La fille ne remporterait pas ce round.

J'actionnai l'eau froide et entrai sous le jet. En touchant ma peau surchauffée, les gouttelettes glacées m'arrachèrent un sifflement.

Pourtant, je continuais de la voir devant moi, son corps qui se repoussait à la rencontre du mien, ses suppliques, sa requête chuchotée, que je la baise, encore et encore.

Je plaquai les mains sur le carrelage de la douche, refusant de me toucher. « Putain ! » grognai-je, tout en luttant pour demeurer absolument immobile. L'eau qui ruisselait sur mon corps, cette eau froide était la caresse d'une maîtresse que je ne prendrais pas. Jamais.

Le désir était un outil utilisé pour contrôler – comme le montraient clairement les Jeux de la moisson – et je ne succomberais pas à ses exigences. Pas même ici, en privé. Si je ne pouvais pas me contrôler, j'étais perdu.

Gémissant, je baissai la tête sous l'assaut du désir, incapable d'empêcher la vision qui s'imposait à moi de sa chevelure auburn enroulée autour de mes poings, de sa tête que je tirais en arrière pour me dévoiler sa peau dorée. Plongeant en même temps mon sexe et mes crocs en elle, dans son corps qui se crispait autour de moi.

En tâtonnant pour trouver le robinet de la douche, dans l'espoir d'obtenir une eau encore plus froide, je cassai la poignée. « Merde ! » beuglai-je.

Et pendant tout ce temps, je la détestais, elle, pour ce qu'elle était en train de me faire vivre. Parce qu'elle m'obligeait à la désirer. Parce qu'elle m'amenait à voir une humaine autrement que comme de la nourriture. Un besoin pareil était une faiblesse que mes ennemis pourraient exploiter. Je ne pouvais pas me le permettre. En aucun cas.

J'allais trouver quelqu'un à baiser. Mettre un terme à ce maudit célibat que je m'étais moi-même imposé et chasser définitivement l'image de son cul rebondi et de sa chevelure auburn de mon système.

Pourtant, alors même que je me tenais là, la peau soumise aux assauts de l'eau glacée, avec mon esprit et mon corps qui conspiraient contre moi, alors même que je sentais enfin l'eau froide venir à bout de mon désir, je savais que je me mentais.

Un mensonge qui pourrait me coûter cher si quelqu'un découvrait la vérité.

6
Sienna

Je m'efforçai de ne pas regarder le général partir. Il ne me serait d'aucune utilité d'afficher ma peur. Pourtant je poussai un soupir de soulagement quand sa présence s'atténua puis disparut.

« Tu es… acceptable, je dirais, fit l'homme sur ma droite, rappelant mon attention sur lui. Même si tu ne colles pas du tout au style actuel. »

Je haussai un sourcil. « Au style actuel ?

— Oui, c'est le prince héritier qui donne le ton de nos standards de beauté. Il préfère les femmes minces de hanches, minces de buste, avec des cheveux foncés et… la peau propre. »

Je ne pus étouffer le rire qui monta dans ma gorge. « Vous pensez que mes taches de rousseur font de moi quelqu'un de sale ?

— Et peu causantes », ajouta l'homme en fronçant les sourcils.

Oh, purée, ça n'allait pas bien se passer pour moi. Il me fallut déployer d'immenses efforts pour ravaler les mots que j'avais sur le bout de la langue et baisser les yeux en battant des cils. « Bien sûr, je saurai en tenir compte. Dites-moi, à quoi ressemblent les royaumes ? Un homme de votre… stature… doit avoir beaucoup voyagé ? » Vu que j'étais plus grande que lui, je me demandais s'il allait percevoir l'insulte.

Son froncement de sourcils s'atténua un peu tandis qu'il continuait à reluquer ma poitrine. « Oui, en ma qualité de négociant majeur, je visite les différents territoires. Les voyages t'intéressent ? »

La question était ridicule. J'étais prisonnière et il voulait savoir si j'aimerais voyager. « Bien sûr ! J'adorerais voir toutes ces belles contrées exotiques, répondis-je, m'obligeant à sourire parce que je venais de me rappeler les conseils que la duchesse nous avait donnés la veille. À l'heure actuelle, nous sommes autorisées à nous promener à l'intérieur du domaine, mais pas au-delà du pont frontalier. Je ne peux m'empêcher de me demander ce qu'il y a là-bas… »

La mine méfiante était de retour et, avant même que je puisse faire marche arrière et tenter une tactique différente, il était parti. Et mon pendentif était resté transparent.

Saloperies de vampires.

Une blonde, celle qui portait une fausse robe de mariée, se faufila jusqu'à moi. « Ce n'est pas aussi facile que je l'avais imaginé. »

Je secouai la tête et entrechoquai nos verres. « Je m'appelle Sienna.

— Holly. »

Nous restâmes ensemble un moment avant qu'elle ne me donne un coup de coude. « Lequel te plaît parmi eux ? »

Je me fendis d'un reniflement sarcastique discret. « Aucun, répondis-je.

— Tu ferais mieux d'en trouver un, alors », déclara-t-elle en tournant vivement la tête vers moi. Il y avait de la peur au fond de ses yeux.

« Crois-moi, j'essaie, Holly, répliquai-je avec une grimace. Le hic, c'est que je ne suis pas leur type. C'est ce que ce négociant vient de me dire. Je pense que toi, tu t'en sortiras bien. Moi, je devrai m'estimer heureuse si quelqu'un daigne me choisir. »

Oui, j'avais prononcé ces mots, même s'ils me donnaient la nausée. Je n'en avais rien à foutre des Jeux de la moisson. Cependant, je devais jouer le jeu et survivre assez longtemps…

« Bonne chance, Sienna, dit Holly en entrechoquant une fois de plus nos verres à pied, qui émirent un doux tintement. Tu vas en avoir besoin, je crois. »

Sur quoi, elle me planta là, seule. Je reportai mon attention sur les autres filles dans la salle, occupées à faire la conversation, et pour la première fois, je notai les similitudes entre elles. Petites ou grandes, noires ou blanches, blondes ou brunes, elles étaient toutes du genre mince, aux hanches étroites et aux poitrines plates. Seules une ou deux avaient une ébauche de courbes.

Merde alors ! Si je n'arrivais pas à engager la conversation avec un vampire, comment diable allais-je trouver le moyen de gagner les territoires Métamorphes ? Il fallait que je déniche au moins un vampire qui veuille bien me parler. Un jeune, peut-être, qui serait moins blasé ?

Un visage familier apparut dans mon esprit, que je repoussai aussitôt.

Non et non. Il y avait forcément un autre moyen de retrouver Jordan, qui ne m'obligerait pas à me rapprocher du général.

Mais alors que le temps passait, je continuais à demeurer seule. À l'évidence, j'étais bel et bien hors-jeu ici, ce qui ne faisait pas du tout mes affaires. Il fallait que je trouve un moyen d'attirer l'attention, et vite.

La fête ne commença à retomber que vers minuit. Les hommes furent les premiers à se disperser, puis nos servantes vinrent nous chercher pour nous ramener dans nos quartiers.

Bethany se précipita vers moi, cherchant aussitôt mon pendentif du regard. « Oh… »

J'y portai la main. « Eh oui. J'ai essayé, Bethany. Vraiment. »

Ses épaules s'affaissèrent, puis elle se redressa. « Il reste encore demain, non ?

— Oui, bien sûr. On a le temps. » Je souris en glissant mon bras sous le sien tandis qu'elle m'entraînait loin de la salle de bal. « Au fait, je voulais te demander… Qu'est-ce qu'il y a au-delà du pont frontalier ? Celui que la duchesse nous a interdit de franchir. »

Bethany ralentit, s'arrêta et m'attira tout près d'elle.

« Promettez-moi que vous n'irez pas là-bas, exigea-t-elle d'une voix stridente.

— Bethany, je…

— Promettez-le-moi ou je… je ne serai plus votre amie, acheva-t-elle d'une voix faible.

— D'accord, calme-toi », promis-je en lui tapotant la main. Voyant comme sa lèvre inférieure tremblait, je compris : ce qu'il y avait de l'autre côté du pont, c'était mauvais.

Du genre très, très mauvais.

« Vous me le jurez ?

— Je le jure », répondis-je en croisant mon index sur mon cœur.

Je n'aimais pas lui mentir. Mais la vérité, c'était que je ferais tout ce qui était nécessaire pour retrouver mon ami, même si cela impliquait que je doive traverser ce pont. Toutefois, lui avouer cela maintenant ne nous aiderait ni l'une ni l'autre. J'avais besoin qu'elle ait un intérêt à me garder en vie. Avoir une alliée ici constituait un atout crucial.

Et puis, d'une manière moins pragmatique, j'appréciais aussi son amitié. Au milieu de la nuit, quand je me sentais étouffée par la peur et l'angoisse que m'inspirait ma situation, la pensée de son visage ami et de ses gentilles paroles était la seule chose qui m'aidait à tenir.

Elle me soupesa du regard puis opina lentement. « Bien. Rendez-vous service, alors, et ne posez plus ce genre de questions. Il n'en sortira rien de bon, je vous le garantis. »

Nous n'étions plus qu'à quelques pas de ma chambre quand je m'immobilisai en plein milieu d'une intersection entre deux couloirs. Mon cœur se mit à battre à tout rompre et je ressentis… ce qui ne pouvait être considéré que comme une « attraction » dans cette direction.

Je n'avais jamais été encline à passer outre les signaux de mon instinct, c'était ce qui m'avait permis de rester en vie. Ce qui avait permis à Jordan de rester en vie.

« Qu'est-ce que c'est que cet endroit ?

— Oh, c'est le couloir qui mène aux quartiers des soldats, répondit Bethany. Pourquoi ?

— Je suis juste intriguée par ce symbole », répondis-je, l'air indifférent. Et je portai les doigts sur l'emblème gravé dans le mur qui jouxtait le couloir. Deux épées croisées devant un bouclier.

Bethany me tira par le bras.

« Votre curiosité vous jouera de sales tours. Il est tard. Demain, la duchesse organise une compétition de tir à l'arc dans le cadre des Jeux. Cette manifestation vous donnera, à vous les jeunes femmes, l'occasion de vous mêler un peu plus aux hommes. Vous feriez bien de vous montrer sous votre meilleur jour et d'essayer d'en impressionner certains, m'avisa-t-elle doucement. C'est compris ? »

J'acquiesçai vaillamment tandis que Bethany continuait à m'expliquer tout ce qu'elle comptait entreprendre pour m'aider à trouver le chemin du cœur – ou du moins du pantalon – d'un suceur de sang, mais mon esprit était déjà bien trop préoccupé pour que je puisse lui accorder la moindre attention.

Les quartiers des soldats contenaient certainement tout ce dont j'avais besoin pour parvenir en territoire Loup-garou. Cartes, boussoles, sans même parler des armes. Si seulement je pouvais m'y introduire…

De retour dans ma chambre, j'enfilai ma chemise de nuit, revigorée par mon ébauche de plan. Dorénavant, j'avais deux objectifs :

Me rendre assez désirable pour ne pas être mise de côté ou jetée aux Chasseurs avant d'avoir eu le temps de rejoindre Jordan.

Trouver un moyen de me faufiler dans les quartiers des soldats sans me faire prendre et tailler en pièces.

Comme mission de sauvetage, ce n'était pas vraiment digne d'une médaille, mais c'était un début. Et de mon point de vue…

Un début valait bien mieux que rien du tout.

7
Sienna

Même en ayant désormais une idée plus claire de la manière dont je pouvais avancer, je passai la nuit à me retourner dans mon lit. Une fois de plus, j'avais été assaillie d'images du sombre et mystérieux général, ce qui m'irritait au plus haut point.

« Êtes-vous certaine de ne pas vouloir mettre un corset sous votre veste ? me demanda Bethany pour la seconde fois, alors qu'elle m'examinait de la tête aux pieds.

— Sûre et certaine », répondis-je avec un dernier coup d'œil au miroir.

Le pantalon bleu roi et la veste d'équitation me moulaient comme une seconde peau et il était inutile d'essayer de tromper le chaland. J'étais plus ronde que la plupart des autres filles et aucun corset ne suffirait à le masquer. Autant assumer ma différence et voir si je pouvais attirer le regard d'un homme qui appréciait les courbes. Dans le pire des cas, cela me permettrait au moins de respirer pendant le concours de tir à l'arc.

« Alors, dis-moi exactement ce qui va se passer pendant cet événement. » La perspective de me retrouver en plein air était bien plus attrayante que de passer la journée à l'intérieur, mais mon soulagement se mêlait d'inquiétude. « Ce n'est pas une de ces conneries genre tournoi de gladiateurs où on nous donne des arcs et des flèches pour nous entretuer jusqu'à ce qu'il n'en reste plus qu'une, j'espère ?

— Non, non, pas du tout, répondit Bethany en secouant la tête.

— Ouf !

— En fait, ce sont les vampires qui reçoivent les arcs, continua-t-elle sur un ton pragmatique. Et vous êtes ensuite lâchées dans les bois pour qu'ils puissent vous chasser. »

Mon cerveau se déconnecta temporairement et je la dévisageai en clignant des yeux.

Pendant une seconde, nous nous fixâmes sans rien dire, puis un ricanement s'échappa de ses lèvres.

« Vous devriez voir votre tête ! pouffa-t-elle joyeusement. Je n'en reviens pas que vous soyez tombée dans le panneau. »

Le bourdonnement né de la panique commença à refluer de mes oreilles mais mon cœur continua de tambouriner dans ma poitrine. Je parvins néanmoins à gratifier mon « amie » d'un léger sourire.

D'abord des claques, et maintenant, ça. La douce et timide Bethany était vraiment sortie de sa coquille. Je la regardai, partagée entre une vague envie de la refourrer dans sa coquille et néanmoins impressionnée malgré moi.

« Oui, hilarant ! Se moquer de la prisonnière des vampires, comme c'est rigolo. Charmant ! »

Elle me donna un coup de hanche qu'elle assortit d'un clin d'œil. « Depuis que vous êtes arrivée ici, vous ne me causez que de l'inquiétude. Il faut bien que je relâche la tension d'une manière ou d'une autre, non ? »

Je marmonnai à mi-voix, mais je n'arrivais pas à me mettre vraiment en colère. Cet endroit était pour le moins étrange et

Bethany et moi nous retrouvions dans une situation encore plus étrange. Nous aurions sans doute préféré l'une et l'autre faire autre chose, ailleurs, bien loin d'ici. Tout ce qui pouvait nous extraire même un instant de notre bourbier actuel me convenait.

Je tournai la tête vers elle et lui posai la question qui me brûlait les lèvres depuis notre première rencontre. « Comment as-tu atterri ici ? »

Le sourire disparut de ses lèvres et elle me jeta un regard scrutateur.

« Toujours aussi curieuse, à ce que je vois. Peut-être qu'un jour, si vous arrivez à vous prendre en main, je vous le dirai. À quoi bon devenir trop proche d'une fille déterminée à se faire tuer ? »

Aïe !

« Dis-moi ce que tu ressens vraiment, Bee », insistai-je avec une grimace.

Elle lâcha un ricanement indigné, mais ne protesta pas contre le surnom que je venais de lui donner.

« Une fille doit protéger son cœur dans un endroit comme celui-ci. » Sur cette déclaration, elle pivota pour jeter un coup d'œil à la pendule dans un coin de la pièce et poussa un cri. « Et voilà ! Encore des ennuis en perspective ! Il faut qu'on y aille et tout de suite. Si on arrive encore en retard, la duchesse pourrait transformer ma petite blague sur votre mort imminente en prophétie avérée. »

Sur cette note rassurante, elle me fit sortir de la pièce et me conduisit à travers les couloirs sinueux du château. Lorsque nous sortîmes enfin, ce fut via une imposante suite de portes voûtées qui avaient été ouvertes en grand pour laisser entrer le soleil.

Une solide bouffée d'air frais apaisa un peu mon estomac retourné. Même si la proximité des vampires, dans n'importe quelles circonstances, ne me réjouissait ni de près ni de loin, je me sentais bien moins terrifiée en extérieur. Non que j'aie la moindre chance de m'échapper s'ils me pourchassaient, dans un cas comme dans l'autre.

À ce propos…

« J'avais l'intention de t'interroger là-dessus, et tu as dit que tu répondrais à certaines de mes questions… Jusqu'à présent, je n'ai pas vu grand-chose en matière de pouvoirs surhumains. On entend des histoires et des tas de trucs du genre, mais je suis sûre qu'une grande partie n'est que du baratin sensationnaliste de la part des médias. Un peu comme ce qu'on raconte sur le Grand requin blanc pendant la semaine sur les requins », déclarai-je en me calant sur les grandes enjambées de Bee. Partie sur un rythme soutenu, elle me renvoyait une sorte d'indifférence agressive. « Et ce truc du sang, c'est quoi exactement ? Je ne les vois pas tailler des humains en pièces au dîner, ni boire à un hôte gorgé de sang agenouillé à leurs pieds ou quoi que ce soit d'autre. »

Ayant trébuché sur un pavé fissuré, je dus piquer un sprint sitôt redressée pour la rattraper.

« Et puis, ils sont rapides à quel point, en réalité ? Genre, deux fois plus qu'un humain, ou… »

Bee s'arrêta si net que je faillis la percuter. Elle fit volte-face, sourcils froncés. « Si je vous réponds, vous arrêterez de jacasser et vous vous concentrerez sur la tâche à accomplir ?

— Oui, promis-je en opinant. Absolument.

— Très bien. Ce ne sont pas des inventions exagérées par les médias. Si la plupart d'entre eux n'ont pas d'hôtes de sang à leurs pieds, c'est que la duchesse préfère afficher une apparence civilisée, surtout pendant les Jeux. La majorité des autres vampires se plient de bon gré à ses exigences. Ce que certains font une fois leur porte close, c'est une tout autre histoire, ajouta-t-elle, la mine sinistre. Et pour ce qui est de leurs capacités, figurez-vous l'homme le plus fort que vous ayez jamais vu et multipliez sa puissance par cinq. Puis imaginez qu'il puisse se déplacer plus vite que l'œil n'est capable de le suivre…

— Oh. Eh bien, c'est…

— Je n'ai pas terminé, me coupa Bee. Imaginez ensuite qu'il soit quasi invincible. C'est-à-dire que, même si vous avez réussi à prendre le dessus sur lui et fait tout comme il fallait, il va juste guérir, comme si de rien n'était, à moins que vous ne trouviez l'un des trois moyens existants pour le tuer. Et une fois requinqué, il reviendra à la charge mais, cette fois, il n'échouera pas. Parce que tout ce dont vous êtes capable, il peut le faire en mieux. Toute fuite est vaine. Plus tôt vous admettrez cela, plus tôt vous vous résignerez et mieux vous vous en porterez, Sienna. S'il vous plaît… »

Son joli visage, plein de douceur et d'inquiétude, me fit regretter de ne pouvoir lui confier la vérité. Au lieu de quoi, je me contentai de hocher la tête.

« Très bien. Je te l'ai déjà promis, je vais essayer. C'est simplement que tout est si nouveau pour moi. »

Un trio de jeunes femmes nous dépassa au pas de course et Bee m'attrapa le bras pour m'inciter à me remettre en mouvement.

« Quels sont les trois moyens ? » demandai-je, veillant à parler bas.

Je vis sa mâchoire se serrer légèrement. « Le véritable soleil, pas cette fausse couverture qu'ils ont mise en place. » Elle désigna le ciel au-dessus de nous, ce qui m'incita à lever les yeux.

Les nuages ne se déplaçaient pas et la voûte céleste était d'un bleu parfait, artificiel. Plus je contemplais ce ciel, plus j'étais perturbée. « Il n'est pas réel ? »

Bee secoua brièvement la tête. « Ils aiment que tout paraisse normal. La couverture, au-dessus de leur royaume, leur permet d'avoir des jours et des nuits qui paraissent réels, en même temps que le reste des Territoires. »

Je détournai le regard. Une couverture pour permettre aux vampires de déambuler sous le soleil. De faire semblant d'être humains. C'était complètement dingue. « Et les autres moyens ?

— Le coup du pieu de bois en plein cœur, c'est vrai. Même s'il doit s'agir d'une essence particulière, je crois. La décapitation, naturellement. Et il y en avait une quatrième : les vers de sang. Mais l'espèce a été éradiquée. Donc il n'en reste plus que trois. »

Merde ! J'allais devoir trouver de quelle essence de bois il s'agissait et me tailler un pieu dedans.

Bee continuait de parler. « Pour aujourd'hui, concentrons-nous sur une mission : vous dégoter au moins un admirateur. Pour ça, vous allez faire semblant d'être charmante et douce. Et vous abstenir de poser trop de questions. Promis ?

— Je ferai de mon mieux », répondis-je avec un soupir. Nul besoin de questions : elle venait de me fournir un tas d'informations. Et solides, en plus.

Elle fonça droit vers un mur d'arbustes luxuriants, à une dizaine de mètres devant elle, et je lui emboîtai le pas. J'entendis le bourdonnement grave de plusieurs voix juste avant que nous franchissions une brèche dans la végétation pour déboucher dans une cour immense. Sur notre gauche, un groupe d'au moins une cinquantaine de vampires mâles déambulait en discutant. Ils portaient des tenues d'équitation, à ceci près que toutes sans exception étaient d'un noir d'encre. À notre droite, les autres filles étaient alignées comme des poupées, en face de la duchesse, souriante, qu'elles fixaient avec des yeux remplis d'espoir.

Bee me poussa vers l'extrémité du rang et se précipita pour rejoindre les autres servantes, regroupées sur un côté. Je croisai le regard de la duchesse, m'interdisant de gigoter quand elle baissa les yeux sur l'élégante montre en or qu'elle avait au poignet. Nous avions dû arriver dans les temps, car elle inclina la tête en signe d'approbation, avant de faire taire les autres filles.

« Je suis très enthousiaste à la perspective des jeux d'aujourd'hui, commença-t-elle sans se départir de son sourire. Nous allons tester vos compétences à l'arc. Que ce soit bien clair : on ne s'attend pas à ce que vous sachiez tirer. »

Un murmure de soulagement parcourut le groupe.

« Vous aurez chacune un instructeur qui vous enseignera d'abord tout ce que vous devez savoir. À la fin de la journée, nous organiserons une compétition amicale. À la fin des festivités, un prix extraordinaire sera décerné à la meilleure archère.

— Et à la pire ? » lâchai-je, incapable de m'en empêcher. Le commentaire lugubre de Bee sur l'incroyable pouvoir de ces créatures m'avait un peu secouée.

« Elle se verra contrainte de subir les inévitables moqueries de ses paires, conclut-elle avec un hochement de tête solennel. Penses-tu être en mesure de le supporter, ma fille ? »

Je me mordillai la lèvre inférieure, soumise au regard incendiaire de Bee, non loin de là, qui me cuisait les joues.

Plus de questions. Bien reçu.

« Oui, merci.

— Parfait, répliqua-t-elle avant de frapper dans ses mains. À présent, procédons. Sélectionnons les équipes. Chacun des messieurs présents a un foulard coloré à motifs dans sa poche. Tout ce que vous avez à faire, c'est en attraper un derrière moi, poursuivit-elle en désignant la table en bois dans son dos, et trouver celui des messieurs qui a le même. Allons, allons ! » nous encouragea-t-elle en s'écartant.

Toutes les filles se précipitèrent telle une meute de hyènes enragées, couinant et ricanant pour attraper le tissu soyeux. Je ne voyais pas l'intérêt de choisir, vu qu'il était impossible de savoir à l'avance quelle couleur serait bonne, quelle couleur serait mauvaise. Aussi restai-je en retrait. Mieux valait éviter le chaos et se servir à la fin.

Un sifflement sonore, en provenance du coin des servantes, me fit relever la tête : Bee me fusillait du regard.

Bon, d'accord…

J'entrai dans la mêlée, m'obligeant à ravaler un grognement lorsqu'une botte s'écrasa sur mon petit orteil. Sans même regarder, j'attrapai le carré de tissu le plus proche et étais sur le point de tirer dessus quand mes entrailles se glacèrent. Un coup d'œil par-dessus mon épaule me révéla deux yeux d'un noir d'encre rivés sur moi, à quelques pas seulement.

Les yeux que j'avais vus dans la salle des ventes, voilés de cruauté comme d'une cape.

Je reportai mon attention sur les foulards et lâchai le morceau de soie à carreaux pourpre et or pour choisir le suivant. Un bout de tissu sans motifs, couleur gris acier. Dès que je l'eus en main, je retournai me placer dans le rang.

Peu après, les autres filles m'avaient rejointe. Le foulard pourpre était resté sur le présentoir, en compagnie de dizaines d'autres.

« Messieurs, si votre pochette n'a pas été sélectionnée, je vous présente mes condoléances, lança la duchesse

Evangeline avec un sourire d'excuse. Je vous invite à profiter des rafraîchissements que vous trouverez dans le jardin pour le moment. Vous pourrez rejoindre les spectateurs en tribune, une fois que la compétition commencera. Ceux d'entre vous qui ont été choisis sont priés de trouver la personne qui leur correspond et de faire connaissance. »

Je coulai un regard furtif vers les hommes et faillis m'évanouir de soulagement lorsque j'aperçus celui aux yeux noirs se diriger vers la sortie, les dents serrées et l'expression irritée.

Je l'avais échappé belle, j'en étais certaine. L'idée de passer un après-midi en compagnie de cette créature suffisait à me donner les mains moites.

« Bien joué, lança une voix à la fois rauque et familière dans mon dos. Tu as été bien avisée d'effectuer ce changement de dernière minute. »

Je me retournai : le général se tenait devant moi, un mouchoir gris, jumeau du mien, dans sa main.

« Général », croassai-je, tout en me maudissant pour m'être réjouie trop tôt. Je n'avais esquivé une balle que pour mieux me retrouver sur la trajectoire d'un missile. « Je ne m'attendais pas à vous voir aujourd'hui. Ne devriez-vous pas être quelque part, en train de… faire ce que font les généraux vampires ? »

Dès que les mots eurent quitté mes lèvres, je voulus les ravaler. Heureusement que Bee ne pouvait m'entendre. Elle m'aurait sans doute flanqué une belle gifle en constatant à quel point je savais me montrer dénuée de charme.

Le général inclina la tête et, l'espace d'une fraction de seconde, ses lèvres ébauchèrent un sourire. Du moins parvins-je presque à le croire.

« Je devrais, en effet. Mais étant donné que mon travail consiste à protéger la Couronne et ses héritiers, et que la duchesse a jugé sage d'armer nos prisonnières alors même que le prince héritier et le deuxième dans l'ordre de succession au trône se trouvent à portée de tir, je n'avais d'autre choix que d'être présent. Croyez-moi, si j'avais eu le moindre prétexte pour m'esquiver, je l'aurais saisi. »

Je tentai de calmer les battements de mon cœur et de jouer le jeu pour lequel j'étais là. Tout compte fait, la sélection du foulard du général était le résultat idéal pour moi. Si je voulais des informations sur les quartiers des soldats, qui était le mieux placé pour me les fournir ?

Tout ce que j'avais à faire, c'était m'arranger pour qu'il m'apprécie au point de me parler et, éventuellement, de colorer ma pierre précieuse, mais pas assez pour qu'il souhaite me garder comme animal de compagnie dans sa tanière, à supposer qu'il en ait une.

Et oublie que son visage hante tes cauchemars depuis des années.

Oui. Ça aussi.

Je devais rester concentrée sur le présent. Or pour l'heure, cet homme était ma meilleure chance de sauver Jordan.

Je réussis à sourire et croisai le regard du général. « Eh bien, je devrais remercier la duchesse dans ce cas. J'espérais avoir l'occasion de passer un peu de temps avec vous. J'ai senti une espèce de… connexion entre nous. » La gorge nouée, je m'efforçai de ne pas éprouver la vérité de ces paroles. Si seulement il savait !

« Tiens donc, fit-il, baissant tellement la voix qu'il chuchotait presque. Parce qu'il me semble que tu as également établi un lien avec quelqu'un d'autre, ici. » D'un geste du menton, il désigna mon cou. Je baissai donc les yeux. Et sursautai.

Mon pendentif était devenu rose.

Mais quand ?

Comment ?

Je repensai à l'homme aux yeux cruels qui m'avait reluquée tantôt et je frémis.

« Je n'ai pas ressenti la moindre connexion, pour ma part, je peux vous le promettre. Je crois que l'homme avec qui vous étiez à la vente aux enchères a montré de… l'intérêt pour moi. »

Les yeux marron foncé du général perdirent leur éclat tandis qu'un muscle palpitait dans sa mâchoire.

« Le comte Anthony DuMont. Ce serait donc lui ? Eh bien, il a failli voir son vœu exaucé, car c'est son coupon de soie que tu as touché pour commencer. Je te conseille de l'éviter à tout prix. Il n'est pas… Disons qu'il ne serait pas un choix judicieux. »

J'acquiesçai, peinant à ravaler ma salive. Au moins mon instinct s'était-il avéré bon.

« Je m'en doutais un peu. Il a fait grimper en flèche l'aiguille de mon trouillomètre. Et de toute façon, mes critères sont très élevés, ces jours-ci. J'attends d'un homme qu'il soit solvable, qu'il aime les chiens et n'ait pas l'intention de me manger. »

Ma petite plaisanterie parut détendre un peu l'ambiance et il haussa un sourcil.

« Eh bien, je crains que tu ne rencontres des difficultés, ici. Nous ne recourons pas au crédit, et pour ce qui est des chiens… bon, le mot "amour" est un peu fort. Disons que nous avons conclu une trêve malaisée avec eux, répliqua-t-il avec douceur. Cependant, c'est ta dernière requête qui m'intrigue. Humains ou vampires, tu as rencontré beaucoup de prétendants qui n'auraient pas envie de te manger ? »

Ses mots restèrent en suspens entre nous, m'obligeant à calmer les martèlements soudains de mon cœur. Quel effet aurait cette bouche sur la mienne ? Mon cou ? Mon ventre ?

Plus bas...

J'eus envie de tendre la main pour suivre le contour de ses lèvres bien dessinées. Sentir le bord acéré de ses dents et...

Une sorte d'instinct de conservation, monté des tréfonds de mon corps, m'arrêta net en me lançant un message d'avertissement.

Recule !

Je fis un pas en arrière et tendis la main. « Je, euh, je ne crois pas que nous nous soyons présentés en bonne et due forme, lâchai-je d'une voix aiguë. Sienna. »

L'intensité de son regard faiblit alors qu'il m'accordait une poignée de main sans conviction. « Dominic Blackthorne. »

Bien sûr.

« Pourquoi ce petit sourire ironique ?

— Pour rien, répliquai-je avec désinvolture. J'aurais dû le savoir, c'est tout. Dites-moi, est-ce qu'il y a chez vous des vampires qui s'appellent Larry Pritchard ? Ou Bob Klatsky ? »

Nouveau petit frémissement de ses lèvres. Il n'avait peut-être pas envie d'être là, n'empêche qu'il me trouvait drôle.

Excellent début.

« Maintenant que vous vous êtes tous présentés, commençons ! » annonça la duchesse de sa voix mélodieuse, mettant ce faisant un terme plus que bienvenu aux bavardages pseudo légers qui me donnaient des palpitations. « Mesdames, allez chercher vos armes. Chacune sera numérotée et il y aura un pas de tir dans la cour avec le numéro correspondant dessus. C'est là que se déroulera votre entraînement. Vous disposerez chacune de deux heures avec votre partenaire pour en apprendre autant que vous le pourrez et vous exercer. Rappelez-vous, ajouta-t-elle en levant un index élégant, la gagnante recevra un prix extraordinaire qui sera envié de toutes. Alors, appliquez-vous. » Elle marqua une pause théâtrale, puis écarta les bras. « Que les jeux commencent ! »

Que les jeux commencent, en effet.

Méfie-toi, Dominic Blackthorne, si tel est ton vrai nom. Je viens pour t'arracher tes secrets et rien ne m'arrêtera.

L'opération « Charmons l'ennemi » était lancée.

8
Dominic

Quelles étaient les probabilités ?

Je détournai le regard pour tenter de chasser l'odeur de cette femme de mes narines, tout en songeant à mon destin.

De tous les foulards sur le présentoir, quelles étaient les probabilités pour qu'elle choisisse le mien ?

Cent pour cent, répondit une voix moqueuse à l'intérieur de ma tête.

Parce que voilà quelle était ma chance ces derniers temps. Depuis que j'avais posé les yeux sur cette maudite femelle. Si j'avais passé mon chemin, si j'avais tourné le dos et laissé la nature suivre son cours, tout se serait bien passé. Mais non. L'idée de voir une femme aussi fougueuse offerte en appât m'avait rendu malade.

De même que l'idée de voir quelqu'un d'autre l'acheter et jouir de ce corps somptueux à des fins personnelles, objecta la même voix agaçante.

Et maintenant, j'étais puni de ma faiblesse puisque les dieux me la mettaient sous le nez pour une putain de journée entière.

Pas les dieux, rectifiai-je mentalement, *la duchesse.*

Cet événement dans son ensemble était ridicule, surtout vu les inquiétudes que m'inspirait le comportement récent d'Anthony, pourtant elle avait refusé d'annuler. Il était hors de question que je laisse Will venir sans moi. Il suffisait de remplacer l'une des flèches en tremble par une flèche en bois de dragonnier. Entre les mains d'une personne désireuse de s'assurer que les prétentions d'Edmund au trône demeurent à jamais incontestées, ça ne ferait pas un pli.

« On a le numéro 8. Je crois que c'est par là, non ? » suggéra-t-elle en désignant le point le plus éloigné de la cour.

J'acquiesçai et allais pour prendre cette direction quand elle posa une brève seconde la main sur mon avant-bras, me stoppant net dans mon élan.

« Je peux vous poser une question ? Ça me rend folle.

— Vas-y.

— Pourquoi avez-vous enchéri sur moi ? demanda-t-elle en secouant la tête avec incrédulité. Je me suis comportée comme une mégère enragée plutôt que comme une servante docile. Et pas besoin d'un miroir pour me dire que j'avais l'air d'une raclure de fond de toilettes dans un dortoir de fraternité. Alors, quelle mouche vous a piqué ? »

Je pris un moment pour scruter la cour à la recherche de Will, m'assurant qu'il était toujours à peu près dans la même zone que la dernière fois où je l'avais vu, avant de me retourner vers Sienna.

« On avait un quota à atteindre et j'en avais assez d'être là », répondis-je d'un ton neutre en me remettant à marcher vers la zone d'entraînement qu'on nous avait assignée. « Cet endroit est odieux, tu es bien placée pour le savoir. Ça pue l'enfer et mon nez est bien plus sensible que le tien. »

Elle se cala sur ma foulée et je sentis le poids de son regard dubitatif sur mon visage.

« Si vous le dites.

— C'est la vérité. En fait, je peux te dire exactement quel type de savon tu as utilisé ce matin, ajoutai-je en passant délibérément outre le vrai sens de sa réponse. Lavande et miel. Et je suis prêt à parier que ce matin, tu as mangé un croissant avec de la confiture de myrtilles… » Je marquai une pause et inhalai avant de me corriger. « Non, de la confiture de mûres de Boysen. »

Et même si elle s'était vaporisé un de ces parfums sucrés sans intérêt probablement fourni par sa femme de chambre, c'était l'odeur naturelle de sa peau – jasmin avec une pointe d'agrume – qui me titillait les gencives. Mon sexe palpitait, douleur sourde derrière la braguette de mon pantalon, car je venais de m'imaginer en train de la croquer, et de plus d'une façon.

« Je dois vous prévenir, ça fait longtemps que je n'ai pas tiré à l'arc, dit-elle, et même à l'époque, les flèches étaient en mousse. Mon père m'avait acheté une panoplie quand j'étais gamine.

— Dans ce cas, on va partir de zéro », décrétai-je alors que nous atteignions une botte de foin marquée du chiffre 8. Un arc et un carquois de flèches s'y trouvaient. Sienna se dirigea vers l'arme.

Je dressai une main ferme. « Observe d'abord », ordonnai-je. Et je choisis une flèche, une seule, et désignai la citrouille orange vif qui avait été placée sur une autre botte de foin au loin et devait manifestement nous servir de cible.

Je levai l'arc.

« Le plus important, c'est de garder une prise souple. Tiens l'arc avec plus de décontraction que tu ne le jugerais adéquat », expliquai-je en encochant une flèche. Je tirai lentement, veillant à ne pas abîmer l'arc fragile, manifestement conçu pour un utilisateur humain. « Tu apprendras à viser avec de l'entraînement. »

Relâchant mon souffle, je bandai la corde contre ma joue et visai la cible. Je lâchai la flèche d'un mouvement sec du doigt et suivis sa course du regard, sachant qu'elle atteindrait son but bien avant qu'elle ne s'enfonce effectivement dans la citrouille avec un bruit de chair transpercée.

Je lui tendis l'arc, un sourcil haussé.

« À toi, mais rapprochons-nous un peu pour ton premier tir. »

Ses grands yeux dorés quittèrent la cible pour venir se poser sur moi. « D'accord, mais sérieusement… quel tir ! C'est vraiment très, très loin.

— J'ai des années d'entraînement derrière moi, répliquai-je en me saisissant du carquois pour l'entraîner à ma suite plus près de la citrouille mutilée.

— Il faut croire. » Elle me suivit sur la moitié de la distance jusqu'à la cible. Quand on s'arrêta, elle accepta l'arc et prit une profonde inspiration. Après quoi elle se redressa, tenant l'arme d'une manière raisonnablement proche de celle que je lui avais montrée. Puis elle plaça la flèche que je lui tendis dans l'encoche.

Elle commençait déjà à tirer la corde vers l'arrière, mais je lui posai une main sur l'épaule.

« Attends, dis-je après un coup d'œil à ses jambes. Fais légèrement pivoter ton corps, qu'il soit presque de profil. L'extérieur de ton pied gauche doit être orienté vers la cible.

— Comme ça ? demanda-t-elle en s'exécutant.

— Presque. » Une vague de désir me traversa à l'instant où je lui tapotai la cuisse. « Recule un peu plus, écarte les pieds de la largeur de tes épaules. Et redresse le dos », ajoutai-je. L'électricité semblait crépiter de son corps vers le mien dès que nous entrions en contact et je dus déployer d'immenses efforts pour résister à l'envie primitive de la pencher en avant, de glisser ma main dans ses cheveux et…

« Bien, grognai-je, retirant ma main comme si je m'étais brûlé. Maintenant vas-y, essaie. »

Elle batailla brièvement avec la corde tendue, mais réussit à l'approcher de son oreille. « Pas évident », constata-t-elle, les deux yeux fixés sur la citrouille.

Je cillai, sidéré. Encore un rappel de la faiblesse des humains par rapport à nous. Ni leur détermination ni leur courage ne seraient en mesure de combler le fossé.

Refoulant cette pensée, j'ajustai légèrement son coude, puis j'acquiesçai.

« Ça m'a l'air d'aller. Maintenant, ferme un œil et aligne-toi sur la cible. Utilise ta phalange comme guide pour viser. Il va te falloir tâtonner un peu avant de voir à quelle hauteur tu dois tenir l'arc, mais vas-y, tire. »

La flèche jaillit de l'arc et je grimaçai en la voyant s'élancer vers le haut, décrire un arc en diagonale et passer bien trois mètres au-dessus de la cible, au point de croiser la trajectoire d'un corbeau qui avait choisi le mauvais moment pour quitter son perchoir.

« Oh, bon sang ! marmonna-t-elle en laissant retomber l'arc à son flanc. C'était moins une ! »

L'oiseau s'enfuit à grands coups d'ailes et je dus me retenir de sourire.

« On va devoir travailler encore un peu sur la précision si on ne veut pas manger du corbeau pour le dîner. Je n'aime pas trop tuer un animal que je n'ai pas l'intention de manger. »

Voyant le rose lui monter aux joues, je repensai aussitôt à notre échange précédent. Sienna, impertinente et sexy, aurait-elle un goût à la hauteur de son apparence ? Je pourrais me pencher, déboutonner sa veste dans l'instant. Libérer ses doux seins de leurs entraves, lécher et sucer jusqu'à son ventre si je le souhaitais…

Et la signaler par la même occasion comme une faiblesse potentielle, espèce d'imbécile.

La meilleure chose que je puisse faire pour cette femme, c'était l'aider à gagner cette compétition et m'en éloigner le plus possible. Elle obtiendrait l'attention dont elle avait besoin pour survivre à ces jeux, ainsi qu'un prix quelconque pour sa peine. Par-dessus le marché, elle aurait appris à tirer. Ça ne la protégerait peut-être pas beaucoup contre un vampire, surtout dans le genre d'Anthony, mais ce serait toujours mieux que ce qu'elle avait à l'heure actuelle. Et pour une raison que je ne m'expliquais pas, cela m'importait beaucoup plus que ça ne l'aurait dû.

On passa la majeure partie de l'heure suivante à travailler la précision du tir. Ses premières tentatives se soldèrent de la même manière que celle qui avait inauguré la série, sans que Sienna perde pour autant de sa détermination, et elle se rapprochait un peu plus de la citrouille à chaque essai. Lorsque sa flèche atteignit enfin la cible, elle poussa un cri d'excitation.

« Bien joué, approuvai-je avec un petit signe de tête.

— Comment se débrouillent les autres à votre avis ? demanda-t-elle avec un coup d'œil vers sa droite.

— D'après ce que j'ai vu, tu es en tête du peloton », répondis-je en suivant son regard : la protégée de Will décochait une flèche. Voyant qu'elle atteignait sa cible, il lui adressa un sourire et une petite tape dans le dos. « La fille qui est avec mon frère a l'air de bien se débrouiller, cela dit.

Je pense que tu as une chance de gagner si tu continues sur ta lancée.

— On a encore un peu de temps, constata-t-elle, donc il faut juste que je m'assure d'être la meilleure d'ici là. Vous savez quel sera le prix ? »

Je restai silencieux quelques secondes, essayant de me rappeler la dernière fois que j'avais participé à cet événement, puis je secouai la tête. « Non. Je n'assiste à des manifestations de ce genre que lorsque j'y suis obligé, par devoir ou sur ordre.

— Et à votre avis, pourquoi les autres s'y rendent ? C'est bizarre qu'on s'intéresse à nos aptitudes au tir à l'arc. Est-ce que cela nous rend plus ou moins attirantes ?

— La plupart des jeux n'ont pas pour but de mettre en valeur vos compétences, répliquai-je en haussant les épaules. Il s'agit de divertir les hommes dont vous cherchez à attirer l'attention. Pourquoi regardez-vous la téléréalité, vous, les humains ? C'est la même chose. »

La colère se peignit sur son visage et elle serra un poing. « La même chose ? Enfin, non, là on est sur quelque chose de bien plus… » Elle s'interrompit et se racla la gorge, soudain radoucie. « Désolée, je me place de mon propre point de vue. Je suppose que formulé comme vous le faites, c'est en effet logique.

— Attention, Sienna, répliquai-je en lui adressant un petit signe du menton. Ton masque a failli glisser.

— Je suis en cours d'apprentissage », dit-elle.

Et elle me décocha un sourire qui me parut presque sincère. Il me fallut déployer un effort herculéen pour en détacher les yeux et désigner la citrouille. « Allez, fais-moi donc quelques tirs qui atteignent la cible. »

Elle opina et se mit en position. « Dites-moi : est-ce que vos soldats s'entraînent au tir à l'arc ? demanda-t-elle en bandant la corde.

— Oui. Une flèche ordinaire comme celle-ci ne sera pas d'une grande utilité contre un loup-garou, mais il existe des versions plus destructrices qui donnent de bons résultats. Cela dit, nous concentrons la majeure partie de notre entraînement sur le combat au corps à corps. »

Elle décocha sa flèche et poussa un juron à mi-voix en la voyant transpercer le foin en dessous de la cible. « Et vous y recourez souvent ?

— À ce qu'on a appris à l'entraînement ? Disons que ça s'est avéré utile au cours des dernières décennies. La préparation au combat, c'est l'un de ces trucs qui paraissent inutiles jusqu'à ce qu'on en ait besoin. Et à ce moment-là, on a le sentiment de n'en avoir jamais eu assez. »

Mes hommes et moi avions sauvé plus d'une fois le roi de tentatives d'assassinat. Nous avions repoussé des usurpateurs qui nous auraient volé notre territoire s'ils l'avaient pu. Nous avions même empêché notre race de disparaître de la planète. Entre les Vanators, les humains, les loups-garous et tous les autres êtres surnaturels, impossible de nous reposer sur nos lauriers.

Mais cette femme tout en courbes, à l'esprit vif et à l'intelligence encore plus aiguisée n'avait pas besoin de le savoir.

« Ça a l'air d'être un travail important. Est-ce qu'on vous traite bien ? J'espère au moins qu'on vous donne ce qu'il y a de mieux. Vos propres quartiers, la liberté de… » Elle s'interrompit, le temps de me jeter un regard perplexe. « Attendez. Maintenant que j'y pense : est-ce que les vampires dorment ? »

J'opinai lentement, un peu décontenancé. « On dort, oui, et la qualité de nos quartiers dépend de notre rang. »

Elle décocha une autre flèche, plus bas.

« Vous avez parlé des loups-garous. C'est pour ça que vous vous entraînez ? Vous êtes en bisbille avec eux ? »

Je me grattai le menton, tout en haussant les épaules. « On peut décrire ça comme ça, oui. De manière générale, on ne s'entend pas très bien avec ceux de leur espèce.

— Ils vivent près d'ici, alors ? » Sienna leva le poing dans une célébration silencieuse lorsque sa flèche se planta en plein dans la chair orange de la citrouille.

Je plissai les yeux. « Si je ne pensais pas que tu étais trop intelligente pour être indiscrète, je pourrais devenir méfiant, à t'entendre me poser toutes ces questions. »

Elle cilla, puis recula presque imperceptiblement, mais ce fut plus que suffisant pour confirmer mes soupçons.

Elle ne bavardait pas pour bavarder. Elle allait à la pêche aux informations.

Or la pêche aux informations était une activité dangereuse.

« Sienna, comme c'est moi qui t'ai fait venir ici, j'estime qu'il est de mon devoir de t'avertir. » Je lui saisis fermement le menton pour l'obliger à croiser mon regard. « Toute tentative de fuir cet endroit aura des conséquences brutales et immédiates. Ne te laisse pas tromper par le mince vernis de l'élégance. Il est aussi fragile qu'une coquille d'œuf. Un faux mouvement et c'est la totalité qui se fend. Et je te promets que tu n'as pas envie de voir ce qu'il y a dessous. »

Sa gorge de cygne palpita et le pouls se mit à battre à tout rompre dans son cou.

« Dis-moi que tu comprends.

— Je… je comprends », murmura-t-elle.

Je la relâchai et elle se retourna aussitôt vers la cible.

« Je vais récupérer mes flèches et recommencer une salve », marmonna-t-elle avant de passer son arc à l'épaule pour s'éloigner d'un pas pressé.

Si je pouvais lui délivrer l'information, je n'étais pas en mesure de la forcer à m'écouter.

Enfin, si, je le pouvais, mais je n'allais pas le faire. N'importe quelle femme, surtout une créature aussi têtue que Sienna, serait horrifiée à l'idée même que l'on contrôle son esprit. Si je l'obligeais à manifester de la déférence, elle me détesterait à jamais.

Mais elle sortirait de toute cette comédie vivante.

J'écartai cette idée, je la soupèserais plus tard, quand je serais seul. Quand l'odeur de ses cheveux ne m'embrouillerait pas le cerveau. Quand la vue de ses hanches se balançant de droite à gauche ne m'hypnotiserait plus…

« Je pense que nous avons une vraie compétition qui se prépare, mon frère. » Will m'assena une claque dans le dos, un large sourire ravi aux lèvres. « Aubrey est en train de devenir une vraie pointure et ta nana a l'air de saisir le truc tout aussi rapidement. Et si on faisait un petit pari rien qu'entre nous deux ? »

Je secouai la tête tout en laissant échapper un grognement. « Pour le moment, les paris, c'est fini en ce qui me concerne. »

Le dernier en date me valait d'infernales insomnies et un problème chronique de valseuses bleues.

« Tu n'es vraiment pas marrant, protesta Will, qui reporta son attention sur le reste du terrain. Je suis sûr que je vais trouver quelqu'un qui sera partant. Bonne chance, mon frère. Tu vas en avoir besoin. »

Ce sur quoi il partit à grandes enjambées se trouver un poisson plus facile à hameçonner.

Quelques instants plus tard, Sienna revint avec ses flèches, une détermination ravivée peinte sur les traits.

« Je ne sais pas quel est le prix, mais je sais une chose : je veux le décrocher. Soyons sérieux, à présent, d'accord ? Il ne nous reste que peu de temps pour que vous m'appreniez tout ce que vous savez sur le tir à l'arc, ce temps est précieux. »

J'avais beau me refuser à admirer le courage dont elle faisait preuve, il m'était difficile d'en faire abstraction. Alors, pendant le temps qui nous restait, je fis de mon mieux pour lui inculquer des compétences convenables. Lorsque la duchesse donna le signal du début de la compétition, notre citrouille était réduite en purée, et moi…

J'étais une masse bouillonnante de désir.

Je me serais bouffé le bras pour me libérer de cet enfer.

Encore une heure, maximum, me rappelai-je. Rien qu'une parenthèse dans mes trois cents années sur cette terre. Tout ce que j'avais à faire, c'était traverser cette épreuve et il s'écoulerait un jour entier avant que je sois obligé de poser à nouveau les yeux sur elle.

Ce qui me laissait tout le temps de me remettre les idées en place.

Serviteurs et valets de pied se précipitèrent dans la cour pour faire disparaître les restes de citrouilles brutalisées et installer de véritables cibles, avec un centre rouge. Une foule de spectateurs vint prendre les places assises, Edmund au premier rang, flanqué de ses laquais, dont An-foiré.

Je détournai le regard en veillant à ne pas regarder Sienna quand elle prit la parole.

« Je suis hyper nerveuse. Et si je me mets à trembler et que je manque encore d'éviscérer un corbeau ?

— Ça n'arrivera pas.

— Et si j'oublie ce que vous m'avez appris et que je foire, alors ? demanda-t-elle d'une voix que la panique avait rendue plus aiguë.

— Ça n'arrivera pas, répétai-je d'une voix monocorde. N'oublie pas d'inspirer, d'expirer et de garder une prise souple sur ton arc. »

Comme elle ne répondait rien, je me hasardai à lui jeter un coup d'œil.

« Tout va bien se passer. »

Bon sang, arrête de mentir à cette femme. Tout n'allait pas bien se passer. Enfin, aujourd'hui, peut-être, mais sur le long terme ? On pouvait retourner la question dans tous les sens, au bout du compte elle finirait prisonnière ici.

Coincée sous le corps d'un autre homme.

Pour le restant de ses jours.

« Messieurs, le temps de l'instruction est terminé. Mettez-vous sur le côté ! lança la duchesse. Mesdames, décochez votre première flèche ! »

J'obtempérai et observai Sienna d'un œil dépassionné. En apparence du moins. En mon for intérieur, j'éprouvais ce que j'avais toujours imaginé être le lot d'un humain devant son équipe sportive préférée. C'était tellement stupide, ce truc. Des hommes, adultes, qui tournaient en rond à la poursuite d'un ballon comme une bande d'enfants trop grands.

Mais voilà que je me retrouvais à retenir mon souffle tandis que ma captive visait.

C'est ça. Tu vas y arriver…

Lorsque la première flèche atteignit la cible, il me fallut puiser au plus profond de moi pour ne pas hurler de triomphe. Ce n'était pas un tir parfait mais tout proche, bon sang, à quelques centimètres seulement du rond central.

Un coup d'œil autour de moi me permit de constater qu'il n'y avait eu qu'un seul autre tir précis. Comme je l'avais prédit, il émanait d'Aubrey, la protégée de Will. Une demi-douzaine d'autres avaient tiré avec plus ou moins de succès, atteignant la cible, mais assez loin du centre. Quant aux autres, elles avaient complètement raté leur coup.

« Numéros 5, 11, 14 et 22, vos efforts ont été appréciés, mais vous êtes éliminées. Sentez-vous libre d'aller prendre un rafraîchissement et d'assister au reste de la compétition. »

Il y eut des murmures de consternation parmi les femmes et quelques plaisanteries échangées entre les hommes lorsque les équipes non qualifiées se retirèrent du pas de tir. Une fille fondit en larmes.

La compétition suivit son cours, chaque équipe victorieuse reculant de dix pas avant de tirer à nouveau. Chaque fois, Sienna réussit à atteindre la cible. Lorsqu'il ne resta plus que trois équipes, elle s'avança vers moi.

« J'ai une crampe à l'épaule. Qu'est-ce que je pourrais…

— Dis donc, jeune fille, pas de coaching pendant la compétition, l'interrompit la duchesse en haussant un sourcil réprobateur.

— Pardon, Votre Grâce », opina Sienna après s'être humecté les lèvres.

Je demeurai impassible, les poings serrés le long du corps, tandis qu'elle retournait vers sa marque, le visage crispé par la douleur.

Je ne pouvais pas l'aider et je devais feindre la plus totale indifférence, ce qui était plus facile à dire qu'à faire.

Elle leva haut son arc et se prépara à tirer. Je voyais la tension qui faisait trembler son bras alors qu'elle attendait le signal.

« Tirez ! »

Sa flèche s'envola, basse et lente. Je récitai une prière silencieuse. Le projectile toucha la cible, mais de justesse.

Un coup d'œil immédiat aux autres cibles me permit de pousser un soupir de soulagement.

« Numéro 19, vous pouvez disposer. Numéros 6 et 8, félicitations ! Vous êtes nos deux finalistes ! déclara la duchesse sous les applaudissements de la foule. Chaque équipe va reculer de dix pas supplémentaires. Vous aurez chacune une dernière flèche pour réaliser votre meilleur tir. L'une d'entre vous sera désignée championne et fera l'envie de tout le royaume. Et l'autre… non », acheva-t-elle avec un clin d'œil et un haussement d'épaules.

Les spectateurs gloussèrent à sa petite blague, pendant que les deux dernières concurrentes, Sienna et Aubrey, se préparaient à tirer.

« Dernière chance pour parier, mon frère. Ça te tente ? » me lança Will.

Son sourire affable et le plaisir évident qu'il prenait aux Jeux suffirent presque à me calmer les nerfs quelques instants.

Presque.

« C'est toujours non. Cela dit, je pense que tu seras heureux de mon refus.

— Oh, beau discours de la part d'un homme qui n'ose même pas étayer ses propos par des actes, rétorqua Will en se frottant les mains. Peu importe, j'ai déjà prélevé plein de pièces sur les bourses des autres. Le simple fait de sortir victorieux de mon affrontement avec le grand général Blackthorne suffira à ma satisfaction.

— Bien sûr », murmurai-je avec un sourire tranquille, en parfaite contradiction avec l'agitation qui régnait en moi.

Quel que soit le prix accordé, je savais qu'il rendrait la vie de Sienna ici un peu plus supportable, du moins pour un temps. Mais plus que cela, elle avait besoin de gagner. Pour avoir de l'espoir. Pour se sentir forte et capable, et moins comme une…

Il suffit !

Sienna leva son arc, le visage déformé par la douleur. Je distinguai le muscle de son épaule quand il tressauta et se contracta, visiblement sous l'effet d'un spasme.

Respire.

Le temps sembla ralentir alors qu'elle armait sa dernière flèche.

« Prêtes… Tirez ! »

La rumeur de la foule s'estompa et je fermai les yeux pour me concentrer sur la respiration de Sienna… le martèlement de son cœur. Le claquement de la flèche s'échappant de la corde…

Mon attention ne la quitta jamais, pourtant je le sus avant même que la pointe n'atteigne la cible.

Elle avait réussi.

Elle avait gagné.

Les applaudissements explosèrent depuis les gradins autour de nous et je jetai un coup d'œil aux cibles.

La petite effrontée avait mis sa flèche en plein dans le mille.

Elle leva les bras en l'air en signe de victoire, mais grimaça quand son épaule protesta.

« Il semblerait que nous ayons notre gagnante ! proclama la duchesse, le visage éclairé par l'enthousiasme. Sienna, rejoins-moi pour recevoir ton prix ! »

L'intéressée posa son arc sur une botte de foin à proximité, avec ce qui pouvait presque s'apparenter à du respect, et m'adressa un sourire reconnaissant avant de se précipiter au centre de la cour pour rejoindre la duchesse. J'étais incapable de détacher le regard de son visage où se dessinait un sourire qui pourrait faire de l'ombre aux étoiles.

« Félicitations, mon frère, me lança Will un sourire penaud aux lèvres. Il s'en est fallu de peu, hein ? » Il s'avança vers moi, main tendue pour serrer la mienne, mais une seconde plus tard, il avait disparu de ma vue.

« Non ! »

Son cri me sembla jaillir d'un rêve. Je suivis le son de sa voix : il se tenait là, le bras levé, une flèche fichée dans sa paume. Il me fallut un moment pour comprendre ce qui se passait… et à cet instant, je faillis perdre la tête.

« Qui ? grognai-je en faisant volte-face, épée dégainée et crocs sortis. Montre-toi, espèce de salopard !

— Ce n'est pas grave, Dominic, marmonna Will en arrachant la flèche. C'est ma faute. L'une des femmes tentait de prendre la poudre d'escampette. Quand il l'a vue, Anthony est intervenu et j'ai réagi instinctivement. »

La colère noire qui me brouillait la vue ne s'atténua pas alors que je prenais la mesure de la scène. Une jeune femme aux longs cheveux blonds était accroupie, paralysée, près d'une petite brèche dans une rangée d'arbres de la cour. Elle tenait un arc contre son flanc. Ses joues étaient d'une pâleur fantomatique.

Anthony était posté à vingt mètres, un arc à la main lui aussi, la tête inclinée en signe de défi.

« La fille a failli s'échapper avec une arme et on ne s'en serait probablement pas rendu compte avant la tombée de la nuit. On a interdiction de les blesser pendant la durée des Jeux, sauf s'il s'agit de se défendre ou en cas de tentative d'évasion. J'étais tout à fait dans mon droit. » Il coula un regard vers Edmund et haussa les épaules, l'innocence personnifiée. « A-t-on encore un problème, Dominic ? On dirait bien que je vous ai rendu service, puisque la sécurité est de votre ressort plutôt que du mien… »

Le silence s'était fait dans la cour, mais le sang pulsait à torrent dans mes oreilles.

Réfléchis, Dominic. Réfléchis.

Je me tournai vers Will, qui s'était approché de moi, et fis rapidement le point sur la situation. Même s'il avait été touché, il allait visiblement bien. Sa blessure aurait cicatrisé en un rien de temps. La trajectoire de la flèche et la position de la fille paraissaient indiquer qu'il n'était pas la cible visée.

Et pourtant…

Il s'en était fallu de bien trop peu.

Tout ça parce que je m'étais laissé distraire par une sorcière aux cheveux auburn au lieu de garder mon frère à l'œil. Oui, j'avais été trop distrait pour accomplir la mission d'une vie par ailleurs dépourvue d'intérêt.

Cela ne se reproduirait plus.

Je pris la flèche ensanglantée à mon frère et la reniflai. Ce n'était qu'une flèche, semblable à toutes les autres dans la cour. Ce constat établi, je rengainai mon épée et me tournai vers DuMont.

« Comme vous le dites, comte, vous aviez le droit de tirer. À l'avenir, quand vous serez entouré d'innombrables humaines ainsi que de vos frères, pourrais-je vous suggérer d'arrêter une fille en vous servant plutôt de la force de votre bras ou même d'un ordre ? » Je dévoilai mes crocs dans un faux sourire, puis je me tournai vers Will. « On reparlera de tout ça plus tard.

— Pour ma part, ça me fatigue d'avance, intervint Edmund en feignant un bâillement. On ne pourrait pas en finir, que je puisse aller paître dans des pâturages plus verts ?

— Faisons ainsi, répondit la duchesse, une main pressée sur le cœur. Va récupérer Marguerite dans les buissons et amène-la dans mes quartiers, où elle attendra jusqu'à ce que je vienne la rejoindre, ordonna-t-elle à l'un de ses valets avant de se retourner vers la foule. Eh bien, la compétition a été encore plus excitante que prévu, n'est-ce pas ? »

Même si le ton demeurait guilleret, je décelai de l'inquiétude dans ses yeux lorsqu'elle se tourna vers une Sienna désormais secouée.

« Félicitations, ma chère ! Accepte donc cette médaille qui témoigne de ton adresse exceptionnelle au tir », déclara-t-elle en passant un médaillon d'or autour du cou de Sienna.

Elle avait les joues pâles et un rapide coup d'œil aux autres captives à proximité m'indiqua qu'il en allait de même pour la plupart d'entre elles. Car, en l'espace d'un instant, la vérité de leur situation leur était apparue sous un jour bien trop cru.

Tant mieux, pensai-je froidement, serrant la flèche brisée dans ma main. Plus vite elle prendrait la mesure de sa destinée, plus vite elle laisserait tomber ses fantasmes stupides de gagner sa liberté et quitter cet endroit.

« Et ton prix ? ajouta la duchesse, alors qu'un sourire mystérieux se dessinait sur ses lèvres. Un avantage. Un laissez-passer. Une faveur, si tu veux. Tu n'as pas besoin de l'énoncer maintenant, mais cette faveur t'appartient jusqu'à la fin des Jeux. Tu peux demander une chambre plus grande, ou à sauter une épreuve. Si ça se trouve, tu auras envie de passer du temps en tête-à-tête avec un certain monsieur. Quoi que tu énonces, s'il est en mon pouvoir de te l'accorder, tu l'auras. Les seules restrictions qui s'y appliquent sont que tu dois l'utiliser uniquement pour toi-même et que tu ne peux l'échanger contre ta liberté. » Elle marqua une pause et baissa la voix en soutenant le regard de Sienna. « Utilise-la à bon escient, ma fille. »

Sienna lui répondit par une révérence et, lorsque la duchesse la congédia d'un signe de tête royal, elle s'élança vers moi. Je demeurai immobile, croisant le regard avec DuMont qui se tenait une dizaine de mètres derrière elle, pile dans ma ligne de mire. L'ébauche de sourire qui passa sur ses lèvres me glaça les sangs.

« Est-ce que… est-ce que vous allez bien ? demanda Sienna à Will qui se tenait à côté de moi et tamponnait à l'aide de son mouchoir le sang de sa blessure, dont le débit avait déjà ralenti.

— Rien d'autre qu'une blessure superficielle, merci.

— Et vous ? demanda-t-elle en tournant ses yeux dorés vers moi.

— Idem, maintenant que la journée est terminée. Une perte de temps complète, murmurai-je en portant sur elle un regard froid. Tes cheveux se sont échappés de ta tresse, tu as l'air d'une mendiante. Va dans ta chambre et arrange-toi, veux-tu ? » Je me tournai vers mon frère, dont je pris congé d'un signe de tête. « Mon prince. »

Là-dessus, je quittai l'estrade comme si les chiens de l'enfer étaient à mes trousses. Ce qui, si je me fiais au regard rusé de DuMont, aurait fort bien pu être le cas. Maudite soit la duchesse pour m'avoir forcé la main. Si j'avais pu me contenter de rester en retrait et de m'entraîner avec mes hommes au lieu de participer à cette folie, rien de tout ça ne serait arrivé.

« Frère », m'interpella-t-on à voix basse.

Je me retournai et avisai Will qui me suivait.

« Je suis désolé que mes actes t'aient effrayé. »

Je n'étais pas en état de discuter. Je balayai donc ses excuses d'un geste de la main. « Tout va bien. Cela étant, je préférerais que tu ne recommences pas. Tu es bien trop important pour te mettre en danger à cause d'une captive.

— Je n'ai jamais vraiment été en danger. »

Je le fusillai du regard et me rapprochai de lui. « Tu es *toujours* en danger, Will, grognai-je. Ne l'oublie jamais. »

Il m'examina bien trop longtemps, comme un insecte sous un microscope, ce qui m'obligea à reculer d'un pas.

« J'ai du pain sur la planche, donc s'il n'y a rien d'autre...

— Où tu cours comme ça ? Les autres ont prévu de partir à la chasse, puis de revenir au palais pour une nuit placée sous le signe de la bière et du billard. Joins-toi à nous. »

Jamais de la vie.

Je me promis d'envoyer mes trois meilleurs hommes ainsi que Scarlett, mon bras droit, afin qu'ils suivent leur chasse et se joignent ensuite à eux pour surveiller Will de près. Car ce dont j'avais besoin, pour l'heure, c'était d'un exutoire. De me purger de cette peur et de cette rage. Et ensuite ? Je me rendrais à la taverne avec le reste de mes soldats, pour y boire mon poids en hydromel au miel fae et me saouler comme un cochon. Peut-être alors que je dormirais un peu, au lieu d'être torturé par des rêves de cette maudite femme, qui m'embrouillaient le cerveau au point de me mettre en danger.

« Pas ce soir, mon frère. Mais on se voit demain. Amuse-toi bien.

— Très bien, répondit Will tandis que je m'éloignais déjà. Mais à force de travailler sans jamais s'amuser, Dom va devenir un rabat-joie. Il faut que tu vives un peu, sinon à quoi ça sert d'être en vie si longtemps, bon sang ? »

Sans gratifier ses réflexions philosophiques d'une réponse, je poursuivis mon chemin. Contournant l'entrée du château, je me dirigeai tout droit vers les terrains d'entraînement. La rage que je ne pouvais exprimer me consumait les entrailles. Je compatissais presque avec les adversaires qui allaient oser m'affronter. Pourtant, dès que je mis un pied dans l'arène, ma pitié s'évanouit. J'ôtai ma veste, ma chemise et sortis mon épée de son fourreau avec un grognement.

« Alors, qui veut en découdre ? »

9
Sienna

« Tu es fière de moi ? » demandai-je en croisant le regard de Bethany dans le miroir.

Elle poussa un soupir et retira une autre épingle de mes cheveux, en désordre, je devais bien l'admettre.

« Combien de fois allez-vous me le faire répéter ? Vous avez été incroyable. La reine du bal en quelque sorte. »

Je posai un doigt sur la médaille autour de mon cou en me mordillant la lèvre inférieure. Aucun doute, la journée avait été fructueuse à tous points de vue. J'avais remporté le concours, ma pierre précieuse s'était assombrie et j'avais réussi à soutirer quelques informations au général, même si c'était moins que je l'avais espéré.

Et pourtant, j'avais l'impression d'avoir reçu un coup de poing dans le ventre, et ce pour de nombreuses raisons. Pauvre Marguerite ! Je la connaissais à peine, n'empêche que sa situation était terrifiante. Je passai la médaille par-dessus ma tête pour la déposer sur la coiffeuse.

« Mais vous ne devez pas vous reposer sur vos lauriers, poursuivait Bee, déviant le cours de mes pensées. C'est une chose d'être première à un stade précoce de la compétition, c'en est une autre de terminer les Jeux en tête.

La vigilance est essentielle. Vous devez garder la même énergie jusqu'à la fin. »

J'acquiesçai, mais le fait était que je ne serais pas là jusqu'à la fin. Avec un peu de chance, après ce soir, j'aurais exactement ce qu'il me fallait pour trouver Jordan et passer à l'action. J'allais encore attendre trente minutes et m'éclipser. Il n'y avait pas de règles établies concernant les déambulations nocturnes dans les couloirs, donc techniquement, je ne ferais rien de mal. Même moi, cependant, je savais que mon plan était dangereux.

Surtout après avoir vu ce qui avait failli arriver à Marguerite.

« Vous pensez que la duchesse va lui faire du mal ? Ou pire ? »

Cela faisait des heures que je brûlais de poser la question, mais je ne m'étais pas senti le cran d'entendre la potentielle réponse jusqu'à cet instant. Entre l'adrénaline de la compétition et le drame qui s'était ensuivi, j'étais à bout de nerfs. Sans parler du fait que j'étais encore en train de soigner les blessures que le général m'avait infligées en partant avec ses remarques impitoyables.

J'avais été persuadée d'avoir progressé et puis…

« Je ne pense pas qu'elle lui fera du mal, non. Mais Marguerite sera forcément punie, sinon qu'est-ce qui empêcherait les autres d'imiter sa tentative ? raisonna Bee.

— Eh bien, j'ose affirmer qu'une flèche dirigée directement vers la gorge est un moyen de dissuasion assez efficace », grommelai-je. Pour la dixième fois depuis que nous nous étions séparés, je fus obligée de chasser Dominic Blackthorne de mon esprit. « Seule la main du jeune prince lui a sauvé la vie.

— Will est un vrai gentleman, acquiesça Bee. Fort et fier, mais aussi gentil et chaleureux… J'aimerais que ce soit lui qui monte sur le trône. Sans compter qu'à mon humble avis, c'est le plus beau des trois frères. Et il adore le chocolat chaud que je leur prépare, à la duchesse et à lui.

— Eh bien, on dirait que quelqu'un a le béguin.

— De quel béguin parlez-vous ? rétorqua Bee, l'air horrifié. Il est prince, je suis servante. Non, juste une… profonde admiration, c'est tout. »

Même si je n'en étais pas du tout convaincue, je n'insistai pas. Une jeune femme devait pouvoir garder ses secrets si elle le souhaitait. Je n'étais pas exactement non plus ce qu'on pouvait appeler un livre ouvert.

Une fois de plus, mes pensées revinrent à Dominic.

Comment la situation avait-elle pu tourner de si favorable à si terrible en un instant ?

À la fin de la compétition, la duchesse avait organisé un festin de choix à notre intention à nous, les femmes. J'aurais dû être ravie : pas d'yeux affamés braqués sur moi, à l'affût de mes moindres faits et gestes. Pas de crainte à avoir que quelque chose d'horrible se produise dans ce repaire de monstres.

Pourtant, j'avais à peine réussi à manger. Je ne pensais qu'à Dominic, général de l'armée des vampires, qui me faisait éprouver des choses que je me refusais à éprouver…

« Votre peau est chaude et rougie, mademoiselle. Vous vous sentez bien ? »

Je repoussai la main de Bee et m'écartai de la coiffeuse.

« Ça va. C'est juste un peu étouffant ici, c'est tout. »

Elle opina et se dirigea vers la fenêtre la plus proche.

« Laissons-la ouverte un moment. Veillez simplement à ce qu'elle soit fermée avant de vous endormir. »

Je la dévisageai, intriguée. « Et si j'oublie ? »

Elle laissa échapper un soupir de lassitude. « Alors vous vous réveillerez sans doute frigorifiée, avec quelques piqûres de moustiques. Tout n'est pas question de vie ou de mort, Sienna. »

Je levai les yeux au ciel tout en retirant les dernières épingles de mes cheveux. « Tout, peut-être pas, mais beaucoup de choses le sont, donc fais preuve d'un peu d'indulgence, jusqu'à ce que j'apprenne les règles, d'accord ? »

Elle eut l'élégance de prendre un air contrit alors qu'elle ramassait mes vêtements sales sur le sol.

« Vous avez raison. Je ferai de mon mieux. Mais plus vite vous apprendrez, mieux ce sera. » Elle se redressa et marqua une pause pour scruter mon visage de ses yeux bleus. « Je vous aime bien, Sienna. Plus que la plupart des gens. Et certainement plus que je ne le devrais. C'est pour cette raison que je suis aussi dure avec vous. Je m'investis, parce que je tiens à ce que vous vous en sortiez. Alors quand vous aurez envie d'abandonner, de vous rebeller ou de causer des problèmes, essayez de vous rappeler que vous ne serez pas la seule à être affectée si quelque chose de grave vous arrivait. Vous pourriez faire ça pour moi ? »

Une douleur subite me serra la gorge et je dus déglutir pour la soulager avant de répondre : « Bien sûr. »

Elle acquiesça lentement et sortit de la pièce.

« Bonne nuit, mon amie. Vous avez bien travaillé aujourd'hui. »

Elle referma la porte derrière elle et je laissai échapper un long soupir. Une demi-heure plus tard, la culpabilité m'étouffait presque lorsque je passai la tête par cette même porte pour scruter les alentours.

Il n'y avait pas âme qui vive dans le couloir, pas même une servante. J'enfilai rapidement un peignoir par-dessus ma chemise de nuit de soie vert pâle, puis je me dirigeai à pas précautionneux vers les quartiers des soldats. Les mains posées sur le mur de pierre, je m'arrêtai quand je sentis l'emblème.

Nous y voilà.

Je tournai dans le long couloir en retenant mon souffle. À en croire la duchesse, les hommes seraient occupés jusqu'au petit matin à jouer au billard et à boire. J'en étais réduite à espérer qu'elle avait raison sur ce point, sinon j'allais avoir un vrai problème sur les bras. Heureusement, j'avais une excuse prête à l'emploi, ainsi que ma « faveur » en guise de police d'assurance. Avec un peu de chance, ce serait suffisant pour me protéger.

La graine du doute commença à germer, m'obligeant à fermer les yeux et à visualiser le visage de Jordan.

Il n'y avait pas de place pour le doute. Sachant que les soldats étaient de sortie pour la soirée, c'était ma meilleure chance de m'introduire dans les quartiers sans être vue. Il fallait que j'agisse ce soir.

Maintenant.

Je continuai à avancer jusqu'à ce que le couloir se termine par une grande salle de rassemblement : chaises disposées çà et là, table de billard, immense cheminée.

Eurêka.

Je me plaquai contre le mur en grimaçant. Si un vampire se trouvait là, il aurait déjà entendu mes pas.

De l'audace, l'heure était à l'audace. Me repoussant du mur, je fis un pas dans la salle principale, les yeux écarquillés : l'image même de l'innocence.

« Pardonnez-moi mais j'ai l'impression de m'être perdue et… »

Personne.

Poussant un soupir de soulagement, j'abandonnai mon personnage de petit agneau égaré et balayai la pièce du regard. Les étagères étaient garnies de lourds volumes reliés de cuir, mais un examen plus attentif me révéla qu'ils semblaient, pour la plupart, consacrés aux stratégies de combat et à l'armement. Pas de cartes ni d'atlas. Pas de bureaux, d'armoires ou de tiroirs en vue.

« Merde alors ! » marmonnai-je tout bas.

Un autre couloir se trouvait sur ma gauche. Je gémis, car je n'avais pas d'autre choix que de continuer. De m'enfoncer de plus en plus profondément dans la fosse aux lions, sachant que chaque pas me rapprochait de la capture. Des picotements inquiets dansaient sur ma peau, me poussant à agir vite. Mais un sentiment d'excitation indéniable pulsait aussi dans mes veines. Un rappel du temps jadis, avec Jordan, où nous devions voler pour manger. Gonflée d'adrénaline, je ressentais la même sensation au fond de moi qui me disait, aussi téméraire que cela puisse paraître, que j'étais sur la bonne voie.

Je m'immobilisai devant une nouvelle impasse et réfléchis. Des portes de part et d'autre. Laquelle choisir ?

Le mensonge de nouveau sur le bout de la langue, je me dirigeai vers la porte à ma droite, dont je testai la poignée.

Elle s'ouvrit sans problème et je fus stupéfaite de me retrouver dans ce qui semblait être une chambre à coucher. Étrange qu'elle ne soit pas verrouillée.

Pas étrange du tout, réalisai-je avec un sursaut. Cette aile était réservée aux soldats… Certainement les plus meurtriers de tous les vampires. Quelle personne saine d'esprit serait assez stupide pour s'introduire dans leurs quartiers ?

Juste toi, Ceecee.

Un gloussement paniqué menaça de jaillir, que je ne refoulai qu'en me mordant la lèvre inférieure.

Reprends-toi ou tu iras rejoindre Marguerite dans le club des Presque-Décapitées, andouille !

Ce n'était pas une confrérie à laquelle j'avais envie d'appartenir.

Prenant mon courage à deux mains, je me concentrai pour faire le point sur ce que j'avais devant moi. La pièce vide, masculine, sentait le cuir et le musc. À la lumière de la lune qui entrait par les fenêtres, je distinguais un grand bureau à ma gauche, croulant sous les livres et les papiers, ainsi qu'un ensemble de plumes simples et d'encre.

Malgré mon pouls battant à tout rompre, j'avançai doucement. Il devait bien y avoir quelque chose d'utile ici. Je parcourus les papiers, à la recherche d'une carte ou de quoi que ce soit d'intéressant – il n'y avait que du courrier et autres missives banales portant sur les entraînements et ainsi de suite.

« Putain de merde, ils sont où, les... » Mes doigts effleurèrent quelque chose d'un peu plus épais que les autres feuilles. Je m'immobilisai. « S'il vous plaît, s'il vous plaît, s'il vous plaît, s'il vous plaît, s'il vous plaît... »

Je tirai le document et, si je n'avais pas essayé aussi désespérément de garder le silence, j'aurais crié victoire. Une carte très précise de l'ensemble des Territoires montrait les routes, les points de repère, les montagnes et les fleuves. Même les océans alentour y figuraient, avec l'indication des endroits où ils étaient sûrs et de ceux où ils ne l'étaient pas. Je repliai l'épais document et le glissai dans mes sous-vêtements. J'aurais le temps d'étudier la carte une fois de retour dans la sécurité de ma chambre.

Mais alors que je me retournais pour quitter les lieux, un frisson me traversa le corps et les petits poils de ma nuque se hérissèrent.

Quelqu'un arrivait.

Un bruit de bottes sur les dalles du couloir retentit quelques secondes plus tard. Une vague de panique envahit ma poitrine. Je plongeai sous le bureau, veillant à contracter chaque muscle de mon corps pour qu'il reste parfaitement immobile et tâchant de ne pas respirer.

La porte s'ouvrit en grinçant, mille fois plus fort que lorsque je l'avais ouverte quelques minutes plus tôt.

J'entendis d'abord des bottes racler le sol, puis un grognement sourd de la part du vampire. Et un juron marmonné.

« Que les dieux soient damnés ! Où tu es quand j'ai besoin de toi, Scarlett ? »

La voix, familière, me traversa de part en part, pour me transpercer jusqu'à la moelle.

Le général.

J'aurais ravalé ma salive, si ma bouche n'avait pas été aussi desséchée qu'un désert en plein cœur de l'été. Mon cœur, qui tambourinait si fort que je n'entendis bientôt plus que lui, ne me rendait pas la tâche facile. D'ailleurs, Dominic allait sûrement l'entendre, non ?

Pourtant, un instant plus tard, les bottes furent ôtées et les ressorts du lit protestèrent quand il s'installa sur le matelas.

Mon esprit s'emballa et je tentai de me remémorer ce qu'il m'avait dit. Les vampires dormaient… mais à poings fermés ou pas ? Serais-je en mesure de me faufiler dehors sans l'alerter ? J'avais su me montrer assez furtive lorsque Jordan et moi avions été en cavale, mais serait-ce suffisant pour se glisser sous le nez d'un vampire ?

Peu probable.

Si Anthony avait pu repérer Marguerite en train de s'enfuir à plus de quinze mètres dans la cour, moi qui me trouvais dans une chambre de trois mètres sur six, avec le général en personne… autant dire que j'étais fichue d'avance.

« Cet enfoiré a tiré dans la main de mon frère, grommela-t-il de sa voix grave. Je planterai sa tête au bout d'une pique, un de ces jours, et ce ne sera pas trop tôt. »

Son marmonnement fut bientôt suivi d'un profond soupir. Et ce fut là que je la sentis. L'odeur âpre de l'alcool mélangée à quelque chose de sucré. Lorsque le rugissement à mes oreilles se calma, je me rendis compte que ses paroles avaient été légèrement bredouillées.

Le général Dominic Blackthorne était complètement saoul.

Je me plaquai une main sur la bouche pour étouffer un sanglot de soulagement. La duchesse avait effectivement annoncé que les hommes allaient boire et jouer, mais qui aurait cru que les vampires étaient sensibles aux effets de l'alcool ?

J'avais eu de la chance, une fois de plus. Mais elle ne tarderait pas à tourner, à coup sûr, et je devais avoir foutu le camp bien longtemps avant que ça n'arrive.

Aussi immobile qu'un roc, j'attendis en retenant mon souffle que s'endorme l'homme qui avait payé pour que je me retrouve ici.

Ses marmonnements sporadiques cessèrent enfin et sa respiration se fit lente et régulière, mais le processus me parut durer une éternité.

Alors seulement, j'osai lever la tête et regarder de l'autre côté du bureau.

Il me tournait le dos.

Un dos très large et très musclé. Le drap était descendu jusqu'à sa taille étroite, bas sur les hanches. Cette vue me donna envie de tendre le bras pour le toucher…

L'horreur me submergea. C'était l'homme qui m'avait traquée une centaine de fois dans mes rêves. L'homme qui m'avait achetée comme un pathétique avorton dans un élevage de chiots. L'homme qui avait fait semblant de posséder une parcelle d'humanité aujourd'hui, dans cette cour, pour mieux faire volte-face ensuite et me rabaisser devant tout le monde.

Qu'il aille se faire foutre et merde à tout ça.

Prenant une lente inspiration et la seule chance à ma disposition, je me glissai discrètement de sous le bureau pour évaluer mon chemin.

Trois mètres tout au plus. J'étais à trois mètres de la porte. Devais-je me mettre debout ? Rester accroupie ? Ma chemise de nuit relevée dans une main, j'osai un pas prudent, puis un autre. J'avais effectué la moitié du trajet quand j'entendis un grognement sourd monter des lèvres du général.

« Ah, Sienna, espèce de sorcière. Baise-moi. »

Mes pieds et mes jambes s'immobilisèrent, ma tête pivota d'elle-même vers lui. En un clin d'œil, j'étais à ses côtés, debout près de son lit.

Comment cela avait-il pu se produire, bordel ?

Alors même que mon esprit m'enjoignait à prendre la fuite, ma main planait au-dessus de la largeur de ses épaules… et voilà que je le touchais.

Je retins mon souffle au contact de sa peau chaude sous la mienne : comment se pouvait-il qu'il ne se soit pas réveillé ? Un autre grondement monta de sa gorge et il se tourna vers moi, les yeux fermés, fort heureusement. Je passai la main sur son torse, pour m'arrêter sur le côté gauche, là où se trouverait son cœur s'il en avait un.

Un battement régulier vint me confirmer sa présence. Ce cœur ressentait-il la douleur, comme celui des humains, ou n'était-ce rien d'autre qu'un mécanisme biologique ?

Ces considérations inutiles prirent fin lorsque mon regard se porta plus bas, par-delà son ventre musculeux, sur le mât épais qui tendait ses draps. Il dormait peut-être à poings fermés, n'empêche que son corps sentait ma présence. Et le mien, ce traître, sentait la sienne ! Des parties de moi que je pensais réduites au silence pour toujours se réveillèrent, mon entrejambe s'échauffa, humide, exigeant que je fasse exactement ce qu'il avait ordonné : que je le baise.

Non.

Il n'était rien d'autre qu'un suceur de sang sadique qui hantait mes rêves. Un tueur impitoyable comme tous les autres.

Je devais foutre le camp.

Et tout de suite.

Avec l'impression d'avancer dans la boue, j'arrachai ma main de son torse et je sprintai vers la porte. Mes pieds nus claquaient sur le sol comme autant de coups de feu, à mes oreilles. Un tour de poignée plus tard, je m'élançais dans le couloir, m'interdisant de ralentir tant que je n'aurais pas atteint le foyer au centre du palais.

Ce fut seulement alors que l'étrange désir, le besoin impérieux de m'en retourner vers lui, qui m'enserrait l'âme comme un poing invisible, relâcha enfin son emprise.

Je restai un long moment à lutter pour reprendre mon souffle. Terrifiant.

Et pourtant, je sentais encore les battements de son cœur. J'entendais encore le timbre rauque de sa voix qui m'appelait...

J'inclinai la tête, envahie par un sentiment étrange. Aucune main ne cherchait à m'attraper. Personne ne me jetait par terre. On ne me suivait pas, et pourtant, je sentais des yeux sur moi.

J'avais tergiversé bien trop longtemps. Obligeant mes pieds à se remettre en branle, je cavalai jusqu'à la porte de ma chambre, devant laquelle je pris une seconde pour me retourner et jeter un dernier coup d'œil dans le couloir. Une partie de moi était certaine d'y découvrir le général, de sentir son haleine dans mon cou, ce qui ne fit qu'accélérer les pulsations de mon pouls.

Non, le général n'était pas derrière moi.

Mais quelqu'un d'autre m'observait depuis l'autre extrémité du couloir. Le vampire aux yeux diaboliques. Anthony, comte de DuMont.

Il m'adressa un petit claquement de langue réprobateur.

« C'est dangereux de se balader toute seule la nuit. Fais attention, veux-tu ? »

Son sourire visqueux me poussa à me remettre en mouvement. J'ouvris ma porte d'un coup sec et me glissai à l'intérieur pour la claquer derrière moi et tirer son unique verrou.

Merde ! On m'avait vue. Serais-je punie ?

Encore tremblante, je sortis la carte de mes sous-vêtements et la fourrai sous mon matelas, en priant pour que le comte ne se mette pas en tête de me suivre. Si elle était découverte, la carte me vaudrait sûrement une ou deux raclées, en supposant que la duchesse ne me fasse pas carrément mettre à mort.

À dire vrai, pour autant qu'il sache, je n'avais rien commis qui contrevienne aux règles. Pourtant, il fallut presque une heure pour que mon rythme cardiaque revienne à la normale.

Et encore plus longtemps pour que je cesse de penser à la sensation de la peau de ce satané Dominic Blackthorne sous mes mains…

10
Sienna

Je ne dormis pas cette nuit-là. Pas un instant. Je me répétai que c'était lié à la carte et à l'effrayant comte. Cela n'avait rien à voir avec le fait que j'avais touché la peau nue du général pendant qu'il dormait. Rien à voir non plus avec le fait qu'il m'avait donné un ordre auquel j'avais été tentée d'obéir, du moins au début…

Non, mon insomnie n'avait rien à voir avec les sensations sauvages qui m'envahissaient.

Une fois que le ciel noir de la nuit avait fait place aux prémices de l'aube et que j'avais réalisé que personne ne viendrait la récupérer, je cédai finalement à l'envie de consulter la carte.

Les larmes me piquaient les yeux pendant que j'étudiais ce cadeau du ciel. La carte ne me donnait pas seulement un aperçu des terres entourant le château, elle s'étendait également au-delà du royaume des Vampires. Les territoires Métamorphes se trouvaient immédiatement à l'est. Les deux races surnaturelles partageaient une frontière commune. J'étais abasourdie de la chance que j'avais eue.

Jordan était plus proche que je n'aurais pu l'espérer, mais la carte ne permettait pas de déterminer quelle distance réelle nous séparait. Pouvais-je m'y rendre à pied ? Combien de temps me faudrait-il ?

Même si ces questions demeuraient sans réponse, j'étais emplie d'espoir et du sentiment que j'avais un but à poursuivre. Aussi me mis-je à l'œuvre dès que le soleil commença à s'élever au-dessus de l'horizon. Une recherche rapide dans mon armoire me permit d'y dénicher une jupe fendue toute simple, confectionnée dans un tissu léger, marron foncé. Bien mieux qu'une robe alambiquée si j'avais l'intention d'explorer les environs.

Quoique certaine d'avoir à faire quelque chose pour la duchesse ce jour-là, je doutais que ce soit avant midi. Donc si je revenais avant, je ne manquerais à personne. Mon esprit revint malgré moi sur la pauvre Marguerite, mais je repoussai ces pensées.

Ce n'était pas la même chose. La duchesse avait été très claire. Nous étions autorisées à nous promener librement dans le domaine, à condition de rester de ce côté-ci du pont. Et dans le pire des cas, si la situation l'exigeait, je pourrais toujours invoquer ma faveur.

Sortant de ma chambre pour la deuxième fois, je dévalai plusieurs volées d'escaliers jusqu'à ce que j'atteigne une porte donnant sur l'extérieur. Un garde et quelques servantes me virent, mais aucun ne m'interrogea ni ne chercha à m'arrêter.

Pour l'instant, tout allait bien.

Une fois dehors, je levai le visage vers le soleil. Ses rayons étaient… moins chauds que je m'y attendais. Soleil artificiel, chaleur artificielle. Je me retrouvai à contempler le ciel. C'était un miracle que cette couverture qui leur offrait un semblant de normalité humaine n'ait pas été réduite en lambeaux par un ennemi.

Une chienne hirsute, blanc et noir, se précipita vers moi, la langue pendante, pour se frotter le flanc contre ma jambe. Elle leva vers moi des yeux pleins d'espoir.

« Je suis désolée, dis-je en lui caressant le sommet du crâne. Je n'ai pas de biscuits. J'imagine que tu n'es pas un loup-garou, si ? » chuchotai-je en m'approchant de son oreille.

Elle aboya et fit un bond qui m'incita à reculer.

« Elle cherche pas de friandises, m'indiqua un vieil homme qui passait en claudiquant, un panier en osier plein de carottes sur sa hanche. Elle aime juste les caresses.

— Comment s'appelle-t-elle ?

— Sadie.

— Eh bien, bonjour, Sadie. Je suis enchantée que tu sois venue me dire bonjour. »

Je m'accroupis pour la serrer dans mes bras et m'imprégner de sa présence. Elle s'immobilisa, puis se retourna pour me regarder dans les yeux.

Peut-être était-elle bel et bien un loup-garou.

« Vous avez du doigté, constata l'homme.

— Du quoi ? m'étonnai-je tout en continuant à gratouiller le crâne de Sadie.

— Du doigté. Elle reconnaît quelque chose dans votre âme. Un esprit apparenté, en quelque sorte.

— Vous dites ça parce qu'elle et moi portons toutes les deux un collier ? » m'esclaffai-je en montrant le pendentif que j'avais autour du cou.

Le vieil homme me dévisagea d'un œil attentif. « Vous êtes une des nouvelles filles. Pour les Jeux de la moisson. »

J'hésitai, puis acquiesçai. « Qui d'autre porterait ces vêtements ? Pas la duchesse, assurément. »

Il ajouta, sans attendre ma confirmation : « En tout cas, traversez pas le pont de pierre pour entrer dans... eh bien... dans une partie qu'est pas à nous. Restez du côté ouest et tout ira bien. » Il se saisit d'une carotte qu'il brandit devant moi tout en continuant son sermon. « Mais si l'envie saugrenue vous prenait de traverser, préparez-vous à mourir. Si ce sont pas les animaux de la forêt qui vous attrapent, ce seront les gardes, et y en a pas un de préférable à l'autre. Une fille s'y est essayée, y a quelques années, et les hommes du général l'ont rapportée en morceaux pour nourrir les Chasseurs. »

Génial. Tout bonnement génial.

« C'est noté », dis-je en esquissant une révérence. Il lâcha un petit rire et me lança la carotte.

« Si vous voulez voir du pays, ajouta-t-il en regardant ma jupe, prenez au moins un cheval. »

Je haussai les sourcils, malgré mes efforts pour ne pas laisser transparaître mon excitation. « Vous m'encouragez à m'enfuir ?

— Je vous dis juste d'utiliser les outils à votre disposition pour vous faciliter la vie, répondit-il avant de s'éloigner en claudiquant. Je m'appelle Jep, au fait.

— Sienna. Ceecee pour les amis.

— Et on est amis ? » demanda Jep avec un coup d'œil par-dessus son épaule.

Il venait potentiellement de m'éviter toute une série de problèmes : difficile de le considérer autrement.

« Pourquoi pas, Jep ? répliquai-je avec un sourire que j'accompagnai d'un clin d'œil. Je pourrais être morte la semaine prochaine, dévorée par les Chasseurs à cause de mon mauvais comportement. Au moins, vous savez que je ne vous quémanderai jamais d'argent. »

Il esquissa un sourire ironique. « Insolente comme vous l'êtes, vous serez morte avant la fin de la journée. »

Le mien, de sourire, s'élargit. « Je prends le pari, monsieur. Parce que vous allez me voir dans les parages pendant un certain temps, encore. »

Peut-être même pendant cinquante-six jours…

Hilare, il me fit signe de m'éloigner et je me détournai. Un haras se profilait non loin du chemin.

Les écuries étaient silencieuses, si l'on exceptait le doux frottement des sabots dans la paille et quelques hennissements de la part des chevaux réclamant leur petit-déjeuner. Je parcourus l'allée centrale, inspectant les stalles de part et d'autre. Quelques chevaux m'observèrent avec curiosité, mais l'un d'entre eux en particulier ; une jument d'un noir profond logée tout au bout de la rangée soutint mon regard. Ses yeux sombres restèrent rivés sur moi le temps que je parvienne jusqu'à elle, paume offerte. Elle y fourra son museau et je la caressai entre les deux yeux.

« Tu es un amour, hein ? » lui murmurai-je alors qu'elle profitait de mes caresses. Elle laissa échapper un petit souffle d'air, les paupières à demi fermées.

Un coup d'œil par-dessus le portillon de la stalle me permit de constater qu'elle avait l'air en forme…

Sur une dernière cajolerie, je partis à la recherche de la sellerie, où je trouvai un jeune garçon en train de remplir des seaux de *mash*.

« J'aimerais monter un des chevaux, déclarai-je avec assurance, veillant à affirmer et non à demander. Où sont les selles ? »

Il se gratta la tête. « Il est un peu tôt, non ? »

Je haussai les épaules. « J'aime bien le matin. Les selles, où sont-elles ? »

Il balaya les lieux du regard. « Ces chevaux sont tous réservés. Vous pouvez pas les monter au petit bonheur comme ça et les épuiser pour le reste de la journée. »

Je grimaçai, tentant de ne pas me laisser abattre. La clef potentielle de ma liberté – et de mes retrouvailles avec Jordan – ne se trouvait qu'à quelques mètres. Je n'allais pas laisser tomber.

« Et la jument noire, en bout de rangée ? » insistai-je.

Les yeux du garçon s'écarquillèrent, comme si je venais de le gifler.

« Ravage ? » Il secoua la tête. « Oh, elle, vous feriez mieux de pas l'approcher, mademoiselle. Elle a une solide dentition, et elle rechigne pas à s'en servir. » Il fit pivoter son bras pour me montrer l'énorme ecchymose qui ornait le dessous de son biceps.

Je fronçai les sourcils, sceptique. Peut-être mentait-il parce qu'il ne voulait pas que je la monte ?

« On parle du même cheval ? Parce qu'elle vient de se montrer très caressante avec moi. Douce et gentille comme un agneau. »

Il me regarda comme si j'avais perdu la tête. « Non, pas Ravage. C'est une vraie garce. »

Je rebroussai chemin pour le précéder dans l'allée sombre et m'arrêter devant la stalle. La jument passa la tête par-dessus la porte pour enfouir le museau dans ma main et y chercher une friandise de ses lèvres tactiles.

« En voilà une gentille fille, murmurai-je.

— Eh ben, que je sois damné ! s'écria le garçon d'écurie, émerveillé. Personne a pu toucher ce cheval depuis qu'il est arrivé ici. »

Je ne savais pas trop quoi en penser, vu la douceur de son comportement avec moi. Quoi qu'il en soit, Jep avait raison. Un cheval pourrait couvrir une distance bien plus grande que moi à pied.

« Je peux la monter ou pas ? Tu as dit que tous les autres chevaux étaient pris...

— Personnellement, je m'approcherais pas d'elle, mais bon, vous êtes libre de faire ce que vous voulez. » Comme pour corroborer ses dires, Ravage sortit la tête, montra les dents et baissa les oreilles en arrière à son intention.

Une jument alpha, en effet.

Un instant plus tard, son regard revint sur moi et ses oreilles pointèrent vers l'avant, aussi gentille que possible.

Bizarre, mais aussi inquiétant.

« Je vais me débrouiller », déclarai-je, faussement brave.

Mon premier emploi après l'orphelinat, je l'avais décroché dans un élevage de chevaux. J'avais adoré ce travail, mais il n'était pas assez bien payé pour me permettre de subvenir à nos besoins, à Jordan et à moi, et Jordan n'était pas suffisamment robuste pour un emploi manuel. Les animaux paraissaient m'apprécier et je n'avais jamais été blessée, mais il y avait une première fois à tout. Et si la douceur de Ravage s'avérait éphémère, je risquais de me retrouver dans un monde de souffrance.

Le gamin dut parvenir à la même conclusion, car il secoua la tête en reculant.

« Euh... vaudrait peut-être mieux pas, parce que Ravage, elle aime pas avoir quelqu'un sur le dos. Elle va vous désarçonner et je veux pas m'attirer des ennuis pour avoir détruit la propriété du général. »

Je cillai. « Cette jument appartient au général ?

— En théorie, répondit-il, désabusé. Mais même lui arrive pas à l'approcher. Elle est entraînée pour la guerre. »

Je devais admettre qu'il y avait quelque chose de satisfaisant à prendre Ravage en sachant qu'elle appartenait au général. Je plongeai mon regard dans celui de l'animal, qui s'adoucit encore.

« Tout ira bien. »

Elle me donna un petit coup de museau dans la tempe, frottant contre mes cheveux qu'elle ébouriffa.

« Elle va vous mordre l'oreille, me prévint le garçon.

— Je vais prendre le risque », répliquai-je en écartant le museau un peu trop empressé.

Lorsqu'il se détourna en marmonnant quelque chose à propos des femmes qui avaient la tête dure et se cassaient les membres, je brûlai de lever le poing en signe de victoire et d'entamer une petite danse. Au lieu de quoi, je m'attelai directement à la tâche.

Il ne me fallut que cinq minutes pour me hisser sur le dos de Ravage. Elle ne remua pas même un muscle.

Une fois à califourchon, j'appelai le garçon.

« Je suis prête ! »

Dès qu'il m'eut ouvert les portes en grand, Ravage n'hésita pas. Elle jaillit de l'écurie, fonçant et caracolant. Comme elle était forte et débordante d'énergie, il me fallut la maîtriser pour parcourir la courte distance qui menait au portail. Les gardes l'ouvrirent pour nous et, à la seconde où nous l'eûmes franchi, je relâchai les rênes pour donner du champ à la jument. Profitant de l'aubaine, elle s'élança au galop par-dessus le pont-levis et traversa la route pour gagner la campagne. J'en avais le souffle coupé.

Mes cheveux volaient à présent dans mon dos et le vent me fouettait le visage. L'espace d'un instant, j'eus l'impression d'être libre, mais je m'empressai de refouler cette sensation. Ce n'était qu'une illusion.

Pour l'instant.

Je célébrerais l'événement une fois que Jordan chevaucherait à mes côtés et que nous nous enfuirions de ce lieu de cauchemar. Pour l'instant, j'avais un travail à mener à bien afin que nous parvenions tous les deux à ce stade.

Première étape ? Trouver le pont de pierre, à l'est, là où les territoires Loups-garous et Vampires se rejoignaient.

Je décomptai les secondes dans ma tête pendant que je galopais.

Dix, onze…

Ravage fila à travers une prairie constellée de fleurs, droit vers l'est, passa devant un alignement d'arbres fruitiers sur notre droite et des sommets montagneux au loin, du côté du nord. Ces points de repère collaient, en tout cas. D'après la carte, les montagnes appartenaient à l'un des autres royaumes surnaturels, mais je ne me rappelais pas lequel.

Ravage galopa sans s'arrêter pendant près d'une heure, si bien que je commençai à m'inquiéter qu'elle ne s'épuise. Lorsqu'elle ralentit enfin, j'entendis le clapotis d'un cours d'eau à proximité. Le cœur battant, je guidai la jument vers l'endroit d'où montait le bruit. Un instant plus tard, une rivière de dix bons mètres de large m'apparut, qui serpentait vers une forêt extrêmement dense.

Et qu'est-ce qui enjambait cette rivière ?

Ce qui devait être le pont de pierre contre lequel tout le monde m'avait mise en garde.

Nous avions atteint la limite orientale du territoire. Vu la vitesse à laquelle Ravage se déplaçait, j'étais prête à parier que nous avions bien parcouru soixante kilomètres. Il me faudrait deux jours, si je me lançais dans l'entreprise à pied. Ça ne fonctionnerait jamais. Même si je fichais le camp en plein cœur de la nuit, j'aurais une bande de suceurs de sang à mes trousses dès le lendemain matin. Quand je lancerais l'opération, il faudrait que ce soit à cheval.

« Merci, ma douce », murmurai-je en caressant l'encolure moite de Ravage.

J'étais tombée encore un peu plus amoureuse d'elle.

Elle trottait le long de la rivière, le corps luisant de sueur. Lorsqu'on passa devant l'entrée du pont, elle poussa un hennissement aigu et balança la tête sur le côté.

« Viens boire un petit coup, ma fille », murmurai-je en tirant sur les rênes pour l'inciter à descendre sur une rive en pente douce. Arrivée au bord de l'eau, elle inclina la tête.

Elle était encore en train d'étancher sa soif quand les poils de mes bras se hérissèrent : un frisson me parcourut. Si j'avais déjà eu la sensation d'être observée, ce n'était rien par rapport à ce que je ressentais ici, à la limite du territoire.

Des yeux dans la forêt. J'en étais plus convaincue que de mon propre nom.

« Il y a quelqu'un ? » lançai-je, non sans me traiter en même temps de folle.

Évidemment, je ne reçus pas de réponse, non que j'en aie attendu une. Pourtant, la sensation d'être observée – non, scrutée – ne fit que s'intensifier.

« Vous connaissez Jordan ? »

J'attendis, le pouls battant si fort dans mon cou que j'aurais pu danser sur le rythme qu'il marquait, mais n'obtins pas davantage de réponses.

Je jetai un coup d'œil à la position du faux soleil et poussai un soupir. Pour ma première sortie seule, je ferais mieux de ne pas tenter plus avant le diable. La duchesse avait des projets pour ma journée et je tenais à rentrer avec suffisamment de temps devant moi. Je devais rester dans le rang et montrer une parfaite obéissance de surface, sans quoi cette excursion serait ma dernière.

Mais qu'est-ce qui m'avait surtout poussée à faire remonter Ravage sur la berge ? La peur soudaine que les yeux dans mon dos deviennent bientôt des mains qui se refermeraient autour de ma gorge.

Je jouais à un jeu très dangereux dont j'inventais les règles au fur et à mesure.

« Je reviendrai bientôt, Jordan, murmurai-je alors que Ravage repassait au trot. Et la prochaine fois, on partira ensemble. Je te le jure. »

11
Dominic

« Je sais que vous êtes un misanthrope et une plaie, mais ne pourriez-vous pas au moins tenter de le cacher ? Si vous ne le faites pas pour moi, faites-le pour l'amusement et le plaisir de ceux qui se tournent vers vous, les imbéciles, pour votre sens du commandement. »

Edmund, prince héritier du royaume des Vampires, se tourna vers moi et me décocha un regard cinglant.

Je m'enfonçai plus profondément dans le siège voisin du sien et lui répondis d'un bref hochement de tête. « Compris, Votre Altesse », dis-je d'un ton moqueur.

Edmund me considéra, l'air sévère : un pli se creusa dans son front lisse avant de disparaître. « Vous faites erreur sur mon compte si vous pensez qu'il m'intéresse de savoir si vous vous amusez ou pas, Dominic. Je tiens juste à m'assurer que les dames ici présentes ne seront pas intimidées par votre triste mine. Père souhaite qu'elles soient heureuses, qu'elles apprécient la compétition. Les Jeux sont bien plus délectables si les participantes ne tremblent pas de peur en permanence. Du moins jusqu'à ce que j'en aie décidé autrement. » Il marqua une pause pour avaler une bouchée de caille tendre. Ayant fini de la mastiquer, il reprit : « En parlant de cela, Anthony a laissé entendre l'autre jour que vous vous intéressiez à l'une des filles de la vente aux enchères. Voilà bien quelque chose de nouveau. »

Maudit soit Anthony.

J'eus toutes les peines du monde à ne pas aller sur-le-champ étrangler ce salopard, justement attablé en face de nous et qui riait d'un propos d'une de ses maîtresses. Je m'efforçai de conserver une expression aussi blasée et indifférente que le ton sur lequel je répondis.

« Il faut croire que vous avez été mal informé. Il y avait une morveuse dépenaillée aux enchères et elle a frappé le garde au visage. Raven a décidé de mettre un peu de piment à la sauce et, malheureusement, j'ai perdu le pari. Hier, on me l'a refilée pour la compétition de tir à l'arc. Il s'avère que c'est une bonne archère. Dommage, elle a aussi la langue bien pendue et une odeur bien trop humaine à mon goût », déclarai-je, mentant comme un arracheur de crocs.

J'avais repensé à cette langue et à ce corps toute la nuit, bon sang, bien qu'ayant bu jusqu'à l'ivresse, et mon humeur était ce matin encore plus noire que la veille.

Edmund inclina la tête pour me dévisager de ses yeux bleu-gris perçants. « Donc vous ne vous intéressez ni de près ni de loin à cette femme ? » insista-t-il d'une voix basse qui ne cachait rien de sa curiosité.

Je haussai les épaules et secouai la tête. « Pas le moins du monde.

— De laquelle s'agit-il, dites-moi ? J'avoue ne pas avoir accordé beaucoup d'attention à la compétition de tir à l'arc. C'est d'un tel ennui quand nous pourrions faire bien mieux avec nos captives... », lâcha mon frère. Relevant la tête, il balaya des yeux la salle de bal, histoire de passer en revue les visages des femmes installées aux tables disposées tout autour de la piste de danse.

Je refoulai une envie soudaine de refermer mes doigts sur sa trachée, instantanément attiré par Sienna alors même que je ne la voyais pas, presque comme si je sentais ses mains sur ma peau.

« C'était celle-là ? » demanda-t-il en fronçant les sourcils. Il louchait vers une femme aux cheveux noirs et souples, vêtue d'une robe jaune citron.

Un peu de la tension qui m'habitait se relâcha, remplacée par le soulagement. Si Sienna était certainement dans le collimateur d'Anthony, mon frère aîné avait toujours considéré les humains comme des inférieurs. Il n'avait même pas remarqué la couleur de ses cheveux, et encore moins jeté son dévolu sur elle, ce qui était une bonne chose. Gérer le comte et gérer le prince héritier, c'étaient deux choses différentes. Si j'arrivais à l'empêcher de sentir Sienna, j'étais assez sûr de pouvoir garantir sa sécurité.

Et Will alors ? Pendant que tu te préoccupes de la sécurité d'une inconnue, ton frère est vulnérable.

Je me raclai la gorge et répondis, faussement désinvolte : « Je ne l'ai pas vue ce soir. »

Ça, au moins, c'était vrai. Mais je l'avais vue la nuit précédente. Ou, du moins, j'en avais rêvé. Rêvé de son contact tandis que je lui ordonnais de me baiser. Rêvé de son odeur, de ses halètements rauques à mes oreilles. Je m'étais réveillé avec une érection phénoménale qui n'était toujours pas complètement calmée. La scène m'avait semblé si réelle…

« Vous vous chamaillez encore, tous les deux ? »

Je me retournai en entendant cette voix familière : Will se tenait là, un grand sourire aux lèvres.

« Certainement pas. Je ne me chamaille pas avec mes inférieurs », répliqua Edmund en fixant Will avec un sourire qui ne s'étendait pas à ses yeux. Notre benjamin ne releva pas son attitude dédaigneuse.

Non, pas dédaigneuse.

Haineuse.

Je me demandais souvent comment Will pouvait ne pas la voir, la cruauté qui se tapissait en Edmund, derrière le bleu-gris glacial de ses yeux si semblables à ceux d'un requin. Des yeux qui voyaient tout mais ne ressentaient rien. Comment Will pouvait-il être aveugle au fait qu'il manquait à Edmund une part cruciale de ce qui nous séparait, nous les vampires, des véritables monstres ?

Une âme.

Edmund se fichait de tout ce qui n'était pas Edmund.

Inconscient et naïf, donc, Will prit place à côté de moi et s'empara d'une chope de bière au sang qu'il leva.

« Eh bien, santé, mes frères. Que ce soient les meilleurs Jeux de la moisson jamais organisés ! Je le sens dans mes os, ils deviendront un souvenir inoubliable ! »

Je trinquai avec lui, tout en regardant Edmund faire de même, bien qu'à contrecœur. Il n'était jamais venu à l'esprit de Will que s'il restait dans les grâces d'Edmund – je ne dirais pas les « bonnes grâces » d'Edmund parce qu'il n'en avait pas –, dans ses grâces, donc, c'était parce qu'il possédait la seule chose dont Edmund serait toujours privé : l'amour, le respect et l'adoration du reste du royaume. Si Edmund se laissait aller à maltraiter publiquement Will, le retour de bâton serait immédiat, j'en étais certain. Will n'avait peut-être pas la couronne, mais il possédait quelque chose de tout aussi précieux.

Le cœur du peuple.

Le mien y compris. Pourtant, malgré notre lien, je n'avais jamais réussi à le convaincre de se méfier de notre frère aîné. Si Edmund était un requin, Will était un labrador barbotant dans l'eau en attendant le prochain bâton à rapporter, sans se douter le moins du monde qu'un prédateur mortel rôdait sous la surface, à l'affût de la première occasion pour frapper.

« Santé, lâcha doucement Edmund, avant d'approcher le verre de ses lèvres pour y boire une longue gorgée. Dis-moi, comment va ta main ?

— Complètement guérie, répondit Will en secouant la tête, penaud. Mais Anthony est impétueux. Je pense que je vais lui en toucher deux mots. »

Edmund haussa une épaule désinvolte. « Je dirais que c'est toi qui t'es montré impétueux, petit frère. Il y a des dizaines d'autres filles, mais seulement deux princes, après tout. Moi et un autre de rechange. On n'est jamais trop prudent. »

Il tourna son regard froid vers moi. J'acquiesçai d'un hochement de tête.

« Nous sommes du même avis, Edmund. Il serait préférable pour tous que tu laisses la nature suivre son cours, la prochaine fois, Will. »

L'intéressé soupira puis opina. « Oui, eh bien j'espère qu'un tel incident ne se reproduira pas. Mais que diriez-vous de tourner la page et de profiter des festivités ? »

Edmund acquiesça et reposa sa chope avec fracas avant de se lever. Il leva une main et, sans qu'il ait besoin de dire un mot, les bavardages alentour se turent. Même les femelles humaines avaient vite compris et, rapidement, l'immense salle de bal fut plongée dans le silence le plus complet.

« En ma qualité de prince héritier et au nom de mon père, votre seigneur, le roi Stirling, qui n'a pu être présent ce soir, nous vous souhaitons une fois de plus la bienvenue aux Jeux de la moisson. C'est un honneur pour vous d'y participer. »

Ayant soudain la sensation qu'on m'observait, je me retournai pour scruter la salle. Un instant plus tard, j'avisai une femme tapie dans le coin le plus éloigné. Des yeux de miel, pleins de défi, me fixaient.

Sa seule vue suffit à faire pulser le sang dans mes veines et j'eus toutes les peines du monde à détourner le regard. J'y parvins, mais ce que j'avais entrevu s'était comme gravé au scalpel dans mon cerveau. Une profusion de boucles auburn dégringolant sur des épaules laiteuses, un nez mutin et une bouche pulpeuse qui faisait descendre mes crocs, impatients de plonger dedans, de s'enfoncer dans son cou. La tenue d'équitation qu'elle portait lorsque je l'avais vue la veille lui allait à ravir, avec sa couleur qui se mariait parfaitement à sa peau crémeuse, mais celle-ci la surpassait. Sa couleur or bruni donnait l'impression qu'elle rayonnait de l'intérieur et contrebalançait l'éclat de ses cheveux, comme si elle était elle-même le feu.

Je sentais presque sa vitalité sur ma langue malgré la dizaine de mètres qui nous séparait et le rêve de la nuit précédente, encore si vivace, me revint brusquement en mémoire.

Il m'avait semblé si réel que j'aurais juré qu'elle était dans la chambre avec moi. Ses caresses sur mon dos avaient été aussi chaudes qu'un brandon. Et quand je m'étais réveillé, baigné de sueur, le désir était encore douloureux.

Inutile de se voiler la face : j'étais vraiment mal barré.

Raison de plus pour garder mes distances. Si Edmund percevait mon intérêt pour elle, il ne ferait que lui causer des ennuis. Et puis, malgré ses tentatives pour se montrer charmante, elle ne parvenait pas vraiment à cacher la vérité.

Le romantisme macabre des Jeux de la moisson et la sensualité enivrante qui envoûtaient si souvent les participantes quand elles se retrouvaient entourées de vampires n'avaient manifestement aucun effet sur elle. Sienna ne voulait pas être là et, dès qu'elle aurait une chance de s'enfuir, elle filerait comme une flèche. Qui avait besoin d'un cou rechignant à se laisser boire quand on en avait tant d'autres à disposition ? Ces Jeux de la moisson étaient une corvée que j'étais forcé d'endurer en tant que général de l'armée du prince héritier, en revanche rien ne m'obligeait à y participer. Je resterais aussi longtemps qu'il le faudrait, puis je m'éclipserais en vitesse pour trouver une comparse de mon espèce qui aurait autant envie de baiser que moi, histoire de me guérir de mon mal.

Ma décision prise, je reportai mon attention vers mon aîné, qui concluait son discours de bienvenue.

« Une fois de plus, je tiens à tous vous remercier d'être venus et je vous souhaite bonne chance. »

Lorsqu'Edmund se rassit, j'eus bien du mal à ne pas lui arracher son sourire. De l'extérieur, n'importe qui le trouverait beau et facile à vivre, tout en étant à l'aise dans son rôle de véritable leader. C'était précisément cette capacité à faire semblant, ainsi que son physique avantageux doublé de son pouvoir qui attiraient les dames, sans qu'elles se doutent le moins du monde que cette flamme particulière les engloutirait et les réduirait en cendres.

La question n'était pas de savoir « si », mais seulement « quand ».

Au cours du siècle précédent, mon frère s'était marié seize fois, mais je n'avais pas une seule belle-sœur encore en vie. Les innombrables maîtresses qu'il avait eues au fil des ans avaient toutes connu une fin tragique. Devenir la maîtresse de Edmund revenait à signer son arrêt de mort. De même que se refuser à lui. Et il était de mon devoir, je l'avais juré, de le protéger au péril de ma vie. S'il était un monstre, qu'est-ce que cela faisait de moi ?

Je décochai un regard à Will, occupé à vider le reste de son verre, qui me répondit aussitôt par un clin d'œil. « Prêt à te mêler à la foule, mon frère ? Je vois que tu brûles de t'élancer sur la piste de danse. »

J'allais refuser, comme toujours, lorsqu'une voix basse retentit derrière mon épaule.

« Ne pense même pas à refuser, Nicky. »

Je soupirai. « Bonsoir, Votre Grâce. Très en beauté, comme toujours. »

La duchesse se pencha et me tapota doucement l'épaule avec l'éventail cramoisi qu'elle tenait. « Tu fais bien de m'adresser ce compliment, jeune homme. Je viens de passer trois heures à m'habiller, ce qui explique pourquoi je suis en retard. Alors, raconte-moi ce que j'ai manqué. Quelqu'un a-t-il déjà choisi une fille ? demanda-t-elle tandis que Will glissait de son siège afin de libérer la place voisine de la mienne pour notre tante. Eddy a-t-il déjà fait son discours ? »

Un éclair de contrariété passa sur le visage d'Edmund, mais il s'abstint de la corriger. Peu de gens étaient immunisés contre son courroux, mais la duchesse faisait partie des insensibles. Jusqu'à ce que – ou à moins que – le roi ne trépasse, elle demeurait intouchable. C'était une bonne chose : j'adorais cette femme, malgré sa tendance à fouiner, à chercher sans cesse à déterrer des informations sur les gens.

« Je leur ai souhaité la bienvenue, oui, lâcha Edmund d'un ton sec. Et vous feriez bien de vous présenter à l'heure pour l'entendre, la prochaine fois. » Et sans attendre de réponse, il se tourna vers la personne à sa droite, nous ignorant complètement. Pas de problème, en ce qui me concernait.

La duchesse leva les yeux au ciel et m'adressa un sourire complice. « Quelqu'un s'est réveillé du mauvais côté du cercueil, ce matin », lança-t-elle avec un petit gloussement.

Will éclata de rire en rejetant la tête en arrière, puis passa un bras autour des épaules de notre tante. « Vous voyez, Votre Grâce, c'est pour cela que je ne veux pas me marier. Personne ne saurait se comparer à vous, ni en beauté ni en esprit. À cause de vous, je ne trouve personne à mon goût. Il n'y aura jamais personne pour vous égaler ! »

Elle lui tapota la main en lui décochant un sourire plein d'affection. « Ne gaspille pas tes charmes sur moi, mon garçon. Va donc danser et voir si l'une de ces jolies dames sait attirer ton attention. Enfin. »

Will ne se le fit pas dire deux fois. Il se dirigea aussitôt d'un pas nonchalant vers le groupe de femmes qui s'étaient levées de table et commençaient à s'agiter autour de la piste de danse, en quête d'un partenaire.

Toutes sauf une. Je serrai les dents en repensant à son contact fantôme de la nuit précédente. Je m'étais réveillé avec la certitude de sentir encore son odeur.

Je perdais la tête, bordel !

« Je sais que tu ne veux pas l'entendre, Nicky, mais la vie est longue pour ceux de notre espèce et tu gagnerais à y trouver un soupçon de joie. » Elle inclina encore un peu la tête. « En outre, le fait que tu te montres de temps en temps ne fera qu'aider les filles sur le long terme. Si elles apparaissent comme désirables pour un général, les autres hommes prendront exemple, car ils t'admirent. »

Je savais que c'était vrai. Moins les femelles étaient terrifiées, plus elles s'investissaient, plus grandes étaient leurs chances de survie. Cependant, je ne me faisais aucune illusion sur l'avenir de la plupart d'entre elles. Les dés étaient pipés. Nous étions des prédateurs et elles, des proies. Ce n'était pas moi qui avais fixé les règles, mais telle était la loi de la nature. Même moi, je devais lutter pour rester discipliné face aux espèces les plus faibles… et personne ne le savait mieux que moi. Le sang humain, et la promesse de ce sang faisaient des choses à un vampire qu'un humain ne pouvait comprendre. Des choses biologiques… des choses psychologiques. Des choses susceptibles de faire dérailler même le plan le plus minutieusement bâti.

Une fois que j'avais mûri suffisamment pour gérer la puissance de la soif de sang, je m'étais assuré de ne jamais me trouver en présence d'humains lorsque j'étais en manque. Au lieu de quoi, je buvais chaque semaine à la coupe ou à la veine d'une femme vampire plus que consentante, plutôt que d'attendre un mois entre deux prises. Ce n'était pas la même chose, bien sûr. Un peu comme se rabattre sur du pain rassis quand vous aviez à portée de main un canard à l'orange à la peau croustillante, accompagné d'oignons caramélisés et de purée de panais. Mais le stratagème fonctionnait. Au cours des cinquante dernières années, j'avais bu le moins possible à même un humain et n'en avais pas complètement vidé un depuis une décennie de plus. Étant donné que la plupart de mes frères considéraient les humains comme une distraction divertissante, au mieux, voire comme du bétail destiné à leur consommation dans tous les sens du mot, ce n'était déjà pas si mal, à mon sens.

Certains croyaient que leur puissance était fonction de la quantité de sang humain qu'ils ingurgitaient. Encore une légende, dieux merci.

N'empêche, pendant que j'observais les jeunes femmes qui balayaient nerveusement la pièce du regard, s'efforçant d'empêcher leurs sourires de trembler tandis que les hommes entraient, j'étais parfaitement conscient que par des journées comme celle-ci, mon « pain rassis » ne serait pas suffisant.

« Allons, vas-y, m'enjoignit ma tante, me tirant de mes macabres pensées. Et si tu promets de danser avec au moins trois d'entre elles, je t'excuserai moi-même auprès d'Edmund, pour que tu puisses te retirer dans tes quartiers.

— Voilà un marché que j'accepte volontiers », répondis-je en me levant. Plus vite je quitterais cet endroit et ce gilet ridicule, mieux ce serait.

De leur propre chef, mes yeux balayèrent l'immense salle, à la recherche d'une chevelure auburn. Sienna était à présent coincée dans l'angle opposé, seule, la tête baissée. Je l'observais depuis une seconde à peine lorsqu'elle releva les yeux. Cette fois, je soutins son regard. Elle s'humecta machinalement les lèvres et mes gencives palpitèrent sous l'assaut de mes crocs qui tentaient encore une fois de se libérer.

Les dents serrées, j'effectuai un rapide calcul mental. Quatre jours s'étaient écoulés depuis mon dernier repas de sang. Normalement, un désir aussi vif ne réapparaîtrait pas avant plusieurs jours. Encore une fois, ce n'étaient pas des circonstances normales. Nous étions entourées de jeunes humaines dont l'odeur dominait tout. Même le fumet d'exquises viandes rôties, la fragrance des fleurs exotiques de nos serres ou les coûteux parfums ne pouvaient rivaliser.

Le sang vital avait une odeur qui effaçait toutes les autres.

Et l'envie de goûter le sien me faisait l'effet d'une chose griffue et pressante dans mon ventre… et dans d'autres endroits aussi. Ma lutte incessante contre ces besoins, de jour comme de nuit, dans mes rêves comme dans mes heures d'éveil… C'était trop.

Trois tours sur la piste de danse et c'est terminé.

« Monsieur, vou… voudriez-vous danser avec moi ? »

Je découvris une jolie jeune femme aux cheveux d'or et au sourire timide. C'était une de ces petites choses menues, aux longs muscles fins et aux clavicules osseuses, aux creux et aux vallées nettement visibles, que la plupart des vampires appréciaient. Aussi séduisante soit-elle, je constatai avec soulagement qu'elle me laissait de marbre. La pression dans mes gencives s'estompa quand je lui pris le bras.

« Volontiers », répondis-je avec un petit hochement de tête.

Les serviteurs humains s'affairaient, débarrassant les plats et les restes de nourriture tandis que la musique des dix musiciens qui jouaient dans un coin de la salle devenait plus sonore.

Je l'entraînai sur la piste de danse où je la pris dans mes bras. À son crédit, elle ne paraissait pas si nerveuse que cela. En fait, alors que je l'entraînais dans un quadrille endiablé, elle se mit à glousser.

« Vous êtes un fabuleux danseur », constata-t-elle en haussant le ton pour couvrir la musique. Ses joues avaient pris une jolie nuance rosée et sa prise s'était resserrée sur mon épaule.

« Merci, répliquai-je en veillant à ne pas trahir l'irritation que cette conversation badine faisait naître en moi. Ma mère était professeure de danse quand j'étais enfant. Je n'ai pas vraiment eu le choix en la matière. »

Elle rapprocha son corps du mien, afin que nos hanches se touchent.

« Eh bien, elle a fait du bon travail. Je m'appelle Martha, au fait. Et vous ? »

Je songeai à répondre « Général », mais je rétropédalai. « Dominic fera l'affaire. »

Elle était encore en train de me regarder d'un air rêveur quand la chanson se termina. Je m'éloignai d'elle avec un sourire crispé.

« Je ne veux pas monopoliser ton temps. Il y a beaucoup d'hommes ici qui, j'en suis sûr, adoreraient danser avec toi. »

La pierre précieuse nichée entre ses petits seins étincelait de rose, venant corroborer ma déclaration.

« Oh ! s'exclama-t-elle en suivant mon regard. C'est une bonne chose, non ? » Elle me dévisageait d'un air anxieux.

« En effet », confirmai-je avec un hochement de tête sévère. Comme elle se rapprochait de moi, je reculai d'un pas. « Si j'étais toi, je foncerais vers le monsieur à la veste bleue, près de la fontaine, qui n'arrête pas de te reluquer. »

Peter Vasilli n'était pas de sang royal mais, doté d'un solide réseau, c'était quelqu'un de respecté, et d'aussi bon qu'un homme pouvait l'être au palais. Si Martha parvenait à le conquérir maintenant et à retenir son attention pendant les sept prochaines semaines, elle avait de sérieuses chances d'aller jusqu'au bout et de se ménager une place à la cour des dames. Et si elle avait de la chance, Peter pourrait même tomber amoureux et la prendre comme maîtresse permanente, voire pour femme.

Martha suivit mon regard et se mordilla la lèvre.

« Et si je préfère rester ici avec vous ? suggéra-t-elle d'une voix douce.

— Je crains que ce ne soit pas une option. Je ne pourrais pas t'offrir… ce que tu attends de moi. »

Ses joues rosirent à nouveau, cette fois sous l'effet de la gêne. « Je vois… Eh bien, merci pour la danse. Et le conseil. »

Sur quoi, elle fila vers la fontaine et moi, je poussai un soupir de soulagement.

Une danse de terminée, plus que deux.

Je goûtais presque à ma liberté. J'irais peut-être à la cour, convaincre l'un de mes hommes de s'entraîner avec moi. Ce surplus d'énergie, que j'accumulais depuis des jours, nécessitait un exutoire.

« Je n'arrête pas d'y penser. Pourquoi m'avez-vous aidée ? »

Je levai les yeux, irrité d'avoir baissé ma garde à deux reprises en moins de dix minutes, et je me retrouvai face à deux yeux de miel liquide.

Furieux, ces yeux de miel liquide.

« Je te demande pardon ? » répliquai-je, nonchalant.

Elle se rapprocha et me fusilla du regard.

« Ne me resservez pas vos conneries sur les histoires de quotas à remplir pour pouvoir partir. Vous m'avez achetée. Moi, plutôt qu'une autre. Et ensuite, vous m'avez aidée pour la compétition de tir à l'arc. Seulement maintenant, vous agissez comme si vous ne me connaissiez pas et que vous n'aviez qu'une envie : vous éloigner de moi. Alors, pourquoi ? »

Je résistai à l'envie de reculer, tout en m'efforçant de ne pas respirer par le nez.

Merde. Trop tard.

Son essence me frappa comme un coup de poing. Senteurs de jasmin, vitalité et chaleur sucrée de son sexe, toutes s'enroulèrent autour de moi, envoyant une vague de sang brûlante à travers mon corps. Je m'allumai alors même que mes crocs se libéraient dans un claquement sec.

Je dus faire appel à toute mon autodiscipline pour les rétracter avant de répondre : « J'ai fait un pari avec un vieil ami. » Ma voix était dure, hachée. « Et j'ai perdu, ce qui signifie que je n'avais pas d'autre choix que de t'acheter. Et en tant que général, si ma protégée avait perdu à une compétition de tir à l'arc, ça aurait nui à mon image. Maintenant, si tu veux bien m'excuser. »

Je me détournai déjà, pour lui échapper, quand la duchesse passa dans mon champ de vision et me transperça d'un regard glacial, assorti d'un sourcil haussé. À ce stade, je me ferais plus remarquer en m'éloignant de Sienna qu'en jouant le rôle du gentleman.

« On danse, alors ? » lâchai-je, incapable d'adopter un ton autre que féroce. Sienna fronça les sourcils une seconde, parut sur le point de décliner, mais finit par acquiescer.

« Est-ce que je peux vous demander autre chose ? » reprit-elle pendant que je la guidais sur la piste de danse.

Je serrai les dents. « Vu que je doute de pouvoir t'en empêcher, vas-y.

— Comment vous vous sentiriez si vous étiez à ma place ? » La concentration qu'il m'avait fallu pour bloquer son odeur et la sensation de son corps voluptueux qui frôlait le mien m'échappa et je grimaçai. « Comment vous vous sentiriez si vous aviez été kidnappé et forcé de parader comme un caniche de concours dans l'espoir d'attirer l'attention d'une créature qui peut aussi bien vous vider de votre sang que vous baiser ? »

Ses paroles tranchantes qui allaient droit au but avaient juste ce qu'il fallait de glauque pour adoucir les pointes de mon désir, toutefois je refusais de m'excuser auprès d'elle pour ma race et ses coutumes. Elle n'était qu'un animal de compagnie, au mieux. Un repas, au pire.

« Je comprendrais qu'il est vain d'essayer de fuir et j'accepterais mon sort. »

Elle m'étudia, les yeux plissés. « Je ne sais pas pourquoi, mais j'en doute, Dominic. Vous n'avez donc pas de conseil à me donner ? »

Mon nom sur ses lèvres fit de nouveau affluer le sang vers une certaine partie de mon anatomie, ce qui m'obligea à ravaler un grognement alors même que je lui répondais.

« Tu veux un conseil ? Très bien. Le prince héritier a tout le pouvoir ici. » Je savais que j'aurais mieux fait de me mordre la langue, mais j'étais incapable de résister à ce désir irrépressible. « Pour ta sécurité, tu ferais mieux de ne pas croiser son chemin et d'échapper à son radar. »

Et moi, je ferais mieux de m'occuper de mes affaires. Au lieu de ça, nous étions là, en train de bavarder.

Elle acquiesça lentement. « D'accord. Étant donné que je n'ai personne ici en qui je puisse avoir confiance et que vous m'avez aidée une fois, je vais prendre cet avis en considération. Ce qui me ramène à ma question initiale… Pourquoi moi ? » Devant l'insistance de sa question, je conclus qu'elle était persuadée de l'existence d'une autre raison.

« Je te l'ai dit : un pari qui a mal tourné. En voyant ton coup de poing, je savais que tu finirais comme appât. Sale, misérable et pathétique. J'ai eu pitié de toi », répondis-je. Un mensonge proféré entre mes crocs toujours légèrement descendus. Hors de question de lui avouer qu'elle avait fait s'accélérer les battements de mon cœur.

Je la vis déglutir avec peine, puis elle releva fièrement le menton. « Et j'ai pitié de vous qui êtes obligés de kidnapper des femmes et de les forcer à participer à des *Hunger Games* de tarés pour les convaincre de baiser avec vous. »

Touché, petit chaton.

J'aurais sans doute dû être agacé par son impertinence, au lieu de quoi elle ne faisait que redoubler mon désir.

Je l'attirai encore plus près, jusqu'à ce qu'elle ne soit plus qu'à un souffle de moi, les yeux écarquillés et toute frémissante.

« Je peux t'assurer que si je voulais te baiser, toi ou n'importe laquelle des femmes ici présentes, je n'aurais pas besoin de recourir à la force. »

Bon sang, vieux, ferme ton clapet.

Je la fis virevolter, puis la ramenai brusquement vers moi, mouvement qui la fit trébucher sur ses hauts talons. Je resserrai mes bras autour d'elle pour la stabiliser et me retrouvai avec ses seins moelleux écrasés contre mon torse.

L'espace d'une seconde, je fus incapable de bouger. Tous les efforts que je fis pour continuer à danser s'avérèrent vains tant la vague du désir déferlait sur moi, si puissante que mes biceps se tétanisèrent.

Elle leva la tête vers moi. Ses yeux étaient écarquillés, ses lèvres entrouvertes. La pierre autour de son cou passa du rose foncé au violet soutenu. Il me fallut déployer des efforts désespérés pour ne pas écraser ma bouche sur la sienne, saisir ses hanches à pleines mains et la plaquer contre ma queue douloureuse. Refermer mes dents sur le renflement lisse de son sein et enfoncer mes crocs dans…

« Je vais prendre congé, à présent, déclarai-je d'une voix rauque en la remettant sur pied, avant de m'écarter. Je commence à me lasser de cette fête. Et de toi. »

Sur ce, je tournai les talons et me dirigeai vers la sortie.

Tant pis pour la duchesse. J'avais dansé avec deux filles, elle ferait mieux de s'en réjouir. J'avais gaspillé plus de temps que nécessaire pour ces âneries. J'étais général de l'armée du prince héritier et protecteur de l'Empire. J'avais des missions importantes à remplir.

Des missions qui ne sauraient aller de pair avec une sorcière aux cheveux auburn et aux yeux d'or, apparemment déterminée à me faire tomber.

12
Sienna

Je suivis le général des yeux alors qu'il sortait de la salle de bal. La déception qui me nouait le ventre le disputait à l'envie de lui lancer une dernière insulte. Je n'avais accepté de danser avec lui que pour obtenir des informations sur les loups-garous. Rien à voir avec la sensation que m'avait procurée sa peau la nuit précédente, ou avec la curiosité que les cicatrices striant ses épaules éveillaient en moi. Nos déambulations sur la piste de danse, la sensation de ses mains sur ma taille, si grandes qu'elles enveloppaient mes doigts, tout ça était… intéressant. Oui, c'était le mot que j'allais employer.

Intéressant.

Je n'allais certainement pas dire « sexy ».

Ou « assez torride pour mettre le feu à mes vêtements et me laisser nue dans ses bras », surtout après qu'il m'avait congédiée aussi brutalement. Surtout en sachant qu'il me tuerait sur-le-champ si j'avais le malheur de le contrarier.

Mais j'eus beau essayer de nier tous ces sentiments, une bouffée de chaleur m'envahit, qui m'obligea à m'éventer d'une main dans l'espoir vain de me rafraîchir les idées. Il pouvait bien affirmer ce qu'il voulait, j'étais prête à avaler mon épingle à cheveux en or si je l'ennuyais, comme il le prétendait.

Une pression exercée sur mon coude me détourna du spectacle assez charmant du général juste avant qu'il ne sorte de la salle.

« Bonjour, ma mignonne », me susurra une voix douce que je reconnus.

Je battis des paupières et croisai le regard de l'homme obséquieux de la vente aux enchères. Le propriétaire des yeux cruels et du visage sinistre.

L'homme qui m'avait vue devant ma chambre, la veille au soir.

Ce connard pouvait bien tomber raide mort, je n'en serais que plus heureuse.

Une vague de dégoût m'envahit. Je pivotai le bras pour me dégager des doigts qu'il avait posés sur moi, mais sa poigne était ferme et me comprimait le bras jusqu'aux os. Son sourire s'agrandit.

« Une petite rebelle ? Tu t'imagines que tu peux me battre comme tu l'as fait avec ce gardien des enclos ? Voyons, tu n'es qu'une faible petite humaine. Tu devrais m'être reconnaissante de l'attention que je te témoigne. »

J'aurais dû avoir peur, être terrorisée. J'aurais dû me contenter de hocher la tête et de sourire : la duchesse nous avait inculqué l'étiquette. Sauf qu'il ressemblait à une nouille molle dont on pouvait se débarrasser d'une simple poussée… et je détestais les nouilles molles. Je baissai brusquement la main et ses doigts labourèrent ma peau, mais il finit par me lâcher.

« Je pense qu'un enfant pourrait vous battre », répliquai-je en relevant le menton. Finalement, un frisson de peur naquit en moi lorsque la brûlure de ses griffures remonta le long de mon bras.

Espèce d'idiote, qu'est-ce que tu fabriques ? me réprimandai-je. *Sois gentille !*

Mais c'était plus fort que moi. Il n'avait pas tort, j'avais été une rebelle toute ma vie. Je n'allais pas arrêter maintenant, surtout face à un connard visqueux comme lui. « Vous vous battez comme une écolière, ironisai-je. Vous griffez. »

C'est ça, continue à t'enfoncer, Sienna. Continue donc.

Il me jeta un regard mauvais et s'avança, mais je reculai, percutant un autre corps dans le processus.

« Anthony, lâcha une voix riche et veloutée, encore en train d'effrayer une jeune femme ? »

L'intéressé s'éclaircit la gorge avant d'esquisser un hochement de tête respectueux. « Bien sûr que non, jeune prince. Elle et moi étions sur le point de faire un tour sur la piste de danse.

— Alors tu ne verras pas d'inconvénient à ce que je l'invite pour la prochaine danse ? À moins que tu veuilles d'abord lui tirer une flèche dans le cou, bien sûr ? »

J'étouffai un sourire tout en me retournant pour voir qui était mon sauveur. Des yeux verts qui pétillaient d'humour, des cheveux brun foncé, bien trop longs et décoiffés. William, le plus jeune des deux princes, qui avait risqué sa main pour empêcher Marguerite d'être abattue.

Je ne lui avais adressé que quelques mots après sa blessure au concours de tir à l'arc, mais Bethany m'avait raconté tout ce qu'il y avait à savoir à son sujet. Elle ne me l'avait pas seulement raconté, elle s'était épanchée dans les grandes largeurs sur les nombreuses qualités de l'adorable William, son exquise bonté et sa gentillesse. Même si j'avais des doutes sur la capacité d'un vampire à posséder toutes ces qualités, j'avais eu la preuve qu'il savait au moins manifester de la compassion, ce qui en faisait un bien meilleur partenaire de danse qu'Anthony.

« Votre Majesté », fis-je avec une révérence au prince. J'avais le bras en feu, mais je serrai les dents.

Il m'entraîna sur la piste, non sans retourner mon bras pour voir les égratignures laissées sur ma peau. Pourtant, même si ses yeux suivirent les traces de sang, il ne parut pas plus intéressé que ça. Du moins n'eut-il pas la réaction à laquelle je me serais attendue de la part d'un vampire devant du sang frais.

« Hmm. On dirait qu'il a recommencé à endommager des filles. La duchesse va être furieuse. » Il fit mine de frissonner.

Je levai vers lui des yeux surpris. « On dirait presque que vous avez peur.

— D'elle ? Elle m'a frappé avec une cuillère en bois, un jour, et quand la cuillère s'est cassée, elle a menacé de me poignarder avec ce qu'il en restait.

— Quoi ? m'écriai-je, interloquée.

— J'avais 12 ans, répliqua-t-il avec un sourire contagieux et j'avais mis de la poudre à gratter dans son tiroir à sous-vêtements. » Son sourire s'élargit encore, si bien que je ne pus refouler le rire qui monta dans ma gorge.

« Ce n'est pas vrai. Vous vous moquez de moi.

— J'ai été incapable de m'asseoir pendant une semaine et je n'ai pas fermé l'œil pendant tout ce temps, de peur qu'elle mette sa menace à exécution. »

Il me dévisageait comme s'il s'efforçait de voir à l'intérieur de ma tête.

« Qu'est-ce qu'il y a ?

— Je suis curieux. C'est tout. Très curieux. »

Il me fit tourner sur moi-même, puis me ramena délicatement vers lui. Mais pas trop près.

« À propos de quoi ? Mon horoscope ? Je suis Poissons. »

Le sourire qu'il m'adressa était éclatant et un poil trop large. Le sourire de quelqu'un qui utilise le rire pour masquer la douleur. Et une petite partie de moi eut mal pour lui, ce qui était stupide. Il n'était pas mon ami. Il n'était qu'un de mes geôliers, si charmant soit-il.

« Je me demande quel intérêt mon frère porte à ta personne, répondit-il sans se départir de son sourire.

— Attendez, fis-je, surprise. Je croyais que vos frères étaient Dominic et Edmund. Le troll que vous avez chassé est aussi votre frère ? »

Voilà qui n'était probablement pas la meilleure chose à dire à un prince.

« Mes dieux, non ! » Il éclata de rire. « An-foiré n'est qu'un comte du royaume et un vrai...

— Blaireau ? suggérai-je.

— Entre autres choses, confirma-t-il avec un clin d'œil. Non, je voulais parler de mon frère Dominic.

— Oh, il n'est absolument pas intéressé par moi, rectifiai-je avec un petit rire sec. En fait, je suis presque certaine qu'il me déteste, maintenant. »

William secoua lentement la tête. « Non, à moins que j'aie des hallucinations, il ne te déteste absolument pas, Sienna.

— Puis-je vous demander... pourquoi lui est général et vous deux des princes ?

— C'est un bâtard, répondit-il avec un haussement d'épaules.

— Oui, je sais, mais pourquoi n'est-il pas prince ? »

William écarquilla les yeux, bouche bée, dévoilant le bout de ses crocs. Miracle des miracles, il rejeta la tête en arrière et rit si fort qu'il dut s'arrêter de danser, ce qui attira tous les regards sur nous.

« Empale-moi maintenant avec un pieu, je suis mort. Oui, c'est un bâtard de temps en temps, mais c'est aussi un bâtard au sens premier du terme. » Il secoua la tête. « Laisse-moi t'expliquer… Non, ce serait trop long. Je vais résumer. Le roi est son père, mais Dominic est le fruit d'une… incartade. »

William me reprit dans ses bras, même si la chanson avait changé et qu'il aurait dû inviter une autre partenaire. De nouveaux regards nous suivirent, ce que je n'appréciais guère. Je baissai discrètement les yeux vers mon pendentif : il brillait du même rose tendre que tantôt. Autrement dit, William ne me convoitait pas.

« Et cela signifie qu'il ne peut pas être l'héritier du trône ?

— En effet, concéda-t-il en hochant la tête. Et c'est injuste, à mon avis, mais c'est ainsi. »

Nous fîmes un nouveau tour de piste et, si l'on nous avait regardés lorsque William avait ri, ce n'était rien comparé à ce qui se passait désormais.

Anthony, le comte de je-ne-sais-quoi, nous fixait d'un regard particulièrement pesant. Les entailles à mon bras se mirent à me piquer comme s'il m'avait griffée à nouveau.

La duchesse se tapotait le menton du bout des doigts, sans détacher un instant ses yeux perçants de nous.

Le prince héritier lui-même nous jeta un coup d'œil. Un regard… froid, qui fit naître un frisson sur ma peau nue, partout où ses yeux avaient le loisir de se poser.

Au moins William se gardait-il de m'attirer trop près de lui, si bien qu'aucune maîtresse d'école digne de ce nom n'y aurait trouvé quoique ce soit à redire. Il y avait bien plus qu'une largeur de Bible entre nos deux corps. La couleur de mon pendentif continuait d'éclaircir, repassant du rose à une teinte presque transparente. Comme l'avait prédit la duchesse. Le désir qu'An-foiré avait pu manifester à mon endroit n'existait plus. Au moins la pierre n'était-elle pas complètement dépourvue de couleur.

« Très, très intéressant. Tu n'as pas vraiment peur de nous, n'est-ce pas ? Tu ne sens pas du tout la peur », constata William en me faisant tournoyer d'une main.

Rectification. Je n'avais pas peur de *lui*. Mais j'avais peur. Peur d'être coincée ici pour l'éternité, à vivre en prisonnière. Peur de faire un faux pas et d'être transpercée par une flèche pour les ennuis que j'aurais causés. Peur d'échouer et de condamner Jordan au même sort. William avait tort. J'avais peur. J'étais juste très, très douée pour le cacher.

« Aussi agréables que soient ces moments en votre compagnie, je vais devoir vous laisser », dis-je en relâchant sa main. Les paroles de Dominic, m'enjoignant à ne pas me faire remarquer du prince héritier, retentirent à mes oreilles et je reculai d'un pas. Edmund avait à l'évidence à cœur d'observer William et les personnes avec lesquelles il passait du temps. Cette seule raison suffisait à me persuader que je ferais mieux de prendre congé. « Je crois que d'autres personnes aimeraient danser avec vous. Et je vais aller soigner mes égratignures. »

J'esquissai une petite révérence et reçus de sa part un étrange hochement de tête qui me congédiait.

« Jusqu'à ce que nous nous retrouvions sur le champ de bataille, Sienna la cracheuse de feu. »

Ses paroles avaient de quoi me donner à réfléchir, pourtant je m'empressai de quitter la piste de danse pour gagner la pièce où nous avions toutes été amenées au début.

Je me dépêchai d'y entrer pour échapper à tous ces regards. Là, je m'autorisai enfin à sentir vraiment les égratignures sur mon bras, quatre griffures qui s'enfonçaient bien plus profondément que je ne m'y serais attendue, causées par de simples ongles. Je sifflai en touchant l'une d'elles : non seulement elles piquaient affreusement, mais elles saignaient encore à gouttes régulières qui atterrissaient sur ma jupe et en tachaient l'éclatant tissu doré.

Étrange. Il y avait eu des minutes au cours desquelles je ne les avais pas senties pendant que je dansais avec le jeune prince.

« Sienna ! » La voix de Bee vint couper court aux bavardages des autres servantes qui attendaient leurs protégées. Elle fut à mes côtés en un clin d'œil et découvrit mes égratignures avec horreur. « Que s'est-il passé, mademoiselle ?

— Oui, en effet, j'aimerais bien le savoir ! » La voix dure de la duchesse me traversa l'échine. Je me redressai aussi vivement que si elle m'avait flanqué un coup de bâton sur les fesses. Elle était apparue de nulle part.

Fichue vitesse de vampires.

Les servantes se dispersèrent et, voyant que Bee ne bougeait pas, la duchesse claqua des doigts.

« Dehors, je souhaite parler à celle-ci. » Elle marqua une pause pleine de sous-entendus. « Seule à seule. »

Une fois les servantes parties, la duchesse passa mon bras indemne sous le sien et me guida vers les lavabos. À l'instar du jeune prince, elle suivit des yeux les traces de sang, mais ne parut pas trop affectée par sa vue ou son odeur. Venait-elle de se nourrir ? Ou y avait-il quelque chose qui cloche avec mon sang ?

« Tu sembles avoir tapé dans l'œil du comte. C'est son désir qui a coloré ton pendentif pendant un certain temps. »

J'avais donc vu juste.

Les miroirs dorés au-dessus de l'évier me renvoyaient le reflet de mon visage, encore rougi par la danse, et du vermillon de mon sang qui gouttait de mon bras. Je le tins au-dessus de la vasque.

« Je suis désolée pour les taches.

— Bah, ce n'est pas le tissu de la jupe qui m'inquiète. » Elle s'empara d'un linge qu'elle passa sous l'eau froide avant de l'appliquer sur mon bras. « C'est le fait que tu n'aies pas semblé sentir tes blessures pendant que tu dansais avec le prince. »

Je la regardai dans le miroir, tout en me demandant – du moins une partie de moi – comment je pouvais l'y voir se refléter aussi.

« Ne t'avise pas de me poser cette question idiote. Ah, vous les humains et vos divertissements stupides ! Bram Stoker a rencontré un vampire qui était un provocateur notoire et il a pris pour argent comptant tout ce que cet idiot de Dracula lui a raconté. Un vampire qui avait été expulsé de notre royaume tant il était stupide. Tous deux sont des crétins. Enfin, encore une fois, je trouve la plupart des hommes bien distraits quand il s'agit des choses importantes. » Le contact de ses mains sur mon bras était étonnamment doux. « C'est mieux ?

— Un peu. Ça… pique.

— Oui, un vampire qui veut te faire mal peut rendre les blessures qu'il inflige incroyablement douloureuses. Et si tu n'y prêtes pas attention, tu auras des cicatrices, demain matin. »

Elle rinça le tissu et le reposa sur les égratignures.

Nous restâmes sans rien dire, pourtant ce silence entre nous n'était pas aussi inconfortable que je l'aurais imaginé. Bien sûr, ce fut moi qui le rompis.

« Pourquoi m'aidez-vous ? Pourquoi êtes-vous gentille avec moi ? »

Elle reporta son regard sur mon visage. « Tu préférerais que je me montre cruelle ? Que je te torture et te batte, puis que je te demande de danser avec des hommes qui te videront jusqu'à la dernière goutte de ton sang à la première occasion ? »

Incapable d'avaler ma salive, je lâchai d'une voix étouffée par la peur – du moins, presque étouffée : « L'image est pour le moins saisissante. »

Ses lèvres frémirent. « Tu es... intéressante, Sienna. »

« Intéressante ». L'adjectif que j'avais utilisé pour qualifier le général. « Je ne veux pas être intéressante, je veux être libre. »

Merde, je n'avais pas eu l'intention de laisser échapper ça. Mon esprit était tourneboulé par la chaleur et la douleur dans mon bras. Bref, encore la faute à ma grande bouche.

La duchesse s'empara d'une serviette propre et la pressa contre mon bras pour le sécher, avant de me faire signe de m'asseoir sur l'un des petits sièges situés devant les miroirs. Une fois de plus, toute duchesse qu'elle était, elle se déplaçait avec une parfaite aisance dans l'espace réservé aux domestiques.

« Si c'est la liberté que tu convoites, tu ferais bien de te battre pour obtenir le Statut d'or. Cinq filles le recevront, et cinq seulement. On se battra pour elles, on les désirera et elles seront vendues aux enchères exclusivement aux hommes les plus riches de notre monde. Des hommes qui possèdent beaucoup de biens. Des hommes qui sont aisément distraits. Des hommes qui enchériront sur une autre femme, l'année prochaine et l'année d'après, et l'année encore d'après. »

Elle bougea si vite que je ne pus suivre son mouvement et je découvris soudain mon bras soigneusement pansé.

« Pourquoi donc est-ce important ? » J'avais l'impression qu'elle essayait de me dire quelque chose que je n'arrivais pas à saisir.

Elle ne soupira pas, ne me gifla pas davantage. Elle s'expliqua patiemment, comme on le ferait avec un enfant.

« Les hommes de pouvoir, qui ont beaucoup de biens, sont moins susceptibles de te prêter une grande attention. Un homme possédant peu de biens, qui aura dépensé toutes ses économies pour t'acheter, celui-là remarquera si tu te grattes le derrière pendant ton sommeil. » Elle posa les yeux sur moi. « La question est de savoir ce que tu veux être, Sienna. La propriété d'un homme qui finira par t'oublier ou celle d'un homme qui te tiendra au bout d'une laisse si serrée qu'elle t'étranglera bien avant que tu ne meures ? »

L'horreur me serra la gorge, comme si je sentais déjà cette laisse. J'avais du mal à parler. Mais j'avais l'impression qu'il s'agissait-là d'un moment unique, qui ne me serait pas redonné auprès d'elle. Oui, il fallait que je m'enfuie. Donc il me fallait ce putain de Statut d'or, juste au cas où je ne parviendrais pas à me libérer de cet endroit et à retrouver Jordan avant la fin des Jeux.

Avant que je puisse ajouter quoi que ce soit, elle m'aida à me relever et le monde vacilla.

« Je me sens mal.

— Ce sont les égratignures. Elles sont destinées à te mettre hors d'état de résister, à faire de toi une proie facile pour qui t'a blessée. Je suppose que ce n'est pas l'œuvre de mon gentil William ? » Elle resserra sa prise sur moi, devenant presque la seule béquille qui me maintenait debout.

« Non, il s'est montré prévenant avec moi.

— Mon neveu est bel et bien prévenant. C'est une faiblesse qu'il a héritée de mon côté de la famille. » Elle claqua des doigts et, en un instant, Bee avait surgi à mes côtés.

« Oh, mademoiselle, que s'est-il passé ? »

La duchesse répondit à ma place : « Elle a fait un malaise. Ramène-la dans sa chambre et ferme sa porte à clef. N'y laisse entrer personne d'autre que moi. Compris ? »

Bee pâlit, mais elle répondit d'une voix tranchante : « Oui, j'ai compris. Je ne laisserai entrer personne.

— C'est bien, approuva la duchesse en lui tapotant la joue. Et demain matin, je veux prendre mon chocolat chaud sur le balcon. William se joindra à moi, donc apporte deux tasses. »

Bee me fit effectuer un demi-tour et je vacillai, même dans mes ballerines. Je me retournai vers la duchesse.

« Marguerite... Vous pouvez me dire si elle va bien ? »

La duchesse garda le silence un long moment, avant d'incliner la tête.

« Elle va bien. Et il en ira ainsi tant que j'aurai mon mot à dire là-dessus. Nous vous avons indiqué que vous aviez le champ libre sur le domaine, toutefois elle a clairement dépassé les bornes en essayant de s'éclipser en emportant l'arc. Je dois la soustraire un moment à la vue d'Edmund et d'Anthony, le temps qu'ils l'oublient. Que ses agissements te servent d'avertissement, ma fille. Il y aura des occasions propices pour obtenir ce que tu veux, mais tu dois te montrer patiente. Beaucoup plus patiente que Marguerite.

— Pourquoi m'aidez-vous ? J'aimerais connaître la véritable raison », chuchotai-je.

Elle se rapprocha de moi et colla sa bouche à mon oreille. « Parce que je crois savoir qui, et plus important encore... ce que tu es vraiment. »

13
Dominic

Après avoir quitté ce maudit bal, j'avais affronté l'un de mes gardes pendant deux heures, dans le but d'évacuer ma frustration, en vain. J'avais quitté l'arène trempé de sueur, mais dès l'instant où je cessais la lutte, mes pensées dérivaient vers une certaine femme aux cheveux auburn.

Sienna.

C'était quoi, d'ailleurs, ce nom : Sienna ?

Je quittai les lieux d'un pas énervé pour aller trouver Scarlett, la capitaine de ma garde. Nous avions un arrangement qui nous était utile à tous les deux. Elle se trouvait dans une salle commune en compagnie de plusieurs autres gardes, mais je m'arrêtai dans l'ombre de la porte jusqu'à ce qu'elle me voie. Son sourire s'effaça et elle se leva de son siège pour me rejoindre. La culpabilité fleurit dans ma poitrine, avant que je me rappelle que notre relation fonctionnait dans les deux sens. Elle s'était adressée à moi à d'innombrables reprises pour évacuer ses propres… frustrations.

Je tournai les talons et empruntai l'étroit couloir qui conduisait à ma chambre, sachant qu'elle me suivrait. Tout ce temps, néanmoins, mon esprit restait occupé par l'humaine aux cheveux auburn, les légères pulsations de la veine dans son cou, le drapé de la soie sur ses seins… Je n'en pouvais plus d'attendre, il fallait que je me soulage.

Tout de suite.

Quand je fis volte-face pour plaquer Scarlett contre le mur, l'ironie de son nom, si évocateur des cheveux de l'humaine, me frappa de plein fouet.

Elle aurait pu me repousser, elle était bien entraînée, mais ses yeux écarquillés étaient emplis de désir et elle attendait.

Une faim brute s'empara de ma tête et de mon entrejambe. J'attrapai mon pantalon : il fallait que j'évacue cette pression dans ma poitrine, les palpitations presque permanentes de mon sexe depuis que j'avais vu cette fille à la vente aux enchères.

Et Scarlett attendait toujours. Elle me connaissait bien. Elle connaissait ce jeu, sauf que nous nous y adonnions en général derrière des portes closes, pas dans un couloir où n'importe qui pouvait nous surprendre. Mais peu importait. Les vampires n'étaient pas prudes. Nous n'avions pas honte de baiser et la monogamie n'était pas un comportement très répandu.

Les enfants étaient un phénomène trop rare pour qu'on se préoccupe outre mesure de la personne avec qui on les engendrait.

L'avant-bras plaqué sur sa poitrine, j'attrapai le pantalon de Scarlett que je déboutonnai d'un geste sec, regrettant qu'elle ne porte pas une robe, une robe dorée qui donnait l'impression d'avoir été filée par des fées, afin que je puisse m'enfoncer en elle en quelques secondes au lieu de tâtonner, au comble de la frustration.

Quand je poussai un grognement sourd qui résonna dans ma cage thoracique, elle m'aida en baissant son pantalon sur ses cuisses puis jusqu'à ses bottes.

Mon agacement augmenta et je rugis : je ne voulais pas attendre, il fallait que j'évacue sur-le-champ ce démon en moi, que je me purge.

Enroulant un bras autour de sa taille, je la soulevai jusqu'à une porte ouvrant sur une réserve, à quelques mètres de l'endroit où nous nous trouvions. J'en poussai le battant d'un coup de pied pressé. Puis je la laissai retomber et la retournai pour la pencher sur une table près de la porte, cul dénudé et offert.

Un cul mince et musclé, bien loin des courbes arrondies pour lesquelles je brûlais de désir.

Je m'immobilisai, une main plaquée sur ses reins.

Scarlett regarda par-dessus son épaule. Elle avait les lèvres entrouvertes, les crocs étincelants et les pupilles dilatées. « Dominic ? »

Sa voix vint dissiper le brouillard. La baiser ne ferait rien pour étancher ma soif.

Je reculai d'un pas, puis d'un autre, et je relaçai mon pantalon. « Putain, je suis désolé, Scarlett. »

Elle roula sur elle-même et se redressa pour remettre ses vêtements en place. « Désolé pour quoi ? Ce n'est pas le genre d'arrangement que nous avons, général. Pas d'excuses entre nous.

— Non, je sais. C'est juste que… » Je secouai la tête, faute de trouver les mots.

« Écoutez, vous n'avez rien à m'expliquer. Ce n'est pas comme ça que ça marche, vous et moi, ajouta-t-elle en nous englobant dans un même geste de la main. On le sait tous les deux. Dites-moi plutôt de qui il s'agit. Qui vous a mis dans tous vos états ? »

J'esquivai ses yeux, incapable de croiser son regard. « Aucune importance.

— Je pense au contraire que si, répliqua-t-elle sur un éclat de rire. Je suis au chômage ? Faites-le-moi savoir, que je puisse vous remplacer. Parce que j'ai un homme sur les rangs. » Elle me lança un clin d'œil et passa devant moi en me donnant une petite tape sur les fesses pour faire bonne mesure. « C'est dommage, j'aimais bien la direction que ça prenait. Et j'aimais bien me faire *royalement* baiser. »

En l'entendant conclure sa tirade par un éclat de rire, je ne pus m'empêcher de sourire, moi aussi.

« Ce n'est rien, Scarlett. Inutile de me remplacer. »

Pas encore.

Les yeux pétillants, elle lança par-dessus son épaule : « J'ai hâte de rencontrer ce "rien", général. »

Autant dire que fermer l'œil cette nuit-là s'avéra une entreprise tout à fait futile. Au mieux mon sommeil fut sporadique. Je ne pouvais m'empêcher de me demander si Sienna était vraiment humaine et non quelque créature magique envoyée pour me hanter. Personne d'autre ne réagissait comme moi à son contact, que ce soit lors de la vente aux enchères ou ici, au château.

Ceux qui l'avaient remarquée avaient vu en elle le problème qu'elle posait… la femme qui faisait tache parmi les autres filles.

Je renonçai à dormir quand le « soleil » se leva. J'avais besoin de me changer les idées, aussi m'habillai-je pour me diriger vers les écuries. Il me fallait de la distance, de l'espace pour respirer et de l'air frais.

Aux écuries, je fonçai droit vers mon cheval. Les hommes comme Anthony faisaient préparer leurs montures par le garçon d'écurie, mais je sellais moi-même mon étalon. Ayant décroché le matériel du mur, je me rendis dans la stalle d'Arès. Je me mettais à l'ouvrage quand j'entendis des murmures à l'autre extrémité des écuries, qui ne ressemblaient ni à la voix de Timmy, ni à celle des autres garçons d'écurie.

Je m'apprêtais à faire sortir Arès du box quand j'entendis un cheval s'ébrouer de frustration.

Et Timmy protester, presque en chuchotant : « Je ne pense vraiment pas que vous devriez la sortir, mademoiselle. Elle paraît encore plus agitée que d'habitude, aujourd'hui. »

À quoi la demoiselle réponda en murmurant quelque chose que je ne pus entendre, en revanche je sentis la même attraction que la nuit précédente et à la vente aux enchères. Je m'avançai dans l'allée.

Une femme vêtue d'une longue jupe grise et d'un ample chemisier blanc sortit de la stalle. Ses longs cheveux auburn lui tombaient dans le dos en vagues douces. Je ne voyais pas son visage, mais je n'en avais pas besoin, l'attrait qu'elle exerçait sur moi suffisait. Elle me faisait l'effet d'une sorte d'aimant, que je percevais dans toutes les fibres de mon corps.

Bons dieux ! La personne que j'avais voulu fuir toute la putain de nuit se trouvait là et elle allait ruiner aussi ma matinée.

Mais alors je l'examinai vraiment, ainsi que la scène sous mes yeux. Elle montait Ravage, la jument la plus indomptable de l'écurie, celle que je destinais à prendre la place d'Arès quand il serait trop vieux, que j'avais achetée un an plus tôt et que personne n'avait encore pu approcher. Ce cheval était sauvage et dangereux, au point qu'une semaine auparavant, j'avais demandé qu'on la retire des écuries royales et qu'on la conduise à la campagne, où elle ne servirait plus qu'à la reproduction.

Et voilà que Sienna la chevauchait, à peine capable de la tenir sous contrôle tant la jument s'agitait en mâchonnant son mors.

Merde, qu'est-ce qui lui était passé par la tête ?

Ignorant les avertissements de Timmy, elle se pencha sur l'encolure du cheval qui s'élançait vers les portes déjà ouvertes, passant en trombe devant moi. Sans même me voir.

« Pourquoi l'as-tu laissé prendre cette jument ? » m'écriai-je.

Timmy se tourna vers moi, l'air terrifié. « J'ai essayé de l'arrêter, général.

— Ravage va la désarçonner et lui briser le cou, putain ! »

Je ne pris pas la peine de réfléchir. J'étais à peine installé en selle que j'éperonnai les flancs d'Arès, surpris par la peur inattendue qui s'insinuait jusque dans la moelle de mes os.

J'éprouvais envers cette femme une détestation intense pour toutes les perturbations qu'elle introduisait dans ma vie.

Pourtant, l'idée qu'elle soit blessée produisait un effet étrange sur mon corps.

Je galopai vers les portes ouvertes du château, peu étonné que la fille et Ravage ne soient nulle part en vue. Cette jument noire était taillée pour la vitesse et l'endurance, c'était précisément la raison de son acquisition.

Les gardes s'écartèrent d'un bond quand je m'élançai à sa poursuite, en commençant par la route qui conduisait aux docks. Mais je ne tardai pas à apercevoir une silhouette noire déjà loin dans les champs.

Bordel de merde !

Ma première pensée fut que la jument s'était débarrassée de sa cavalière et que sa vie était en danger. Que Sienna, inexpérimentée, avait décidé de partir en promenade sur Ravage et qu'elle était maintenant à la merci du cheval. Mais je me rendis compte ensuite qu'elle était penchée au ras de l'encolure de la jument, posture qui témoignait d'une solide expérience des chevaux. Elle contrôlait totalement la situation. Mais comment ?

Cette prise de conscience en entraîna une autre : il ne s'agissait pas pour elle d'une simple promenade dans les verts pâturages. Sienna cherchait à s'échapper et elle fonçait droit vers le territoire Loup-garou et le pont frontalier.

L'épouvante me prit aux tripes. C'était l'une des premières choses que les filles étaient censées apprendre sitôt qu'elles quittaient le navire. Je lui avais moi-même répété la menace.

N'approche pas de la frontière de l'Est.

La tension entre les loups-garous et les vampires était à son comble, plus qu'avec n'importe quel autre territoire Alpha, et ils n'hésiteraient pas à tuer quiconque franchirait leur frontière, quelle qu'en soit l'espèce.

Putain !

J'enfonçai les talons dans les flancs d'Arès pour l'inciter à aller plus vite. Si je pouvais me porter à son niveau, je parviendrais à me saisir de ses rênes et à arrêter son cheval.

Seulement ni Sienna ni Ravage n'avaient l'intention de se faire rattraper et je ne réussis pas à me rapprocher d'elles. La forêt de l'Est atteinte, elle jeta pour la première fois un coup d'œil en arrière, nous repéra et pressa encore sa jument. Aussi incroyable que cela puisse paraître, Ravage eut un regain d'énergie et mit encore davantage de distance entre nous. Les cheveux de Sienna volaient dans son dos comme un rideau qui ondulait au vent.

Comment réussissait-elle à contrôler cette jument alors que personne dans tout le royaume n'avait été capable de simplement l'approcher ?

Nous approchions du pont qui menait au territoire Loup-garou et elle ne manifestait toujours aucune intention de ralentir. Je pressai Arès pour qu'il puise dans ses dernières forces. Il fallait que j'arrête cette femme.

Que je lui barre la route.

Nous gagnions du terrain sur elles désormais, grâce à l'entraînement et à l'endurance d'Arès qui produisaient enfin leurs effets. Cent mètres devinrent soixante, puis trente, puis quinze, puis je la dépassai juste à temps pour que mon étalon lui interdise l'accès au pont. Elle fit décrire un grand arc de cercle à son cheval pour m'esquiver, et la jument ralentit. Avant que Ravage ne s'arrête complètement, Sienna en bondit, brandissant un pieu de bois qu'elle avait tiré de sa botte. La poitrine soulevée par des respirations saccadées, elle le pointait vers moi dans une posture défensive. Ses joues pâles étaient rougies par le vent, ses grands yeux étincelaient. Ce que j'avais pris pour une jupe était l'un de ces pantalons amples que certaines femmes portaient pour monter à cru plutôt qu'en amazone.

« Ne vous approchez pas de moi, espèce d'enfoiré ! Je ne me laisserai pas prendre sans résister ! »

J'immobilisai Arès d'un coup sec et sautai, à environ trois mètres d'elle.

« Tu as perdu la tête ? criai-je. Tu ne peux pas passer en territoire Loup-garou !

— Qui a dit que j'allais en territoire Loup-garou ? répliqua-t-elle sur le même ton.

— Tu t'y précipitais ! Si je ne t'avais pas barré la route, tu aurais traversé le pont ! » Je fonçai sur elle, le corps vibrant d'adrénaline et d'autres choses. Des choses plus sombres.

Comme l'idée de la coucher sur mes genoux pour lui donner une correction, jusqu'à ce que ses fesses soient rouge vif et qu'elle m'implore d'y enfoncer mes dents et mes lèvres. Je la fesserais jusqu'à ce qu'elle soit mouillée de désir et qu'elle me supplie de la prendre, là, en plein champ.

« N'avancez pas ! » grogna-t-elle, les yeux étincelants de rage, les sourcils froncés.

Mon regard dévia légèrement vers ses hanches charnues, puis remonta vers ses seins jusqu'à l'expression déterminée de son visage. Putain ! En effet, c'était exactement ce que je voulais d'elle. Le prédateur en moi exigeait que je la prenne et que je la marque comme mienne.

« Tu te penses capable de me poignarder avec un pieu ? » demandai-je, incrédule. Mes crocs s'allongèrent dans un picotement douloureux.

« Je ne me laisserai pas tuer sans résister en tout cas ! » cracha-t-elle. Son souffle s'était mué en halètements rapides et ses seins, qui montaient et descendaient, constituaient une distraction gênante.

Je m'immobilisai, bien décidé à jouer avec ma proie. Pourquoi m'en priver ? Nous étions seuls.

« Et comment expliqueras-tu avoir poignardé le général quand tu rentreras ? Et puis, que se passera-t-il si tu ne me tues pas ? Si tu ne fais que me blesser ? Tu seras dans un sacré pétrin, petit chaton. »

Elle ouvrit de grands yeux pleins de confusion. « Vous vous transformerez en poussière, non ? Ils penseront simplement que vous vous êtes envolé.

— On ne se transforme pas en poussière », répliquai-je avec un sourire de prédateur, à moitié amusé et surtout complètement excité par son culot.

— Dans ce cas, je jetterai votre corps dans la rivière.

— Comment expliqueras-tu que j'aie sorti mon cheval pour m'élancer à ta poursuite ? insistai-je en inclinant la tête. Tu as l'intention d'assassiner Timmy aussi ? »

Elle écarquilla encore les yeux. « Je n'assassine personne. Je me protège. Vous m'avez poursuivie. Je dirai à la duchesse que vous avez tenté de me tuer.

— Tu te protèges contre le général de l'armée du prince héritier ? fis-je mine de m'étonner. J'ai à mon actif des siècles de combats face à des adversaires bien plus dangereux que toi. » Je souris. « Tu es à peine une fillette. Je pourrais facilement t'écraser. Personne ne te croirait. » Je marquai une pause pour me moquer d'elle. « C'était peut-être ça, ton plan ? Que personne n'allait te croire capable de me tuer ?

— N'en soyez pas si sûr », répliqua-t-elle. Si son souffle devenait plus régulier, la veine dans son cou palpitait, véritable invitation lancée à mes crocs. « Personne n'aurait pu croire que je réussirais à monter Ravage.

— Touché. Tu souhaites donc être connue comme chasseuse de vampires ? Une Vanator ? » Je ne pouvais m'empêcher de la titiller. Ni de me rapprocher d'elle. Merde ! Il fallait que je m'éloigne, mais ce serait manquer à mes devoirs. Elle avait tenté de fuir, je devais faire mon travail.

Elle releva le menton. « Je ferai ce qu'il faut pour survivre, général. Même si cela signifie vous survivre, à vous. »

Nous étions si proches à présent que je distinguais chaque nuance d'or au fond de ses yeux.

« Dis-moi la vérité : pourquoi es-tu venue jusqu'ici ?

— Je montais Ravage.

— À cette vitesse folle ?

— Quand a-t-elle été montée pour la dernière fois ? demanda-t-elle d'un ton accusateur. Je l'ai laissé courir comme elle le souhaitait, hier comme aujourd'hui, et elle a filé droit jusqu'ici, mais je n'avais pas l'intention de traverser le pont. Même si j'avais voulu le franchir, Ravage a refusé de s'en approcher hier. Et aujourd'hui, quelqu'un s'est précipité au-devant de nous pour nous bloquer la route.

— Tu l'as montée hier ? demandai-je. Comment t'a-t-elle laissé grimper sur ton dos ?

— Je ne sais pas pourquoi vous pensez tous que quelque chose cloche chez cette jument », répliqua Sienna. Et comme si l'intéressée avait compris, elle secoua la tête pour agiter sa crinière, les flancs soulevés par de profondes respirations. Puis elle s'approcha de Sienna pour enfouir le museau dans son épaule.

Ça alors ! Ce cheval était une teigne depuis son arrivée dans le royaume. Peut-être Sienna était-elle bien une espèce de sorcière, une sirène regorgeant de magie, ou même une magicienne ? Je faillis éclater de rire à cette idée surgie de mon imagination débridée. Les magiciennes n'existaient pas. Du moins plus maintenant. Cela dit, je ne pouvais nier ma réaction étrange à son égard, ni sa connexion avec le cheval.

Peut-être Edmund l'avait-il envoyée pour me torturer ? Plus probablement Anthony, d'ailleurs.

« Je suis censé croire que tu es venue ici telle une chauve-souris sortie de l'enfer juste pour une petite virée ? Alors que j'essayais de t'arrêter ? Pourquoi ne t'es-tu pas arrêtée, d'ailleurs ?

— Parce que vous me pourchassiez ! protesta-t-elle. Je n'avais aucune idée de l'identité de mon poursuivant ni de vos intentions. Mais si vous voulez la vérité, j'aurais continué quand même. Ravage avait besoin de courir et j'aime bien la monter. On faisait de l'exercice. On m'a expliqué que j'avais le champ libre tant que je ne quittais pas le territoire ou que je ne franchissais pas le pont. C'est vous-même qui me l'avez dit ! Vous avez changé d'avis ?

— Tu es en train de prétendre que tu n'essayais pas de t'échapper ?

— Je ne suis pas stupide. Comme vous l'avez si éloquemment laissé entendre, il est impossible de s'échapper d'ici. Nous sommes entourés de montagnes d'un côté, d'un océan rempli de requins et d'autres créatures surnaturelles sur deux autres, et le territoire Loup-garou sur le quatrième. Sans parler des tours de guet, qui sont toujours occupées par au moins deux gardes, et des gardes sur les quais et aux portes du château. Le seul moyen de m'en sortir est de gagner cette compétition. »

Elle était convaincante, à deux exceptions près. D'une part, elle avait manifestement prêté beaucoup trop d'attention aux frontières et aux effectifs des gardes. D'autre part, elle avait le regard trop enflammé pour une femme qui avait l'intention de jouer le jeu.

Elle était en mission de reconnaissance.

Le constat ne fit que redoubler mon désir pour elle.

L'examinant de la tête aux pieds, je remarquai alors les longues entailles qu'elle avait sur le bras, indéniablement causées par des ongles. Des estafilades qui n'étaient pas là la veille au soir, quand nous avions dansé.

Ma vision vira au noir et je lui demandai d'une voix grave : « Qui t'a touchée ? »

Elle parut décontenancée, puis elle suivit mon regard jusqu'à son avant-bras dénudé. « Personne.

— Ne me mens pas, grondai-je d'une voix emplie de magie. Dis-moi son nom. Et *tout de suite.* »

Elle sursauta et recula d'un pas, tandis que ses yeux s'assombrissaient. Elle s'efforçait de lutter contre le pouvoir dans ma voix. Elle secoua la tête, un peu comme la jument, avant de cracher sa réponse : « Le comte Anthony, mais la duchesse a pansé mes blessures, elles ne sont pas bien graves. »

Je vis rouge sur-le-champ et songeai à sauter sur le dos d'Arès pour foncer au château et aller arracher la tête d'Anthony à mains nues, comme je l'en avais menacé à plusieurs reprises. Mais je ne pouvais pas. Edmund aurait exigé une explication, or il était exclu que j'ose lui donner la véridique.

Le pendentif qu'elle portait au cou avait pris une profonde nuance de bordeaux.

Putain ! Elle ne devait pas connaître le désir que j'avais pour elle. Dans son intérêt comme dans le mien.

« Retourne au château. Immédiatement », ordonnai-je d'une voix gutturale.

Elle releva le menton, les yeux pleins de défi. Je remarquai néanmoins qu'elle tremblait. « Non. »

Que les dieux soient maudits ! Je serrai les poings, ce qui attira son regard sur eux. Elle recula d'un pas.

« La duchesse ne vous permettra pas de me faire du mal. »

Elle avait lancé ces mots comme une provocation.

Je franchis la courte distance qui nous séparait, si vite qu'elle n'eut pas le temps de ciller.

« La duchesse n'a pas son mot à dire en ce qui me concerne, petit chaton. Si l'envie me prenait de t'étrangler ici et de te laisser pour morte, personne ne me refuserait ce droit. »

Ses tremblements augmentèrent. « Vous avouez vouloir me tuer ? Même quand vous bandez pour moi ? »

Elle eut même le culot de passer le revers de sa main sur mon sexe.

J'avançai encore d'un pas, et elle se retrouva acculée à son cheval, à lever les yeux vers moi.

Rebelle jusqu'au bout.

Mon sang déjà bouillonnant s'enflamma et mon sexe pulsa, comme pour se rapprocher d'elle. Saloperie de traître.

Je la désirais et si l'un de nous ne partait pas bientôt, je n'étais pas certain de pouvoir résister à l'envie de la plaquer contre un arbre pour la baiser jusqu'à ce qu'elle en perde la raison.

Le coton fin de son chemisier collait à ses seins et je pouvais voir ses tétons durcis qui pointaient à travers le tissu : le désir n'était donc pas à sens unique.

Je salivais à l'idée de les toucher, de les sucer.

J'avais envie d'elle et je me détestais pour cette raison.

Je dus déployer des efforts immenses pour m'éloigner d'elle.

« Ne franchis pas ce putain de pont », aboyai-je, avant de tourner les talons et de remonter sur mon cheval. Je pointai un doigt vers elle et ajoutai, furibond : « Si tu le franchis et que tu survis, note bien ce que je te dis : je te tuerai de mes propres mains. »

Sur ce, je filai en maudissant le jour où je l'avais rencontrée. Sienna était un problème dont je devais me tenir le plus éloigné possible.

Même si cela devait signifier que je la laisse à un autre homme.

14
Sienna

« Eh bien moi, pour ma part, je trouve que le prince héritier est diablement beau », murmura une voix basse à ma gauche.

J'avais les yeux baissés vers mon propre reflet que me renvoyait l'assiette en argent vide devant moi.

« Je ne peux m'empêcher d'espérer que Will me remarquera », dit une autre avec un gloussement qui retentit au-dessus des cliquetis de l'argenterie et des conversations.

Nous étions toutes là, assises à déjeuner dans la Grand-Salle et, pour l'instant, il n'y avait que nous, les deux douzaines de filles. Pas d'hommes pour nous renifler et nous reluquer comme des animaux dans un zoo. Ce détail seul aurait dû suffire à nous mettre en joie. Ajouté à l'alléchant homard poché au beurre, aux petits-fours sucrés et au fait qu'aucune d'entre nous n'avait encore été assassinée, cela aurait même dû être une journée faste.

Au lieu de quoi, j'étais une boule de nerfs, de stress et d'angoisse.

Depuis que j'avais été pincée par le général, la peur ne m'avait toujours pas quittée. Il aurait pu me tuer. Il avait même comblé la distance qui nous séparait pour me coller contre Ravage. Au lieu de quoi… au lieu de quoi, il s'était contenté de me dévisager et, pour une fois, j'étais restée muette.

« Et toi, Sienna ? De quel homme aimerais-tu attirer l'attention ? »

Je levai les yeux vers les quelques femmes assises tout près de moi et qui attendaient ma réponse avec impatience.

Je cillai avant de m'adresser à Holly, puisque c'était elle qui avait posé la question.

« Tu veux parler de ces créatures suceuses de sang qui ont contribué à ce que nous soyons arrachées à nos foyers, jetées dans des enclos puis vendues aux enchères comme des morceaux de viande ? Tu veux savoir auquel je donnerais une rose ? demandai-je avec un sourire faux. Laisse-moi réfléchir. » Je marquai une pause et inclinai la tête pour feindre une réflexion profonde, puis je fronçai les sourcils. « Tu sais quoi ? Je vais passer mon tour, même si c'est dur, mais merci d'avoir posé la question. »

Holly vira au rougeâtre, tandis que les autres filles me dévisageaient dans un silence stupéfait.

Une partie de moi savait que je dépassais les bornes en me montrant désagréable envers celles qui se trouvaient dans la même situation affreuse que moi, avec peu d'espoir et encore moins de choix. Mais j'avais passé une nuit pénible et une matinée encore pire. Mon bras me lançait, j'avais à peine fermé l'œil et j'étais arrivée à ce déjeuner déjà épuisée par ma rencontre avec le général.

J'avais voulu voir si je pouvais trouver une autre manière d'entrer sur le territoire Loup-garou, un chemin qui ne soit pas utilisé comme le pont.

Et qu'est-ce que j'y avais gagné ?

Trop de testostérone et un profond désir de toucher son fichu visage.

J'avais beau vouloir traiter les autres filles avec gentillesse, si ineptes que soient leurs conversations, la diplomatie n'était pas dans mes cordes pour le moment.

« Tu te rends bien compte que si personne ne te choisit, tu vas mourir. »

Ces paroles brutales avaient été prononcées par une beauté aux cheveux de jais, assise en face de moi. Je la contemplai sans rien dire pendant un long moment, interrogeant les tréfonds de mon cerveau en manque de sommeil… Anya. Elle s'appelait Anya.

Je plantai mes yeux dans les siens. « Je dirais que c'est bien le problème. Une partie de moi reste persuadée qu'il y a des choses mille fois pires que la mort. »

Des paroles qui surprirent tout le monde, moi comprise. Je refermai brusquement la bouche. Je n'avais pas eu l'intention de me montrer aussi honnête. Ni avec elles ni avec moi-même. J'étais là, avec une tâche à accomplir – rejoindre Jordan et nous faire embarquer sur ce maudit bateau.

En attendant, je devais m'efforcer de mieux jouer mon rôle, je le savais. Sauf que j'avais du mal à faire semblant.

Je portai une main distraite à mes cheveux pour suivre d'un doigt le papillon d'or qui y était niché. Je m'étais juré d'honorer la mémoire de Hannah, d'être courageuse pour nous deux.

Une vie vécue en permanence dans la terreur n'était pas supportable : le corps finissait par manquer d'adrénaline et pouvait s'adapter à presque n'importe quoi, même une peur constante.

Maintenant, idiote que j'étais, je me retrouvais attirée par le seul homme qui, j'en étais convaincue, me tuerait si l'occasion se présentait.

Mon cœur voulait se battre, mais là… en cet instant précis ? Mon esprit et mon corps étaient épuisés. Entre le manque de sommeil, l'altercation avec le comte, mes réactions honteuses et déconcertantes vis-à-vis de Dominic et mes tentatives pour trouver comment utiliser à mon profit le peu que j'avais appris, j'étais éreintée.

Ajoutez à cela un autre rêve mettant Dominic en scène, qui me pourchassait dans la forêt en beuglant mon nom.

Qui me coursait.

D'un côté, j'avais envie d'aller vers lui, de faire demi-tour.

De l'autre… ce côté de moi qui m'avait permis de rester en vie toutes ces années savait que je devais continuer à courir.

Et qu'il me course littéralement à travers champs ? Putain de merde, c'en était trop !

Embrassant la tablée du regard, je me rendis compte que tout le monde m'observait à présent et que les derniers bavardages, même à l'autre bout de la table, avaient cessé.

Anya inclina la tête, son regard scrutateur rivé sur moi. « Je suis ravie que ce soit ta manière de voir les choses. » Elle se retourna et passa en revue les autres filles avant de poursuivre. « S'il y en a une autre parmi vous qui ne veut pas vivre, qu'elle n'hésite pas à se retirer. Pour ma part, j'ai l'intention de remporter cette putain de compétition. Et à la fin, j'aurai une demi-douzaine d'hommes riches qui rivaliseront pour attirer mon attention. Si vous préférez jeter l'éponge, vous faire vider de votre sang puis jeter aux Chasseurs, ne vous gênez pas. Ça fera moins de concurrence en ce qui me concerne. »

Une voix féminine retentit depuis l'entrée de la Grand-Salle. « Eh bien, j'applaudis ta détermination, Anya, mais je me dois de te prévenir que ton manque d'empathie envers les autres concurrentes n'est pas des plus séduisants. »

La duchesse avait fait irruption dans la pièce, parfaitement élégante comme toujours, dans le cliquetis caractéristique de ses escarpins à semelle rouge sur le sol de marbre.

« Celles d'entre vous qui arriveront au bout seront intégrées à notre société. Et quoi que vous puissiez penser de nous, dans cette société, comme dans toutes les autres, les amis s'avèrent bien utiles. »

Un commentaire curieux, quand on songeait que je n'avais vu aucune humaine dans son entourage, à part les servantes. De quoi douter de ses paroles.

Pourtant, ses remontrances produisirent leur effet sur Anya, qui se tortilla, gênée, sur son siège.

« Oui, Votre Grâce. »

Alors que je levais les yeux vers la duchesse, les mots étranges qu'elle avait prononcés la nuit précédente me revinrent à l'esprit.

« Je crois savoir qui, et plus important encore… ce que tu es vraiment. »

J'avais essayé de l'interroger davantage avant qu'elle ne se retire, mais elle n'avait visiblement même pas eu l'intention d'en dire autant, et elle avait quitté rapidement la pièce sans un mot de plus.

J'avais envisagé d'interroger Bee à ce sujet, ce matin, cependant j'avais le sentiment que ce que la duchesse me cachait était trop important pour qu'elle en parle à une servante, ou à qui que ce soit d'autre, d'ailleurs.

C'était un mystère. Comme mon destin et tout le reste dans cet endroit sinistre.

« Et si nous commencions notre leçon d'étiquette du jour ? »

J'eus le plus grand mal à ne pas rire à gorge déployée devant l'absurdité de la situation.

Oui, Votre Grâce. Je vous en prie. Entraînons-nous à boire une tasse de thé, le petit doigt en l'air et sans bruit de déglutition, dans l'espoir que cela nous aide à ne pas nous faire éventrer de la manière la plus atroce par un truc appelé « Chasseur ».

J'étais officiellement tombée à Tarésville, et comme dans *Hotel California*, il n'y avait pas moyen d'en sortir.

À moins bien sûr que je n'imite Hannah et que je ne mette un terme à l'histoire ici et maintenant.

Je fermai les yeux et invoquai le souvenir de ma mère. Qu'aurait-elle fait à ma place ? Mieux, que m'aurait-elle conseillé de faire ?

Comment nous sauver tous les deux, Jordan et moi ?

Les paroles qu'elle m'avait adressées lorsqu'on avait piétiné mon goûter, le jour de mon entrée en primaire, puis carrément le ventre, le deuxième jour, me revinrent en mémoire.

« Prends sur toi, arrête de pleurer et donne autant que tu reçois. Ils ont déjà montré de quoi ils étaient capables, alors la prochaine fois, n'attends pas qu'ils frappent les premiers. »

Bien reçu, maman ourse.

Ce n'était pas grand-chose, mais ce souvenir fut le petit coup de pouce dont j'avais besoin pour supporter ce déjeuner sans me trancher la carotide avec une épingle à cheveux. Un bon début.

Hourra !

On passa les quelques heures qui suivirent – je ne vais pas mentir, j'eus l'impression qu'il s'en écoula une centaine –, à écouter la duchesse nous enseigner comment nous comporter à la cour. Et à la fin, la chose la plus importante que j'avais retenue, c'était qu'il y avait beaucoup trop de fourchettes destinées à des fonctions très spécifiques. Une pour les crevettes, une pour la salade, une pour les viandes, une pour le dessert et même une juste pour les huîtres. J'avais bien essayé de me rendre utile en objectant que je m'étais débrouillée avec une seule fourchette toute ma vie durant, mais la duchesse n'avait pas relevé et continué sans seulement s'arrêter.

À présent que nous avions terminé le repas, dont nous avions mangé froide la plus grande partie parce qu'elle avait passé d'innombrables minutes à déblatérer sur la manière de déguster chaque composante de l'assiette, je priais que nous en ayons fini pour la journée. La douleur à mon bras s'aggravait de seconde en seconde et, par-dessus le marché, maintenant j'avais mal au crâne.

« Je suis très satisfaite de vos efforts du jour, mesdames. Avant de vous laisser partir, permettez-moi de vous rappeler que nous avons le Bal secondaire, ce soir, dehors, dans la cour. Je vous invite instamment à vous y présenter sous votre meilleur jour, comme toujours. Les premières réunions de couples restent généralement assez fades, le temps que vous vous acclimatiez à votre environnement. En règle générale, le Bal secondaire marque le véritable début des Jeux. Vous verrez des choses que vous n'avez jamais vues auparavant et ces choses risquent de vous choquer. Soyez bien assurées que votre objectif idéal reste inchangé : attirer autant l'attention que possible. Plus vos gemmes brillent fort et longtemps, plus votre histoire aura de chances de bien se terminer. Nous sommes-nous comprises ?

— Oui, Votre Grâce, murmura tout le monde à l'unisson, comme la joyeuse petite secte que nous formions.

— Sienna, reste un moment, veux-tu ? Je voudrais te toucher deux mots. »

Je m'affalai sur ma chaise en ravalant un grognement. C'était forcément mauvais signe. À en juger par le regard suffisant qu'Anya me jeta, elle avait la quasi-certitude que si on me demandait de rester après les cours, ce n'était pas pour me décerner des louanges et l'étoile d'or du mérite.

J'étouffai l'envie de lui adresser un doigt d'honneur alors qu'avec les autres, elle quittait la table et se dirigeait vers les larges portes à double battant.

Dès qu'elles se furent refermées, la duchesse se tourna vers moi, son front généralement lisse plissé par l'inquiétude.

« Comment va ton bras, ma fille ? »

Elle s'approcha et me fit signe de le lui montrer. Je levai la main et roulai la manche de coton de ma robe de jour jusqu'au coude, révélant quatre vilaines stries rougies.

« Au moins ça n'empire pas, constata-t-elle avec un hochement de tête satisfait. Le prince héritier lui aura touché deux mots, pour avoir posé la main sur toi à ce stade du jeu. Tu ne lui appartiens pas. Pour l'instant du moins. C'est inacceptable.

— Je suis d'accord avec la fin de votre déclaration… C'est inacceptable. Vous pouvez garder le reste, cependant. Ni maintenant ni jamais, je n'appartiendrai à quelqu'un d'autre que moi-même », rétorquai-je vivement.

Les yeux argentés de la duchesse étincelèrent un instant avant qu'elle ne secoue lentement la tête. « Douce enfant de l'été, il faut vraiment que tu arrêtes avec cela. »

Un nœud se logea dans ma gorge, qui m'obligea à tousser pour l'en expulser. Même si je savais que je devais jouer le rôle de la femme convenable… même si je savais qu'en cas d'échec, j'y laisserais sans doute la vie, j'avais du mal. Les montagnes russes émotionnelles constantes, entre terreur, fureur, désespoir et désir…

« Arrêter quoi ?

— De lutter contre l'inévitable. Cela revient à épuiser tes forces pour combattre des choses sur lesquelles tu n'as aucun contrôle. » Elle tira la chaise voisine de la mienne et s'y assit de façon à me faire face. Je ne retirai pas ma main lorsqu'elle s'en empara. « Mes semblables et les tiens sont très différents, mais les hommes sont les mêmes, quelle que soit l'espèce. Ils sont guidés par leurs perceptions. Dans l'enceinte de ces Jeux, ils pensent que le pouvoir leur appartient. Ils ont la possibilité de regarder, d'attendre, de choisir et d'enchérir. À la fin, ils s'en vont avec leur prix, fiers comme des paons. Mais ne néglige pas ton rôle dans tout cela. C'est toi, tes actions, ton corps, ton visage et oui, ta langue bien pendue qui décideront de l'endroit où tu finiras et de la manière dont tu seras traitée une fois parvenue là-bas. L'homme est le cheval. La femme, le cavalier. Utilise ce savoir, Sienna. Prends ce que les dieux t'ont donné pour captiver un homme de valeur et, une fois que tu l'auras captivé, ne le lâche plus. Sur le papier, c'est lui qui te possèdera, mais en vérité ? » Elle me décocha un long regard. « Il sera à toi. »

L'image d'une paire d'yeux sombres et d'un large torse dénudé s'imposa à mon esprit. J'eus beau essayer de repousser cette vision, je ne pus empêcher les battements de mon cœur de s'accélérer.

La duchesse rabattit délicatement ma manche.

« Alors quelle option vas-tu choisir, Sienna ? Faire de ton mieux pour gagner ou laisser ton entêtement causer ta perte ? »

Elle était trop intelligente pour son propre bien, cette femme. Et, que je sois en train de me faire avoir par la meilleure d'entre eux ou que cette femme soit sincère, il était évident qu'elle s'adressait à la partie la plus profonde de mon être. Celle qu'avait discernée Hannah dans les enclos et qui m'avait lancée sur cette voie pour retrouver Jordan.

La partie qui refusait d'être un pion dans ce putain de jeu tordu.

On me forçait à jouer, c'était vrai, mais cela ne signifiait pas que je ne pouvais pas jouer selon mes propres règles et gagner quand même. J'avais besoin de temps pour élaborer mon trajet vers Jordan, et ce n'était pas en me faisant tuer pour ma grande gueule que j'y parviendrais.

Pour le temps qu'il me restait à passer ici, j'apprendrais à jouer comme un grand maître des échecs. Si les choses se déroulaient comme je l'espérais, je serais partie, fantôme dans le vent, avant que les Jeux ne se terminent.

« Je tiendrai compte de vos conseils, répondis-je en inclinant la tête vers elle. Merci.

— Voilà une parole sensée, murmura la duchesse. Va donc, ma fille. Prépare-toi pour ce soir. Je t'observerai pendant que tu nous montreras à quel point tu es… intéressante. »

15
Dominic

« Général, vous entraînerez-vous avec nous, cet après-midi ? »

La voix me tira de mes pensées, focalisées sur une certaine humaine à laquelle je semblais bien incapable d'échapper.

Je tournai lentement le regard vers la capitaine de ma garde, et accessoirement, l'une de mes meilleures combattantes. Ainsi qu'une compagne de baise occasionnelle jusqu'à l'arrivée de cette fameuse humaine.

« Capitaine Scarlett, avec quelle division allez-vous vous entraîner aujourd'hui ?

— Les bâtons. » Elle m'adressa un rapide sourire qui fit apparaître des ridules aux coins de ses yeux marron clair. Ses cheveux étaient de la même couleur, attachés en une tresse dont elle ne se séparait jamais. « Je sais que les autres gars et vous aimez jouer avec des gourdins. »

Si mon esprit n'avait pas été aussi distrait, j'aurais non seulement ri qu'elle se moque de moi et des hommes, mais j'aurais peut-être accepté sa proposition d'entraînement. « Peut-être une autre…

— William sera là, ajouta Scarlett. Si cela fait une différence pour vous. »

Je serrai les dents et hochai la tête tout en changeant de cap. « Tu sais bien que oui. »

Scarlett m'emboîta le pas et, au bout de quelques mètres, reprit la parole : « Combien de temps allez-vous le protéger ?

— Qui ça ? murmurai-je.

— Celui qui nous tient sous sa coupe et causera notre mort à tous. »

Elle avait parlé à voix basse. Étant l'une des rares à comprendre mon dilemme, elle était aussi perplexe que moi sur la façon de faire perdurer cette mascarade. Ou d'y mettre fin en faisant monter Will sur le trône et non sur un bûcher ardent, avec moi à ses côtés.

On parcourut d'un même pas les couloirs de pierre qui descendaient en lacets dans le château, jusqu'au premier sous-sol et à l'armurerie, avant que je lui réponde : « Aussi longtemps qu'il le faudra. »

Je me débarrassai de ma tunique et de mon maillot de corps, puis passai la main sur les bâtons en bois de fer jusqu'à en trouver un bon. Noirs et presque aussi solides que le fer – d'où leur nom –, ils avaient une qualité étrange que tout le monde n'appréciait pas. Leur bois avait des harmoniques qui fredonnaient et même chantaient quand on se battait avec. Ils étaient l'une de mes armes préférées, choix plutôt inhabituel de la part d'un général.

Une bonne épée s'avérait tout à fait satisfaisante, quoiqu'un peu ordinaire, à mon avis. Il fallait des années d'entraînement pour maîtriser un bâton, mais une fois que vous y étiez parvenu, il vous permettait de battre un épéiste en toutes circonstances.

Muni de mon arme, je gravis la petite volée de marches qui menait à la cour d'entraînement. Le soleil était si éclatant que je dus plisser les paupières. Même si le soleil créé par la magie ne risquait pas de me tuer, il m'irritait les yeux lorsqu'il était aussi fort et que je n'avais pas bu assez de sang humain.

« Vous voulez un verre, pour commencer ? demanda Scarlett. Nous en avons en réserve, pour ceux qui se seraient négligés. » Elle désigna une poignée d'hommes et de femmes de l'autre côté de la cour : des Nourrisseurs.

Je secouai la tête et repoussai son offre d'un revers de la main, malgré la faim qu'elle avait suscitée. « Tout va bien. »

La cour circulaire de soixante mètres de diamètre avait été recouverte de sable meuble, ce qui permettait à plusieurs sections de s'entraîner en même temps. Quatre hommes par groupe, qui se relayaient pour devenir tantôt maîtres, tantôt élèves. J'avais toujours jugé cette méthode aussi efficace pour enseigner que pour apprendre.

Le fracas des bâtons qui s'entrechoquaient, le glissement des centaines de pieds, les grognements des hommes parvenaient jusqu'à mes oreilles, en même temps que l'odeur de la sueur et du sang.

Lorsque je posai le pied sur le sable, le silence se fit : les hommes qui s'entraînaient s'arrêtèrent pour tourner le visage vers moi, abaisser leur arme et me saluer.

Je leur rendis leur salut et continuai ma traversée de l'arène sablonneuse vers mon jeune frère. « Continuez, les gars. »

Dès qu'il me vit arriver, William m'adressa un clin d'œil comme s'il ne s'agissait de rien de plus qu'un jeu. Comme moi, il s'était dévêtu jusqu'à la taille. Contrairement à moi, il montrait déjà quelques hématomes au niveau des côtes et un voile de sueur. Naturellement, il serait guéri d'ici quelques heures, mais pas aussi vite que la légende voudrait le faire croire aux humains. S'il prenait un peu de sang, il guérirait plus vite, cependant.

« Général, je suis très heureux de te voir ici. Tu m'évites ces temps-ci et on n'a jamais eu la conversation que j'ai réclamée. » Tout en parlant, il chassa ses partenaires d'un geste de la main, échangeant un coup de poing amical avec trois d'entre eux, et leur promit un verre au bal.

Je lui fis signe de continuer et entrepris de m'échauffer. D'une main, je décrivis un cercle avec le bâton, que je fis ensuite passer dans mon dos pour le récupérer avec mon autre main, puis autour de mon corps, de plus en plus vite, jusqu'à ce que le bois de fer se mette à fredonner légèrement et que le bâton se réchauffe contre ma peau.

« Frimeur, ronchonna Will.

— De quoi voulais-tu discuter ? » Je continuais à effectuer un à un les katas qu'on m'avait enseignés quand j'étais enfant : les mouvements avaient le don d'apaiser mon esprit. J'aurais peut-être dû y recourir plus tôt pour oublier l'humaine. L'entraînement avait toujours été un répit pour moi. Je pris note de revenir tous les jours si possible, jusqu'à la fin des Jeux de la moisson.

Le bâton était une prolongation de mon corps et de mes bras et je laissai les étapes m'emmener dans une zone où je faisais l'expérience d'un calme que je n'avais jamais trouvé ailleurs.

« Tu te rappelles que c'était une conversation privée, que je voulais avoir avec toi, hein ? Pas en plein milieu d'une cour avec des tas d'yeux et d'oreilles braqués sur nous, fit Will en s'appuyant sur son bâton pour m'observer. Sérieusement, tu as au moins conscience que tu n'es pas censé être aussi bon ? »

Un sourire passa sur mes lèvres tandis que je faisais glisser le bâton entre mes jambes, pour l'enjamber et le faire tourbillonner autour de mon cou. « Ne me flatte pas. Et si c'était aussi privé ou aussi important que ça, tu aurais déjà su me débusquer à l'heure qu'il est. »

Il lança sa propre arme en avant, à la vitesse de l'éclair, et je parai le coup de mon bâton, pour détourner le sien juste avant qu'il ne s'enfonce dans mon cou. Je pointai mon arme sur lui.

« Fais attention à ce que tu déclenches, jeune prince. »

Il tenta une seconde attaque, mais son geste était si prévisible que je pris appui sur mon propre bâton pour l'attendre.

« Connard ! aboya-t-il quand il manqua sa cible.

— Bleusaille ! »

Il éclata de rire alors que nous nous lancions dans un échange de coups, un grand sourire aux lèvres, désormais.

Défense et attaque, nous nous entraînions comme nous l'avions toujours fait : en nous titillant sans cesse.

« C'est terrible, qui est-ce qui t'a appris ça, notre tante ? me lança Will.

— Je t'en prie, je l'ai vue avec sa cuillère en bois. Tu courais comme un dératé. Espèce de poule mouillée. »

Il esquiva un coup et se redressa à la vitesse d'un clown à ressort jaillissant de sa boîte. « J'avais moins la trouille que toi, l'autre soir, sur la piste de danse. Je t'ai vu ficher le camp à toutes jambes. »

De la bouche de quelqu'un d'autre, cette réflexion m'aurait mis en rage. Venant de Will… « Je n'ai pas fiché le camp en courant, répliquai-je, avant de m'interrompre pour tenir mon bâton à l'horizontale, puis le faire pivoter à nouveau. J'ai marché à grandes enjambées gracieuses. Et néanmoins rapides. »

Il éclata de rire à nouveau, son qui ne fit que renforcer ma détermination à veiller sur sa sécurité.

Il était un rayon de soleil dans notre monde et sa lumière ne serait pas éteinte, en tout cas pas si je continuais à avoir mon mot à dire sur la question.

Nous tournoyions l'un autour de l'autre en continuant d'augmenter notre vitesse et la puissance de nos coups, jusqu'à ce que le bois de fer résonne entre mes mains comme un diapason.

Le son des deux armes retentissait dans l'air et je savais que tous les autres s'étaient arrêtés pour suivre notre combat, car je sentais leurs yeux braqués sur nous.

« Edmund m'envoie en territoire Loup-garou pour y mener des négociations. Je pars dès que les Jeux de la moisson sont terminés », lâcha Will tout à trac.

Je m'immobilisai brusquement : ses mots m'avaient arraché au rythme du combat. Son dernier coup s'écrasa sur le haut de ma cuisse et me projeta au sol, où j'atterris dans une gerbe de sable. Je roulai aussitôt sur mes pieds, malgré la douleur intense qui partait de ma jambe pour traverser tout mon corps.

« Qu'est-ce que tu viens de dire ? »

Nous savions tous les deux que je l'avais parfaitement entendu.

De pire en pire.

« Je l'envoie conduire des négociations pour nous », répondit distinctement la voix d'Edmund, depuis l'autre extrémité du terrain d'entraînement. Will et moi nous retournâmes vers notre frère aîné, lequel s'avançait à notre rencontre, torse nu, un bâton en bois de fer dans les mains. « On s'entraîne un peu ? »

La lueur dans ses yeux en disait long : il manigançait quelque chose.

« Une autre fois…

— Oh, ce n'était pas à vous que je faisais cette proposition, général. Je m'adressais à *mon frère.* »

Will sursauta. « Bien sûr, pourquoi pas. Je veux dire : naturellement, Votre Altesse. » Sur quoi il s'inclina rapidement devant Edmund, dans une courbette quasi moqueuse.

C'était une très mauvaise idée, seulement devant autant de témoins, je n'avais aucun moyen de m'y opposer. J'en étais réduit à espérer que, devant ces fameux témoins, Edmund se retiendrait un peu. D'un coup de pied, je soulevai mon bâton du sable et le rattrapai au vol. « Je prends le vainqueur, dans ce cas, annonçai-je.

— Oh, un tournoi familial. Génial ! s'écria Will qui fit pivoter son bâton et se tourna face à Edmund. J'ai hâte de te battre à nouveau, général ! »

Mon cœur se serra car, une fois de plus, je constatais que tout ça n'était qu'un jeu pour Will.

Pour Edmund, à l'inverse… c'était l'occasion de nous blesser tous les deux. De nous faire payer d'être nés.

Je serrai les poings autour du bois de fer, tout en fixant des yeux Edmund, dont je lisais les mouvements comme si c'était moi qui l'affrontais. Le mieux que je puisse faire, c'était espérer trouver le moment pour distraire Edmund et le ralentir. Ce n'était pas que je ne veuille pas l'affronter, mais notre duel signifierait que Will avait perdu le sien.

Et si Will perdait, cela signifierait qu'Edmund ne se serait pas comporté en partenaire d'entraînement, mais qu'il aurait essayé de blesser, voire de tuer notre benjamin, tout en faisant croire à un accident. Comme il l'avait fait avec toutes ses épouses et maîtresses.

Les deux hommes décrivirent un cercle, les yeux rivés l'un sur l'autre. Will porta le premier coup, qu'Edmund bloqua facilement.

« Ne te moque pas de moi, Will. Montre-nous ce que tu as dans le ventre. Pour une fois, voyons s'il y a quoi que ce soit de valable en toi. »

Le visage d'ordinaire jovial de Will se durcit et, pendant une fraction de seconde, je reconnus un peu de moi-même en lui. Une rage si profonde qu'elle transformait le bleu de ses yeux en éclats de glace. Il déplaça ses mains, changea de posture et, soudain, se mit à bouger bien plus vite qu'il ne l'avait fait avec moi, en réponse immédiate aux taquineries d'Edmund.

Et cette réaction prit le prince héritier au dépourvu. Dans l'assistance, le silence était total.

Alors que le bourdonnement du bois de fer se réverbérait dans l'air, Edmund fut contraint de reculer pas à pas, à peine capable de tenir Will à distance. Je n'osais pas applaudir. Je n'osais pas sourire.

Je restai muet, sans les quitter des yeux, alors que Will flanquait un coup oblique dans les côtes d'Edmund. Autrefois, cela aurait suffi à mettre fin au combat. Will se serait déclaré vainqueur et aurait reculé.

Mais il continua. « Tu devrais peut-être faire attention à ce que tu demandes, mon frère. »

Je n'étais pas certain que mon cœur puisse le supporter et, même si je savais que cela ne pouvait se produire, une partie de moi ne put empêcher les mots de retentir dans mon esprit.

Tue-le, Will, tue-le, putain, qu'on en finisse !

Je ne pouvais pas tuer Edmund, mais Will, si, et il serait dans son bon droit, et prendrait ainsi le statut de prince héritier.

Comme s'il entendait mes pensées, Edmund se laissa soudain tomber, esquivant un méchant coup à la tête, pour s'emparer d'une poignée de sable qu'il projeta au visage de Will. Celui-ci tenta de garder les yeux ouverts. Des larmes ruisselaient sur ses joues, car il s'efforçait de voir quand même en plissant les paupières.

Edmund en profita pour porter un coup parfait de son bâton, par en dessous, en plein dans la mâchoire de Will. Le craquement du bois de fer contre l'os qui se brisait retentit dans l'espace trop silencieux.

Will tomba à la renverse, les yeux révulsés. Du sang coulait de sa mâchoire, là où, sous la peau qui s'était fendue, apparaissait l'os.

Edmund se tourna vers moi et me sourit, les crocs dénudés. « Oh, là, là ! Il faut croire que je ne connais pas ma force, certains jours. »

Les hommes qui nous entouraient applaudirent prudemment. Edmund les salua et s'inclina. S'ils se comportaient ainsi, c'était parce que, depuis des années, je leur inculquais comment se conduire avec leur prince héritier.

« Capitaine, lançai-je à Scarlett, tandis que je luttais pour étouffer ma rage croissante. Emmenez le jeune prince chez le médecin. Il va falloir s'occuper de cette mâchoire pour qu'elle guérisse correctement et s'assurer que les crocs n'ont pas été brisés. » Je fusillai Edmund du regard. Inutile de dissimuler ma colère. Il savait exactement ce que je ressentais pour lui.

Il sourit. « Et ? Général, vous vous sentez prêt à m'affronter sur le champ de bataille ? »

Voilà qui était… intéressant. Il avait rarement proposé de s'entraîner avec moi, parce qu'il savait que je pourrais lui botter le cul, même ligoté dans un sac en toile de jute, les crocs limés et un œil en moins.

Ce n'était pas un combattant. Il ressemblait davantage à une araignée tissant sa toile et attendant que sa proie commette une erreur. Conclusion : il mijotait un sale coup.

« À votre guise », répondis-je d'une voix traînante en tirant le bâton devant moi. Je le tendis et donnai un petit coup au milieu du sien.

Les deux bâtons de bois de fer tintèrent, en guise de salutation, pourrait-on dire. Puis je me décalai sur le côté et reculai alors qu'il balançait son arme sur moi à pleine puissance.

Je le laissai faire, attendant qu'il s'avance un peu trop, et m'écartai juste assez pour qu'il soit forcé de me courir après autour de l'arène. Si Will l'avait poussé à attaquer, je le laissais venir à moi, tout en restant toujours hors de sa portée. Tenant mon bâton par une extrémité, je le dirigeai vers son pied et le frappai à la cheville. Rien de sérieux. Pas de blessure grave. Juste assez pour qu'il chancelle.

Ainsi, sans relâche, je m'évertuai à… le ridiculiser. Un jeu dangereux, mais j'étais trop en colère contre lui pour ce qu'il avait fait à Will. Des crocs brisés ne pourraient être réparés. C'était la seule chose qui ne se régénérait pas chez nous.

Edmund plongea une main dans le sable et me le lança au visage, comme si la même ruse était susceptible de fonctionner deux fois. Seulement je ne me tenais pas là où il l'escomptait. Je m'étais rapproché de son flanc pour le faire tomber à plat ventre d'un balayage. « Un jour, Edmund. » J'appuyai mon bâton sur sa nuque. Il leva la main. Était-ce un signal ?

Un picotement me remonta le long de la colonne vertébrale. Je me figeai, pétrifié, sentant un regard caresser ma peau nue. Je perdis aussitôt ma concentration.

À la fois brûlant et glacé, je me retournai : les filles des Jeux de la moisson se glissaient dans l'embrasure d'une porte pour s'aligner sur le côté.

Et qui se trouvait au premier rang ?

Sienna et ses satanés yeux d'or, écarquillés, dilatés et braqués sur moi. Mes crocs percèrent mes gencives et...

Un coup à l'arrière de mes genoux me projeta au sol, à quatre pattes, puis le bâton en bois de fer fut appuyé contre ma nuque.

« Un jour prochain, Dominic, me chuchota Edmund à l'oreille, je découvrirai celle qui vous rend tellement, tellement distrait. »

16
Sienna

Je traversai la cour d'entraînement tout en observant la scène qui se jouait devant moi. Le général se mouvait comme… comme s'il était davantage panthère qu'homme, avec ses pas fluides et sa peau luisante de sueur.

Les autres filles autour de moi chuchotaient et gloussaient, et moi j'en étais réduite à contempler fixement la scène.

Bon sang, cet homme était dur partout là où il le fallait. Il lança son bâton noir, le heurtant à celui de son adversaire, puis il s'arrêta soudain, se retourna et nous dévisagea.

Enfin, *me* dévisagea.

Ses yeux se rivèrent aux miens et, l'espace d'une seconde, j'entendis le murmure qui m'avait fait traverser le continent, qui me soufflait que j'étais toujours en quête d'un foyer.

Le monde disparut brièvement, pour ne plus laisser subsister autour de nous qu'un bruit statique et blanc, un bourdonnement de ce qui devait être de la magie et qui m'emplissait. Il avait dû me jeter un sort, car je ne l'appréciais même pas, pas le moins du monde. Pourtant, en cet instant, j'aurais tout donné pour le toucher. Juste le toucher.

Je battis des paupières : il était désormais à genoux, son adversaire derrière lui, que je reconnus enfin. Le prince héritier. Remarquant qu'il embrassait notre petit groupe de femmes du regard, je baissai les yeux vers mes pieds.

Et soudain, le fait que nous ayons dû attendre dans la petite pièce avant la cour, puis qu'on se soit empressé de nous pousser dans la zone d'entraînement prenait tout son sens. On nous utilisait comme distraction pour qu'il puisse gagner son combat contre Dominic.

Non, pas Dominic. Le général.

Je repliai mes doigts sur la soie bleu foncé de ma jupe, me concentrant sur la sensation qu'elle me procurait, au lieu de l'indignation qui flambait en moi, pour le compte de Dominic.

« Ce que je ne donnerais pas pour le lécher comme une sucette ! ronronna Anya. De la tête aux pieds. »

Je la regardai. « Duquel tu parles ?

— Pourquoi ? répliqua-t-elle avec un petit sourire narquois. Il y en a un qui t'intéresse plus que l'autre ? »

Je savais reconnaître un piège quand j'en voyais un. Je lui rendis son sourire. « C'est important ? L'un comme l'autre serait une sacrée prise. »

Attention, je préférerais m'énucléer avec une cuillère plutôt que de me rapprocher du prince héritier, mais peut-être qu'Anya avait plus de goût pour le pouvoir que la sécurité. Et j'avais l'impression que si elle savait que je portais le moindre intérêt, même vague, au général, elle tenterait délibérément d'attirer son attention.

Il y eut un léger remue-ménage à l'arrière de notre groupe, puis la duchesse apparut, dans toute sa splendeur.

« Eddy, qu'as-tu donc fait ? » Ses mots claquèrent comme un fouet et les deux hommes au centre de la cour se relevèrent en s'époussetant.

« Eddy ? » répétai-je dans un murmure. Venait-elle vraiment d'appeler le prince héritier par un surnom ?

« Votre Grâce, répondit Edmund en s'inclinant. Les combats d'entraînement font partie intégrante… »

Ses jupes gris foncé balayèrent le sable au rythme de ses pas. « Je ne parle pas de l'entraînement, vous faites bien ce que vous voulez avec vos bâtons et vos épées factices, les garçons. »

Un ricanement grave monta de la gorge de Dominic, qui m'obligea à serrer étroitement mes cuisses, entre lesquelles pulsait une chaleur qui tentait d'attirer mon attention, alors que je m'efforçais de ne pas le fixer, la langue pendante. Anya n'avait pas tort : je n'aurais vu aucune objection à lécher ce gars façon sucette.

Non, mais sans déconner, qu'est-ce qui s'était emparé de moi ? Le vampire usait-il pleinement de son pouvoir sur moi ? Ou était-ce la réalité combinée aux rêves qui me tourmentaient depuis que j'étais en âge de ressentir le besoin, qui me faisait éprouver ce genre de sensations à son égard ?

« Dans ce cas, quel est le problème, duchesse ? » s'enquit le prince héritier. Même moi je percevais la menace dans sa voix.

« Tu n'es clairement pas en mesure de te comporter comme un gentleman et, après avoir vu ce que tu as fait, je pense que tu as besoin d'un peu de temps pour réfléchir. Tu n'assisteras pas au bal ce soir. » Elle tendit une main qui tenait un éventail replié et lui en flanqua un coup sec sur le bras. « Considère-toi comme puni. Occupe la soirée à maîtriser la soif de sang qui, visiblement, t'habite, si tu veux te joindre à nous demain. »

Ses yeux surnaturels s'illuminèrent d'une fureur froide. « C'est *mon* royaume. Je ferai ce qui me chante, bordel ! »

Je retins mon souffle devant la duchesse qui s'approchait d'un pas pour le fusiller du regard.

« Et ce sont *mes* filles. Ton père a accepté ces termes il y a plusieurs décennies. Il est de mon devoir de les protéger, jusqu'à la fin des Jeux. Dans ton état actuel, tu représentes un danger pour elles. Autrement dit, tu devras laisser passer cette soirée jusqu'à ce que tu maîtrises à nouveau l'art de l'autodiscipline. C'est bien compris ? »

Au cours du silence qui s'ensuivit, je remarquai que le langage corporel de Dominic s'était transformé. Il était presque frémissant de tension, les narines dilatées et en alerte.

La pression retomba un instant plus tard quand le prince héritier sourit, imitant le comportement qu'avait eu Anya d'une manière qui me déplut. Il s'inclina de nouveau devant sa tante. « Comme vous le jugerez bon, duchesse. Je vais me retirer dans ma chambre et vous laisser tous à vos festivités. »

Tournant le dos aux deux hommes, la matriarche ouvrit son éventail et l'agita vers nous. « Regagnez vos chambres, toutes autant que vous êtes, car l'heure du bal approche et il vous reste très peu de temps pour vous préparer. »

Une heure plus tard, dans mon bain, je repensais encore à tout ce que j'avais vu. Qu'avais-je manqué pour que la duchesse s'en prenne ainsi au prince héritier ?

Quoi qu'il en soit, ce devait être assez grave. Mais le moment le plus effrayant avait été le regard qu'il lui avait lancé lorsqu'elle l'avait défié. Ses paroles avaient parlé d'obéissance, mais ses yeux ?

Ils promettaient une vengeance.

Mes pensées se tournèrent vers Dominic. Le prince héritier et lui entretenaient manifestement une relation conflictuelle et je ne pouvais m'empêcher de me demander quelle en était l'origine.

Les servantes étaient toujours détentrices des meilleurs ragots…

« Bee, que sais-tu sur le général et le prince Edmund ?

— Pas grand-chose, mademoiselle. Ils ne sont pas souvent d'accord, mais je ne sais pas pourquoi. Peut-être parce que le général est un enfant illégitime ? Oh, en parlant de lui, avez-vous entendu ce qui est arrivé au prince William aujourd'hui ? » Bee s'était assise à côté de moi pendant que je trempais dans l'eau parfumée de la profonde baignoire en cuivre. Je m'emparai d'un savon qui sentait la pluie fraîche et m'en frottai le bras.

« Non, que s'est-il passé ?

— Son frère lui a brisé la mâchoire ! » Ses paroles, quoique chuchotées, ne masquaient rien de sa colère après ce qui avait été infligé au jeune prince.

« Pourquoi Dom… le général ferait-il mal à son frère comme ça ? » Je fixai le savon entre mes mains : je n'aimais pas l'idée que Dominic ait blessé Will. Pas plus que je n'aimais l'idée d'être dérangée ne serait-ce qu'un peu par le fait que l'un ou l'autre soit blessé.

Bee me donna un coup de serviette sur l'épaule. « Non, espèce de nigaude ! C'est Edmund qui l'a esquinté. »

Un étrange soulagement m'envahit. « Je comprends mieux. »

Et cela expliquait aussi la fureur de la duchesse. Mais pourquoi ce geste ? Pendant l'entraînement, il pouvait faire passer ça pour un accident. Curieusement, je doutais que c'en soit un, cela dit. Et apparemment, la duchesse était de mon avis.

« Attendez... est-ce que vous... est-ce que le général vous a tapé dans l'œil ? » Comme Bee baissait les yeux sur moi en souriant, je plongeai sous l'eau pour me rincer.

Quand je ressortis pour respirer, elle me tira hors de la baignoire, sans me laisser le temps d'égoutter l'eau qui ruisselait de ma tête.

« Il va être difficile à attraper, mademoiselle, vraiment difficile, mais quel trophée ! Et imaginez, vous seriez la belle-sœur de Will ! Enfin, s'il vous épousait, évidemment.

— Ce n'est pas le but, répliquai-je. Mon but, c'est d'être en sécurité et... oui, il est ma cible. » Une cible, comme s'il s'agissait d'un travail que je devais accomplir.

L'image d'un autre type de travail que j'aimerais faire pour lui me traversa l'esprit. Moi à genoux, la peau nue de son ventre frissonnant pendant que je glisserais les doigts jusqu'aux lacets de ses hauts-de-chausses.

« Oh, regardez, votre peau est couverte de chair de poule ! Laissez-moi vous réchauffer. » Elle m'essuya rapidement et, en quelques secondes, m'avait présenté le choix de vêtements qui s'offrait à moi. « Vous allez devoir montrer votre aptitude à être gracieuses, ce soir, en vous relayant par groupes de quatre pour danser devant tout le monde », m'expliqua Bee. Elle ne faisait que répéter ce que je savais déjà. « Donc il nous faut quelque chose de fluide. »

Je devais sortir du lot. Commencer à faire briller ce foutu joyau que j'avais autour du cou.

« À ton avis, elles vont porter quoi, les autres ?

— Oh, des couleurs audacieuses, c'est sûr. Des rouges profonds, des bleus, des noirs, rien de pâle ou de clair.

C'est ce que préfère Edmund. » Elle s'interrompit pour me contempler. « Qu'avez-vous en tête ?

— Peut-être un jaune pâle ou un ivoire, quelque chose… d'innocent », répondis-je. Je n'avais absolument rien d'une innocente, mais en donner l'image pourrait m'être utile.

Elle frappa dans ses mains et se précipita vers l'armoire, d'où elle sortit une superbe robe deux-pièces jaune beurre, ajustée et cousue de subtils motifs de pâquerettes, mais dont la jupe se déployait en un nuage vaporeux jusqu'à mes pieds. Des fentes ici et là me permettraient de bouger librement.

Le devant – et non le dos – se refermait à l'aide de minuscules boutons de nacre, ce qui ajoutait encore à l'ensemble. « J'adore. » C'était une tenue dans laquelle j'aurais rêvé de danser, il y avait des années, quand le ballet était mon seul véritable amour.

« Et vos cheveux ? demanda Bee en les soulevant. Toutes les autres se feront des chignons et chercheront à être élégantes. »

Je repensai à Dominic pendant sa balade à cheval, au regard qu'il avait posé sur mes cheveux. Will avait raison.

J'étais sur un champ de bataille et je devais utiliser toutes les armes à ma disposition.

« Laisse-les lâchés, mais glissons-y quelques fleurs. »

Ravie, Bee se mit au travail. En un rien de temps, elle avait tressé des fleurs dans mes cheveux et je découvrais une Sienna bien différente dans le miroir. Celle-là semblait plus proche de la vraie moi que je ne l'avais été depuis mon arrivée. Un peu sauvage et un peu rebelle vis-à-vis de l'ordre établi. Mais s'agissant de Dominic, j'avais le sentiment que c'était exactement ce qu'il fallait.

Si personne n'avait piqué son attention depuis des années, peut-être qu'il était temps de lui soumettre un autre style.

Mes pensées furent brutalement interrompues par un mugissement qui se répercuta à travers tout le château. Cramponnée au bord de la table, je fis un bond en avant, si bien que Bee me tira les cheveux. « Qu'est-ce que c'était que ça ? »

Elle n'arrêta même pas son geste, mais dénoua précautionneusement le nœud que je venais de causer à ma coiffure. « Les Chasseurs. Leur saison d'accouplement vient de commencer, ça rend les mâles hargneux.

— Hargneux, répétai-je, ahurie. Attends, ils sont réels ?

— Bien sûr qu'ils sont réels, et ils sont excités, ce qui les rend hargneux. Comme n'importe quel mâle excité et incapable de se soulager. » Elle se pencha au-dessus de ma tête pour tirer quelques fleurs pâles supplémentaires à piquer dans mes cheveux.

Un autre mugissement, profond et menaçant, me hérissa la peau, comme si elle cherchait à se détacher de mon corps.

« Est-ce qu'il leur arrive de… s'échapper ? » Je n'avais jamais vu les bêtes, mais j'avais plus ou moins espéré qu'on en faisait mention comme du croquemitaine. Pour faire peur, mais pas en tant que menace réelle.

Apparemment, ce croquemitaine existait bel et bien, et il était en pleine forme.

« Non, jamais. Ils ont le droit de voler librement dans leur tanière pendant la journée. Mais il n'en reste plus beaucoup et ceux qui subsistent sont maintenus à bonne distance du château. On ne les entend que pendant la saison de l'accouplement. »

Je regardai par la fenêtre, plissant les yeux pour tenter d'entrevoir les créatures, mais rien ne bougeait dans la forêt au-delà du château. Je n'aperçus même pas un battement d'ailes d'oiseau, et les mugissements s'estompèrent aussi.

Je trouvais intéressant que personne ne nous ait mises en garde contre une promenade dans la partie méridionale du royaume. Là d'où montaient les mugissements.

« Voilà, vous êtes fin prête. »

Bee m'aida à me lever. La jupe voleta autour de mes jambes, offrant quelques aperçus çà et là de ma peau nue. Histoire d'aguicher le spectateur.

« Des chaussures ?

— Non, si nous devons danser, je préfère être pieds nus. »

J'allais la suivre pour quitter la pièce, mais je m'immobilisai. « Attends.

— Quoi ? Il ne faut vraiment pas que vous soyez en retard. »

Je fronçai les sourcils. « Le général est souvent en retard à ce genre de sauteries.

— En effet, convint Bee.

— Alors, qu'il assiste à mon entrée. »

Bee applaudit encore une fois. « Oh, j'adore. Mais pas trop tard, sinon, on sera punies toutes les deux. »

Je n'étais pas convaincue qu'elle ait raison, mais je ne rechignai pas quand elle me demanda de me presser. Mes pieds s'enfoncèrent dans la somptueuse moquette des couloirs de l'étage, puis éprouvèrent la fraîcheur des carrelages à motifs qui menaient à la salle de bal principale.

Bee s'arrêta un instant devant la porte… Je la poussai enfin et me glissai à l'intérieur, juste assez en retard pour faire une entrée remarquée.

Les filles se tenaient à l'autre extrémité de la salle, en compagnie de la duchesse qui me regarda en haussant un sourcil. Elles avaient opté pour des teintes soutenues, toutes plus riches et superbes les unes que les autres.

J'étais la seule à avoir osé quelque chose de différent. Je relevai le devant de ma jupe aussi délicatement que possible et je me hâtai à travers la pièce, offrant de brefs aperçus de mes jambes et de mes pieds nus.

Alors que je passais devant les tables principales, je sentis le poids d'un regard si intense qu'il aurait pu embraser mes vêtements. Je ne m'arrêtai pas, mais jetai un coup d'œil par-dessus mon épaule et plongeai droit dans ses yeux.

Et à l'instant où il allait les détourner…

Je lui lançai un clin d'œil.

Le regard de nouveau tourné vers l'avant, je rejoignis la duchesse.

« Tu es en retard.

— Mais à dessein, répondis-je en souriant, avant d'esquisser une révérence.

— Tu es dans le dernier groupe et nous allons éliminer une fille de la compétition ce soir. » Sur ces mots, elle dégaina son éventail pour m'en donner une tape sur le poignet, vigoureuse mais insignifiante compte tenu des circonstances.

Éliminer.

Bee ne m'avait pas prévenue, ce qui signifiait que quelque chose avait changé.

« Mais pourquoi ? Je ne me souviens pas d'avoir entendu parler d'une élimination lorsque vous avez expliqué les règles…

— Nous sommes en monarchie. Les règles changent, ma fille, et souvent sans le moindre avertissement. » Elle tourna son regard d'argent fondu vers moi et je me rendis compte avec un sursaut qu'elle avait peur. Pour la première fois, elle avait peur. Et ce constat me glaça les sangs.

Il me fallut quelques secondes pour prendre toute la mesure de ses paroles, mais lorsque je percutai enfin, je me mis à trembler. « Edmund. Il a changé les règles pour se venger de vous à cause de… »

« C'est mon *royaume. »*

« Ce sont mes *filles. »*

Sauf qu'apparemment, les Jeux relevaient de la compétence d'Edmund, ce dont il avait pleinement profité. Elle se trompait sur un point, cependant. Le changement de règles ne s'était pas produit sans avertissement. L'expression qu'avait affichée Edmund promettait bel et bien un châtiment, et il frappait la duchesse là où ça lui faisait mal.

Elle leva le menton et redressa les épaules. « Ne t'occupe pas de ça, ma fille. Je me bornerai à te dire que si tu espères aller jusqu'au bout, c'est maintenant qu'il faut mettre la gomme.

— Mais qu'arrivera-t-il à la fille éliminée ? Deviendra-t-elle servante ou autre chose ?

— C'est la question à un million de dollars, n'est-ce pas ? Le prince n'a pas jugé bon de partager l'information avec moi pour l'instant. Je ferai de mon mieux pour parler au roi et intervenir, mais pour l'instant, nous partons du principe que quelle que soit l'issue, elle ne sera pas enviable. Vas-y et gagne leur cœur… et leur intérêt. Est-ce que je me suis bien fait comprendre ? »

J'opinai, humectant mes lèvres soudain desséchées.

« Oui, Votre Grâce.

— Maintenant, assieds-toi et observe tes concurrentes. Et surtout, prête attention aux réactions des hommes qui les observent. Vois ce qui fonctionne. Ce qui ne marche pas. Agis en conséquence. »

Je m'installai derrière la duchesse pour regarder les autres filles danser. Quatre par quatre, elles esquissaient une piètre imitation de la danse du Mât de mai autour d'un poteau dressé pour les artistes de cirque.

Dans la plupart des groupes, une fille au moins trébucha. L'une d'elles eut du mal à retenir ses larmes.

Je fis de mon mieux pour rester calme, malgré tout ce que j'avais appris. Entre autres compétences, la danse, je l'avais dans le sang et j'étais prête à montrer ce dont j'étais capable.

« Sienna, tu seras avec Anya, Jade et Holly », annonça la duchesse en nous indiquant la piste de danse.

Comme Anya prenait les devants, je la laissai mener et passai même après les deux autres. Alors que nous prenions nos positions autour de la barre, Anya se retourna quand elle n'aurait pas dû et me percuta, au lieu de glisser vers l'avant.

Elle passa un pied entre les miens, ce qui me projeta, déséquilibrée, au centre du cercle. Je me cramponnai à la barre pour me rétablir et ne pas tomber face contre terre. Les autres filles resserrèrent le cercle, de façon à m'empêcher de revenir dans la ronde sans donner l'impression que je jouais des coudes.

Si c'était ainsi…

Je restai plantée sans rien dire, une main sur la barre, à attendre, le cœur battant. Quelqu'un allait être éliminé. J'étais déjà une outsider, malgré ma victoire à la compétition de tir à l'arc, mais je ne voulais pas devoir mon salut à la faveur que j'avais remportée. Tandis que les trois autres dansaient autour de moi, leurs pierres précieuses s'embrasèrent d'un rose soutenu, à la limite du rouge.

La musique s'interrompit, elles adressèrent une révérence à la table d'honneur et moi, je restai là, la peur au ventre.

Je levai une main et fis appel à tout le courage que je parvins à rassembler. « Musique, s'il vous plaît. Je n'ai pas eu l'occasion de danser. »

Je croisai le regard de la duchesse. Peut-être me sourit-elle, mais ce fut bref.

La musique redémarra, sur un rythme lent qui m'obligea à claquer des doigts. « Plus vite. »

Le tempo s'accéléra aussitôt. Je gardai une main sur la barre tout en tournant autour, levant haut les jambes dont j'offrais de brefs aperçus à l'assistance lorsque ma jupe s'évasait derrière moi. Resserrant ma prise sur la barre, je me hissai, utilisant l'élan de mes pas pour effectuer une rotation autour, comme sur un manège, les jambes croisées l'une sur l'autre.

À un rythme régulier, je pirouettai une fois, deux fois, trois fois, ma jupe se gonflant à mesure que la musique devenait plus endiablée.

Cela faisait un certain temps que je n'avais pas dansé comme ça. Mais aux grands maux les grands remèdes.

J'appuyai un bras nu contre le poteau et me hissai, une main après l'autre, tout en me repoussant à l'aide de mes jambes. Tout était dans l'image, et en grimpant vers le sommet de la barre, je laissai la musique m'envahir, les mouvements qu'on m'avait jadis enseignés glisser dans mon corps.

Lorsque la musique commença enfin à ralentir, je m'autorisai à ressentir la douleur dans mes mains, la meurtrissure à l'intérieur de mes cuisses qui se manifesteraient le lendemain matin.

Cependant, alors que je me tendais pour réaliser une planche, ventre vers le haut, la barre bien coincée entre mes cuisses, je me penchai en arrière pour regarder à l'envers la table en contrebas. Et là, je sus que je le tenais.

Il avait les yeux rivés sur moi, ses crocs transparaissaient entre ses lèvres.

Ce fut alors que je lâchai ma prise sur la barre.

17
Dominic

J'entrai dans la salle de banquet d'un pas vif, furieux que la duchesse m'ait forcé la main pour assister à l'épreuve de danse.

« Tu dois y aller, m'avait-elle dit. Edmund est banni et Will est indisposé, une présence royale s'impose.

— Je suis un bâtard, lui avais-je objecté sèchement.

— N'empêche que tu as du sang royal dans les veines, avait-elle répliqué, et elle avait par-dessus le marché eu l'insolence de me pincer la joue. Et même si tout le monde fait semblant de l'ignorer, cela n'en reste pas moins vrai. Et puis, tu es le général. » Sur quoi, elle avait tourné les talons, me laissant bouillir de rage au point de vouloir pulvériser quelque chose.

Je n'avais pas de temps à perdre en banquets et autres bals. Vu comme la jalousie d'Edmund à l'égard de Will allait croissant, mon cadet n'était pas en sécurité. Ce qui s'était produit aujourd'hui en était la preuve.

Mais si Edmund perdait le contrôle, il n'en demeurait pas moins primordial de maintenir le statu quo pour l'instant. Ou du moins jusqu'à ce que je détermine comment le gérer.

Quelle était l'arrière-pensée d'Edmund en expédiant Will en territoire Loup-garou ? Je devais trouver un moyen d'aborder la question avec lui à la première occasion. Non, en réalité, je savais exactement pourquoi il agissait ainsi. Cette mission impliquait sans doute les négociations les plus dangereuses qui soient et il y avait de fortes chances pour que Will y laisse la peau.

Et pourtant, j'étais coincé dans la salle de banquet, entouré de vampires tirés à quatre épingles, à me faire servir une nourriture copieuse au son d'un orchestre qui jouait. Les candidates des Jeux de la moisson étaient regroupées, dans l'attente de leur tour pour danser autour d'une barre ridicule, une tradition remontant à l'époque où notre père assistait aux Jeux. Il aimait les regarder évoluer au gré de leurs pas de danse fluides et harmonieux, mais cette tradition avait changé au cours du siècle dernier.

Les vampires évoluaient, mais pas assez.

Nous étions au sommet de la chaîne alimentaire, pourtant Edmund devait être inquiet s'il envoyait notre frère en mission de paix. Les loups avaient accueilli les innovations technologiques pendant que nous vivions encore selon un mélange de coutumes héritées des siècles passés. La chute du Voile avait modifié bien des choses et nous étions lents à réagir.

Tandis que mon regard ne cessait de glisser vers les femmes engoncées dans leurs robes de bal aux riches couleurs, je sentis croître mon anxiété. L'une d'elles en particulier manquait à l'appel. Était-elle à nouveau partie sur la jument et n'avait pas réussi à regagner les écuries ? La duchesse serait certainement venue me trouver, le cas échéant, ne serait-ce que pour me pousser à déclencher une battue, de peur qu'elle ne se soit perdue.

Anthony se trouvait à ma droite, qui jacassait, quand les portes s'ouvrirent... et Sienna entra. Elle portait une robe jaune pâle brodée de minuscules fleurs blanches. Elle avait lâché ses longs cheveux auburn dans son dos et tressé des fleurs au sommet de son crâne, telle une couronne. Elle traversa la pièce à pas lents, le dos droit, les doigts de pied en pointes... Elle se déplaçait avec la grâce d'une danseuse.

La duchesse fronça les sourcils lorsque Sienna s'approcha et, au terme d'un bref échange, lui frappa le poignet avec un éventail, avant de l'envoyer rejoindre les derniers rangs de leur groupe. Mais l'espace d'une fraction de seconde, Sienna se tourna vers moi pour planter ses yeux dans les miens. Et elle eut l'audace de m'adresser un clin d'œil.

Un clin d'œil !

Une vague de chaleur se répandit dans ma poitrine avant de descendre jusqu'à mon entrejambe. Mon sexe durcit instantanément. Qu'est-ce qui se passait avec cette femme ? Pourquoi réagissais-je ainsi à son endroit ? Je me retrouvais dans la peau d'un adolescent incapable de contrôler son corps.

« Vous semblez plus intéressé par les filles, cette saison, Dominic », murmura Anthony, qui découpait un morceau de viande dans son assiette.

Je me tournai vers lui, un sourcil haussé. « Peut-être parce que j'ai fait partie du processus depuis le début ?

— Peut-être », concéda-t-il. Mais il avait l'air bien trop content de lui à mon goût. « Pensez-vous enchérir cette année ? »

Je ricanai en levant mon verre de vin épicé. « Je ne l'ai encore jamais fait. Pourquoi commencerais-je cette année ? »

La raison m'apparut sous la forme d'un simple souvenir. Sienna sur le dos de Ravage, filant à toute allure à travers la campagne. Son regard de défi lorsqu'elle m'avait affronté, armée d'un pitoyable pieu, comme si elle s'imaginait pouvoir se battre contre moi et gagner. En tant qu'homme qui s'épanouissait dans le contrôle, j'étais déstabilisé par la fascination qu'elle exerçait sur moi.

Les filles se mirent à danser, sous les regards lubriques des hommes. La duchesse avait eu l'intelligence d'interdire tout contact avec elles avant la vente aux enchères. L'intérêt des hommes s'en trouvait piqué. Là résidait peut-être l'attrait de ce rituel archaïque. Ces créatures, habituées à obtenir presque tout ce qu'elles voulaient sur-le-champ, étaient pour une fois obligées d'attendre. Le prix obtenu n'en était que plus suave.

Plusieurs groupes de femmes avaient dansé, mais aucune n'avait retenu mon attention. Je commençais à me demander si je pourrais prendre la poudre d'escampette sans risquer les foudres de la duchesse. Peu probable. Elle s'attendait à ce que je reste, au moins jusqu'à ce que toutes les filles aient dansé. Comme j'étais ici le représentant du rang le plus élevé de la cour, mon départ pourrait signifier que les femmes n'ayant pas encore diverti la foule n'étaient pas dignes d'attention.

J'étais retenu par cette considération… et par le fait qu'une certaine créature aux cheveux auburn ne s'était pas encore produite.

Enfin, le dernier groupe se dirigea vers le poteau, avec Sienna dans ses rangs. Trois d'entre elles prirent position puis la musique débuta. Elles se mirent en mouvement et, comme il s'agissait du dernier groupe, les hommes étaient en ébullition, peu concentrés.

À tel point qu'ils furent peu nombreux, à mon avis, à remarquer la fille aux cheveux de jais et à la robe bordeaux qui effectua un tour malencontreux et percuta Sienna, l'envoyant heurter la barre.

Sienna s'y raccrocha afin de rester sur ses pieds, mais ne fit rien pour reprendre sa place dans le groupe. Elle n'aurait pas pu, de toute façon. Les trois autres avaient resserré leur cercle.

« Oh ! la la ! fit Anthony. Quel dommage ! »

Sans trop savoir pourquoi, je me tournai vers lui.

Une lueur mauvaise allumait son regard. « Notre prince a décidé de mettre la barre plus haut, ce soir, figurez-vous. La femme dont la pierre sera la moins colorée se verra éliminée des Jeux. »

Seuls des siècles d'affrontement contre des adversaires mortels me permirent de dissimuler ma surprise.

Il inclina la tête. « Il est étrange qu'il n'ait pas jugé bon de vous en avertir. »

Pas étrange du tout. Ce salopard savait que je ne serais pas d'accord pour changer les règles en plein milieu des Jeux. Non que cela me surprenne de sa part. Ce qui me préoccupait, pour l'heure, c'était de savoir ce qu'il adviendrait de la fille éliminée.

Rien de bon, c'était certain.

Je produisis un effort conscient pour ne pas regarder dans la direction de Sienna lorsque je lui répondis. Je marchais sur un fil tendu. Elle devait être désirée pour demeurer dans la compétition, mais je ne pouvais pas laisser voir à Anthony, plus que je ne l'avais déjà fait, mon attirance pour elle.

Réfléchis, Dominic.

« Ça n'a rien d'étrange. Il fait ce qu'il veut et je ne retire aucun intérêt personnel de toutes ces âneries. Il le sait. Tout comme vous, Anthony. » Je reportai mon attention sur mon assiette à moitié vide, avant d'ajouter, d'un ton maussade : « J'échangerais volontiers ma place avec Timmy pour aller nettoyer les écuries, à l'heure qu'il est.

— Et pourtant vous avez assisté à la quasi-totalité des événements de cette saison.

— Pas de ma propre initiative. Parlez-en avec la duchesse, vous verrez. »

Je serrai les dents, à la fois irrité par les saillies d'Anthony et par le fait que la chanson se terminait, sans que Sienna n'ait quitté sa place à côté de la barre.

Sa pierre était plus pâle que celle des autres. Autrement dit, si rien ne se produisait, elle serait éliminée. Ne l'avais-je sauvée d'une fin potentiellement périlleuse que pour la soumettre à une autre, bien pire ?

Soudain, elle demanda que l'on joue un nouveau morceau. Sur un impérieux signe de tête de la duchesse, l'orchestre se remit à jouer.

« Plus vite », ordonna Sienna d'une voix claire. Pleine d'assurance, elle claqua des doigts. Un changement s'était opéré en elle. Elle arborait son visage de combattante et j'étais incapable d'en détourner le regard.

L'orchestre accéléra la cadence et, au lieu de se dandiner joliment comme les autres femmes, elle agrippa la barre puis, le regard plein de feu, elle opéra sa magie, faisant tournoyer son corps dans une série de mouvements complexes dignes à la fois de l'amante et de la guerrière.

À l'instar des autres hommes dans la salle, j'étais hypnotisé. Sa robe et ses cheveux flottaient autour d'elle tandis qu'elle tournoyait et grimpait plus haut, défiant la gravité.

Puis elle se retrouva à la perpendiculaire du sol. Sa robe était relevée, dévoilant ses cuisses nues et il était évident que la seule chose qui l'empêchait de s'écraser au sol était la force de ses muscles et de ses mains, l'une en dessous et l'autre au-dessus d'elle. Jusqu'à ce qu'elle retire la main du haut pour cambrer le dos… et planter ses yeux dans les miens.

Je sentis quelque chose exploser en moi. Une envie irrésistible de la prendre m'envahit. Là. Maintenant. De la plaquer contre cette barre, de soulever sa robe et de plonger en elle.

Je serrai les poings pour reprendre le contrôle de moi-même.

Et là, elle tomba.

Un cri d'effroi se propagea à travers la salle, mais, loin de s'écraser, elle se cabra et enroula son corps autour de la barre pour s'immobiliser à quelques centimètres seulement au-dessus du sol.

La tension avait envahi la pièce, j'entendis même l'explosion d'un récipient en verre ou en cristal.

Sienna reposa ses pieds au sol puis, ventre en avant et dos cambré, elle se releva en se servant de la barre pour se guider, jusqu'à se retrouver debout.

Elle n'avait plus sa pierre précieuse, dont les morceaux étaient éparpillés par terre, toutefois l'un des éclats avait dû érafler la peau délicate de sa gorge. Un filet de sang avait commencé à couler le long de sa poitrine et dans son décolleté.

La salle applaudissait désormais à tout rompre, mais elle ne me quittait pas des yeux.

Jamais encore je n'avais eu à ce point envie de quelqu'un ou de quelque chose. Je sentais l'odeur de son sang depuis mon siège.

L'alpha en moi se réveilla, le prédateur exigeait de revendiquer sa proie. Je ne me faisais pas confiance pour réussir à me retenir. Aussi, repoussant ma chaise de la table, je me levai.

« Vous partez déjà ? s'enquit Anthony avec un sourire lubrique. Le prince héritier a décrété que c'était à vous de désigner la perdante en son absence. »

Le contraire m'aurait étonné de ce salopard.

« Je vous confie la tâche », répliquai-je, non sans remercier les dieux de m'avoir fait enfiler un manteau qui cachait l'érection en train de pousser sur la fermeture de mon pantalon.

« Et la dernière fille ? demanda-t-il. Sienna ? N'est-elle pas la perdante, étant donné qu'elle n'a plus sa pierre ? »

Le silence s'était abattu sur la salle. Les femmes attendaient dans un mélange de peur et de confusion.

« La dernière femme est épargnée, répondis-je. Sa pierre était pratiquement noire avant de se briser.

— Comment pouvez-vous en être certain ? insista Anthony, sceptique. Elle tourbillonnait, tout était flou. »

Je revis Sienna sur la barre, penchée en arrière, me regardant dans les yeux. Le rouge foncé presque noir de sa pierre s'était gravé dans mon esprit.

Si j'intercédais en sa faveur maintenant, cela ne ferait que confirmer les soupçons d'Anthony, cependant je n'avais pas le choix. Au moins cela lui offrirait-il une journée supplémentaire et, à moi, le temps de trouver comment mettre de l'ordre dans cette pagaille.

« Elle est épargnée. Je vous laisse, à la duchesse et à vous, le soin de décider du sort d'une autre. » Sur quoi je sortis et gagnai l'antichambre mal éclairée qui donnait sur le couloir.

« Général ! » me lança une femme à la voix douce et délicate. L'espace d'un instant, je priai pour qu'elle appartienne à Sienna, aussi intensément que pour l'inverse.

Je tournai légèrement la tête : j'étais face à une danseuse du groupe de Sienna, celle qui l'avait fait trébucher.

Je m'immobilisai, arquai un sourcil dubitatif et la gratifiai de mon regard le plus moqueur.

Comme prévu, elle s'arrêta, de la peur plein les yeux, et son rythme cardiaque s'accéléra.

« Tu ne devrais pas être avec les autres ? grognai-je. En train de découvrir ce que le sort te réserve ? »

Elle leva le menton d'un air de défi. « Ma pierre était violet foncé. Je connais déjà mon sort.

— Je n'en serais pas si sûre, si j'étais toi. » J'avais la tête qui bouillonnait, non seulement parce que je ne voulais pas parler avec cette femme qui avait tenté d'éliminer Sienna, mais aussi parce que ma queue était si dure que je devais trouver comment me soulager d'ici une minute ou deux, sous peine de perdre la raison. « Va retrouver les autres si tu ne veux pas que je te vide de ton sang. »

Elle écarquilla les yeux. « Mais… c'est contraire aux règles !

— Je suis le foutu général de ce maudit territoire Vampire, beuglai-je. Je décide des putains de règles qui me chantent ! »

Elle détala, terrorisée. Et moi, je réfléchis à la longue marche qui me séparait de mes appartements.

Bordel de merde ! Je n'allais jamais tenir aussi longtemps. Alors je me réfugiai dans une alcôve, séparée de la salle par un rideau, et je plongeai la main dans mes hauts-de-chausses pour dégager mon sexe. Dès que je l'eus en main, je lâchai un grognement, des images de Sienna plein la tête. Sienna sur la barre de danse, sauvage et libre. Sienna chevauchant Ravage, les cheveux au vent. Je l'imaginai sur un lit, chevelure éparpillée autour d'elle, me fusillant d'un regard de défi.

Le sang affluait dans ma queue que je caressai plus fort. Je ne voulais pas de ma main, je voulais plonger tout au fond d'elle.

Dans mon imagination, elle était sur mon lit, les jambes autour de ma taille alors que j'immobilisais ses bras au-dessus de sa tête, mais elle ne me résistait pas. Ses chevilles étaient nouées derrière mon dos et je la chevauchais, un de ses tétons dans ma bouche, que je suçais.

Oh, comme je la détestais de m'obliger à la désirer si fort. Je la détestais de me rendre faible.

Elle haletait, se cambrait vers moi afin que je puisse la pénétrer plus profondément… mais je me rendis soudain compte que ce halètement provenait d'une présence à mes côtés, non d'une créature née de mon imagination.

Sienna m'observait par un petit interstice dans le rideau, le visage rougi devant le spectacle de mon membre dur.

Une kyrielle d'options s'offrait à moi. Je devais m'interrompre. Je devais la renvoyer.

Je devais l'attraper et la baiser ici et maintenant, histoire de me la sortir de l'esprit une bonne fois pour toutes.

Cependant, malgré ce que j'avais affirmé à la petite garce brune, je n'étais pas du genre à enfreindre les règles. Ma vie était liée à elles.

Je fermai donc les yeux, accélérai mes caresses et laissai mon imagination régner en maîtresse. Elle était peut-être là, à regarder, mais dans mon esprit, je la forçais à s'agenouiller pour qu'elle me prenne entre ses lèvres.

Ça ne serait pas une infraction aux règles, si ? Si, je le savais pertinemment.

Ouvrant les yeux, je laissai mon regard se poser sur ses seins, sur le filet de sang. J'imaginai ma langue sur sa poitrine, en train de le laper et, au bout du compte, ce fut cette image qui me fit basculer : imaginer mes crocs dans son cou, me permettant de boire son sang pendant que j'explosais en elle.

Je jouis violemment, plié en deux sur un grognement. Mon bras libre appuyé contre le mur, je souillai ma chemise. Je m'accordai quelques secondes pour récupérer, puis je me redressai : à ma grande surprise, elle était toujours là, les yeux écarquillés par la peur mais aussi par la faim.

Putain de merde !

Cela n'augurait rien de bon pour nous deux. Elle était censée me détester. Sa vie en dépendait.

Je refermai mon pantalon puis m'approchai lentement d'elle, l'obligeant à reculer jusqu'à l'épais cadre de la porte.

Je poussai un juron lorsque je sentis que sa respiration haletante me faisait de nouveau durcir.

Alors que je songeais à la terroriser assez pour qu'elle prenne ses jambes à son cou, mon regard tomba sur le filet de sang et, soudain, il me le fallut. Absolument.

Baissant la tête sous son menton, je passai la langue dans le creux de sa gorge.

Elle gémit, mais je n'entendais presque rien, en proie au vertige croissant provoqué par la puissance de ce sang.

Sienna était censée être une humaine. Qu'est-ce que c'était que ça ?

Elle ravala un souffle et sa poitrine se souleva frénétiquement, si bien que je me retrouvai une nouvelle fois à deux doigts de perdre la raison.

Il fallait que je la goûte encore. Je repassai ma langue sur le trajet du filet de sang, pour m'arrêter au bord de son décolleté. Après quoi je relevai la tête, presque ivre de l'essence de ce sang.

Qu'est-ce que c'était que cet horrible sortilège ?

« Fiche le camp, grognai-je, en m'efforçant de ne pas me perdre dans l'or vert de ses yeux. Dégage et ne reviens pas. »

Elle entrouvrit les lèvres, mais ne répondit rien, se contentant de me regarder, comme hypnotisée.

« Très bien. Si tu restes plantée là, c'est moi qui m'en vais », grondai-je, les poings serrés pour m'empêcher de la toucher.

Mais tout en m'éloignant, je ne pus me débarrasser de la terrible impression que, où que j'aille, cette femme causerait ma perte.

18
Sienna

Dominic s'éloigna d'un pas raide, mais je demeurai figée, le dos contre le chambranle de la porte. L'esprit en ébullition. Que venait-il de se passer ? Pourquoi étais-je restée là à regarder ? Pourquoi l'avais-je laissé lécher le sang sur ma peau ?

Parce que ça ne faisait aucun doute : je l'avais laissé faire.

Qu'est-ce que tu fous, bon sang ?

Tout me paraissait excessif. La salle était trop chaude. Trop froide. Trop exiguë. J'avais la poitrine comprimée et du mal à respirer.

Une image de Holly, le visage terrifié alors que deux gardes la faisaient sortir après que le comte avait annoncé qu'elle allait être éliminée, s'imposa à moi. Mais ça avait été l'horreur dans les yeux de la duchesse qui m'avait fait comprendre à quel point Holly était dans le pétrin. Je l'avais suppliée de me laisser utiliser la faveur que j'avais gagnée, mais elle m'avait rappelé que cet avantage ne pouvait être utilisé qu'à mon propre profit.

Je devais ficher le camp d'ici, trouver un moyen de m'échapper. Et découvrir où ils emmenaient Holly, pour voir si je pouvais la sauver. Bien sûr, elle n'avait pas été spécialement gentille avec moi en aidant les autres à m'exclure du cercle, mais elle n'en était pas moins un être humain et, dans ce nid de vipères, nous devions nous serrer les coudes.

« Vous voilà », chuchota Bee à côté de moi. Je tressaillis. « Je vous ai cherchée partout ! J'ai entendu dire que votre pendentif avait explosé et que vous aviez été coupée. » Son regard se posa sur ma poitrine.

« C'est sans importance, répliquai-je. Qu'est-ce qui va arriver à Holly ? Pourquoi ne m'as-tu pas prévenue qu'ils allaient éliminer l'une de nous ?

— Je l'ignorais, répliqua-t-elle en fronçant les sourcils. Je pense que c'est le moyen qu'a trouvé Edmund pour se venger de la duchesse, après qu'elle l'a traité comme elle l'a fait.

— Donc tu ne sais pas où ils l'ont emmenée ? »

Elle secoua la tête. « Non, mademoiselle. » Elle marqua une pause avant d'ajouter : « Mais qui sait ? Il y a une chance qu'ils l'intègrent au personnel. C'est ce qui m'est arrivé. »

Je lui jetai un regard dur. « Attends. Tu es en train de me dire que tu as participé à ces stupides Jeux de la moisson ?

— Oui. » Elle piqua un fard et baissa les yeux. « Il y a cinq ans. »

Je brûlais de lui demander d'autres détails, mais je devais me consacrer à Holly avant qu'il ne soit trop tard. Après avoir été témoin de la fureur d'Edmund contre la duchesse cet après-midi, puis de la terreur dans ses yeux un peu plus tôt, j'étais la proie d'un terrible pressentiment. S'il suffisait qu'une fille échoue à émoustiller suffisamment ces hommes, j'étais prête à parier qu'au moins les trois quarts d'entre nous choisiraient cette option plutôt que de devenir le jouet sexuel ou le repas d'un vampire. Edmund devait bien se douter que faire d'elle une servante maintenant déclencherait une réaction en chaîne et qu'il perdrait la moitié de ses participantes en l'espace d'une semaine.

Non, Holly ne serait pas intégrée à la domesticité.

Edmund allait la faire tuer.

Conclusion dont je fis part à Bee, qui opina lentement du chef.

« Oui, mais ils pourraient aussi l'envoyer travailler dans un autre château ou auprès d'une autre famille noble du royaume. Et aucune d'entre nous n'en serait avertie. »

Ça ne me paraissait toujours pas dans le style d'Edmund, mais je ne pouvais écarter la possibilité sans l'avoir au moins vérifiée. « En supposant que ce soit bien le plan, où l'auraient-ils emmenée maintenant qu'ils l'ont retirée de la compétition ? »

Bee fronça les sourcils. « Ils se sont peut-être contentés de la déplacer dans les quartiers des serviteurs. Ou bien ils pourraient décider de la garder enfermée jusqu'à l'aube, où elle pourra être envoyée dans sa nouvelle maison. Mais peu importe où elle est, Sienna. Vous ne devez pas vous en mêler.

— Si tu ne me dis pas où ils pourraient la garder, je vais trouver quelqu'un d'autre qui le fera. »

Elle grimaça. Son conflit intérieur se refléta d'abord dans ses yeux, puis ses épaules s'affaissèrent. « Puisque cela vient de se produire, il est possible qu'elle se trouve encore dans le bureau de Mme McConnell. C'est elle qui est en charge du personnel. C'est donc elle qui va se mettre en quête d'une famille ayant besoin d'une domestique.

— Où se trouve son bureau ?

— À côté des cuisines », répondit-elle avant de s'empresser d'ajouter : « Mais vous ne pouvez pas vous y présenter comme ça et exiger de savoir ce qui est arrivé à Holly !

— Je ne ferais jamais ça. Je vais juste espionner un peu. » Sur ce, je me dirigeai vers la porte du couloir.

« Sienna ! chuchota Bee – assez bruyamment tout de même – en m'emboîtant le pas. C'est une très mauvaise idée. La duchesse a dit à toutes les filles de regagner directement leur chambre. C'est l'une des raisons pour lesquelles je voulais absolument mettre la main sur vous. »

Je m'arrêtai et me tournai vers elle. « Quelles étaient les autres raisons ? »

Elle me fusilla du regard. « Je m'inquiétais pour vous. J'avais entendu dire que vous aviez saigné. J'aurais probablement dû vous laisser vous vider de votre sang, vu tous les problèmes que vous êtes déterminée à causer », ajouta-t-elle avec un petit reniflement.

Je l'attirai à moi pour la serrer aussi impulsivement que brièvement dans mes bras. « Merci de te soucier de moi, mon amie. » Je la relâchai et reculai d'un pas. « Mais il n'y a aucune raison de rester à traîner par ici. Pourquoi tu ne retournerais pas dans la chambre, afin de me couvrir s'ils décidaient de les inspecter. »

Elle me jeta un nouveau regard plein de dureté. « Non. Vous ne savez même pas où vous devez aller.

— Bee, je ne veux pas t'attirer d'ennuis.

— On dirait l'inverse, pourtant, marmonna-t-elle en m'attrapant énergiquement le bras. Par ici. On va prendre le couloir des domestiques.

— Le quoi ?

— Vous ne voyez pas les majordomes et les servantes se balader dans les couloirs principaux avec des assiettes de victuailles, n'est-ce pas ?

— Maintenant que tu le dis... »

Je ne voyais pas grand-chose ici de ce à quoi que je me serais attendue, en fait. Comme des enfants ou des chauves-souris. Je m'étais bel et bien attendue à voir des chauves-souris.

Je la laissai me guider dans un long couloir sombre, percé à l'occasion de portes où figuraient des écriteaux indiquant « Salle de banquet Porte Ouest » ou « Salle de musique 1 ». Le couloir tourna et, après le coin, apparut une porte qui menait à un escalier. Bee me fit descendre d'un étage, dans les entrailles du château. Je me demandai brièvement si elle n'était pas une espionne pour le compte d'Anthony, qui me conduisait dans un donjon où je serais torturée et assassinée. Mais elle déboucha bientôt dans une vaste salle chauffée par de multiples cheminées et tendue d'un nombre encore plus important de cordes à linge, où pendaient toutes sortes de draps et autres vêtements.

« Arrangeons-nous pour que vous vous fondiez dans la masse », dit-elle, farfouillant déjà parmi les habits. Quelques secondes plus tard, elle retirait d'une corde une robe marron toute simple. « Celle-ci fera l'affaire. Venez vous mettre près du feu, que je vous enlève ça. »

Elle dénoua rapidement les lacets du corset et je laissai la robe jaune et blanc tomber à mes pieds. Je ne portais plus que mes sous-vêtements de dentelle. Elle me passa alors la nouvelle robe par-dessus la tête, me laissant enfiler moi-même les bras dans les manches.

« Il reste le problème de vos cheveux », constata-t-elle pendant que je refermais rapidement les boutonnières de devant. Elle en arracha les fleurs et les jeta au feu, puis rassembla ma chevelure en une queue-de-cheval basse, avant d'en faire un chignon qu'elle fixa à l'aide de l'épingle enfouie dedans.

Fronçant les sourcils, elle me jaugea du regard et me lança : « Vous êtes encore trop belle, avec votre maquillage, alors si nous croisons quelqu'un, baissez la tête.

— D'accord.

— D'autant que vous ne portez pas de chaussures…

— On n'a pas le temps pour ça, protestai-je en l'arrêtant d'un geste énergique de la main.

— Essayez de rester dans l'ombre et peut-être que personne ne le remarquera. »

J'acquiesçai, plus déterminée que jamais à découvrir ce qui était arrivé à Holly et, si elle était en danger, à trouver un moyen de l'aider.

Bee ramassa ma robe abandonnée et la serra sur sa poitrine, puis elle me prit la main pour m'entraîner dans le couloir. La pièce voisine paraissant être la partie lavage de la blanchisserie, elle jeta la robe dans un grand chariot à linge, puis repartit vers le couloir qui s'enfonçait de plus en plus dans l'obscurité, jusqu'à ce que nous débouchions sur une autre volée de marches. Une fois au sommet, nous nous retrouvâmes face à une porte fermée. Bee jeta un coup d'œil par un interstice. Apparemment satisfaite, elle poussa le battant pour se faufiler dans l'ouverture, puis me fit signe de la rejoindre.

J'eus la surprise de constater que nous nous trouvions dans la cuisine, vide à l'exception de deux femmes, l'une occupée à pétrir de la pâte, l'autre assise dans un fauteuil à bascule, en train de tricoter devant l'une des innombrables cheminées. Ni l'une ni l'autre ne leva les yeux à notre arrivée.

Bee me conduisit vers la porte arrière que j'avais empruntée pour me rendre aux écuries, sauf qu'elle tourna sur la gauche, dans un couloir étroit qui courait le long du mur extérieur. Arrivée devant une porte fermée, elle se tourna vers moi.

« Il n'y a personne. Le bureau de Mme McConnell est fermé à clef. Elle serait encore en train de lui lire les règles si Holly avait été amenée ici.

— Donc où est-ce qu'on va ? »

Elle parut réfléchir un instant, mais un hurlement transperça la nuit, quelque part à l'extérieur. Un cri inhumain qui me fit froid dans le dos. Lorsqu'un deuxième retentit, je croisai le regard de Bee.

« Est-ce que c'était ce que je pense ? » demandai-je avec l'impression que des doigts glacés par la peur se refermaient sur ma gorge.

Bee avait toujours l'air horrifié quand elle murmura : « Les Chasseurs. Ils ont dû l'emmener là-bas. »

Je voulus courir vers la porte de derrière.

Bee m'attrapa par le bras, celui couvert d'égratignures, et le tint serré, malgré mon cri de douleur. « Vous ne pouvez pas aller là-bas. Ils vous tueront vous aussi. »

Je dégageai mon bras pour continuer à avancer. Au fond de moi, je savais que si ces sons avaient quelque chose à voir avec Holly, il était probablement trop tard, mais je devais quand même en avoir le cœur net, voir de mes propres yeux le sort qui me serait réservé si j'échouais.

Bee ralentit et finit par s'arrêter lorsque nous atteignîmes une porte en bois.

« Par là, nous pourrions sortir du château, m'indiqua-t-elle. Mais alors nous serions enfermées dehors.

— Tu n'es pas obligée de faire ça, lui dis-je. Reste ici et ouvre-moi quand je reviendrai. »

Elle secoua la tête, puis se mit à regarder autour d'elle par terre. Ayant ramassé un caillou de la taille d'un pamplemousse, elle se retourna vers moi. « Je viens avec vous. »

Je crus qu'elle avait l'intention de s'en servir comme d'une arme, au lieu de quoi, sitôt franchie la porte en bois, elle se retourna et plaça la pierre entre la porte et son cadre.

« Peu de gens utilisent cette porte, autrement dit personne ne la déplacera.

— Et dans le cas contraire ? demandai-je.

— Nous devrons probablement passer la nuit dans la forêt, car je ne sais pas comment nous parviendrons à expliquer ce que nous faisions ici après le coucher du soleil. » Sur quoi, elle me jeta un regard suppliant. « On ne devrait pas faire ça. »

Elle n'avait pas tort. Les sons, en provenance d'un bosquet au sud du château, s'étaient calmés.

Mais qu'était-il advenu de Holly ?

Je ne supportais pas de rester dans l'ignorance. Et pas seulement pour la jeune femme elle-même, mais aussi pour moi… pour nous toutes.

Je devais continuer.

« Reste ici. »

Lui tournant le dos, je me collai contre le mur du château pour éviter d'être repérée par les gardes au-dessus de nous. Je piquai un sprint, sans faire de bruit – merci mes pieds nus. Quand j'atteignis le coin du mur, je vis plusieurs soldats sortir des arbres et se diriger vers le portail du château. Au lieu d'avoir des douves, le château était entouré de tous côtés d'environ un mètre cinquante de terrain plat et dégagé. Si cela permettait de mieux voir approcher l'ennemi, je soupçonnai que ça nous rendait aussi faciles à découvrir.

« Comment comptez-vous passer inaperçue devant les gardes ? » chuchota Bee dans mon dos.

Je grimaçai au son de sa voix, regrettant qu'elle soit là. Regrettant d'avoir besoin d'elle. Mais le fait était que je n'avais pas la moindre idée de la manière de m'y prendre pour passer les gardes.

« La duchesse a dit que nous étions autorisées à nous promener librement sur le domaine… »

Bee ricana. « Pas une fois la nuit tombée, et vous le savez. Par ailleurs, ces règles ne s'appliquent pas à tout le monde de la même manière. Le prince héritier et ses laquais peuvent faire à peu près tout et n'importe quoi sans être inquiétés. »

Notamment commettre des meurtres. Elle ne l'avait pas précisé, parce que c'était inutile.

« Je connais le garde qui surveille cette tour, reprit-elle à contrecœur. Il est sans doute en train de dormir pendant son travail. »

Je lui adressai un sourire triste. J'étais reconnaissante de son aide, mais terrifiée à l'idée de la conduire à sa mort.

« Tu es donc en train de me dire qu'on pourrait gagner les arbres sans que personne ne nous repère ?

— Une fois que les soldats seront tous à l'intérieur et qu'ils auront fermé la porte.

— Et s'il nous repère ? demandai-je, le ventre noué.

— Je lui raconterai que j'emmène ma nouvelle apprentie chercher des herbes à floraison nocturne, à l'intention d'une maîtresse exigeante. Et que j'en référerai à la duchesse s'il me fait obstacle.

— Et s'il va la questionner lui-même ? »

Elle ricana de nouveau. « Il n'en fera rien. La plupart des hommes sont terrifiés par elle. » Elle jeta un coup d'œil au coin. « Ils ont fermé les portes. Allons-y. »

S'éloignant du mur, elle se dirigea tout droit vers les bois, et je n'eus d'autre choix que de lui emboîter le pas. Nous avions parcouru environ cinq mètres quand un homme au-dessus de nous cria : « Qui va là ? »

Bee se retourna et leva les yeux. « Nathan ? C'est toi ?

— Bethany ? répliqua l'homme, étonné. Qu'est-ce que tu fais là aussi tard ? »

Elle lui servit son histoire, agrémentée d'une fable sur le caractère encore plus autoritaire de sa maîtresse quand elle était souffrante et sur son besoin de quelque chose pour soulager son estomac.

Nathan la considéra attentivement pendant un bon moment, puis acquiesça. « C'est bon, vas-y. Mais tiens-toi à l'écart de la clairière sud. On dirait que les Chasseurs sont remontés, ce soir.

— Merci pour l'avertissement », dit Bee avant de se retourner pour nous guider vers les arbres.

On passa les quelques minutes qui suivirent à nous faufiler dans la forêt étrangement silencieuse. Les insectes, les grenouilles et les hiboux avaient tous interrompu leurs chants, sans doute en signe de respect à l'égard des bruits à vous glacer le sang qui nous provenaient des Chasseurs au loin. À mesure que Bee nous faisait pénétrer de plus en plus profondément dans le bois, les grognements des créatures devenaient plus sonores.

Au-dessus de la ligne des arbres apparut bientôt une imposante structure de pierre, éclairée de derrière par la lueur de la lune.

« La Volière, murmura Bee, la voix pleine d'effroi. C'est là qu'ils les gardent. »

La masse des arbres laissa la place à une clairière. On s'arrêta net. Trois grands poteaux d'acier étaient plantés dans le sol. Trois créatures se déployaient autour, d'environ six mètres de long. D'épaisses chaînes attachées autour de leur cou par des colliers de cuir les liaient aux poteaux. Les créatures étaient entièrement noires, maigres mais musclées et couvertes d'une peau semblable à du cuir. Elles évoquaient le croisement d'un lézard avec un dragon tiré d'un roman de Tolkien, depuis leur grosse tête et leurs grands yeux globuleux jusqu'à leurs ailes repliées dans le dos et leur longue queue.

Les paumes moites, je les observai avec un mélange de stupeur et d'effroi.

« Les Chasseurs », m'expliqua Bee qui tremblait de peur.

S'ils avaient été agités un peu plus tôt, ils semblaient plutôt calmes à présent. Même si le plus proche de nous avait légèrement levé la tête et paraissait humer l'air.

« Ils font quoi, les vampires, avec eux ? croassai-je.

— Le roi Stirling les a créés il y a plus de mille ans, à des fins de protection et de combat. Le sang de toutes les créatures surnaturelles coule dans leurs veines. Leur pouvoir est sans égal.

— Ces… choses ont 1 000 ans ? m'enquis-je, incrédule.

— Non, pas elles, leur espèce. Elles ne sont pas immortelles et ne sont jamais plus d'une douzaine à vivre en même temps. J'ai entendu des rumeurs selon lesquelles leur population est contrôlée, parce que certaines défient les alphas et leur domination, ce qui donne des combats à mort. Elles pondent des œufs, mais depuis la chute du Voile, je me suis laissé dire qu'elles pondaient moins et que la plupart des œufs refusaient d'éclore. »

Je me retournai vers elle. « Et les vampires établissent un lien avec la chute du Voile ?

— C'est une supposition. Il y a eu d'autres événements étranges depuis, ajouta-t-elle. Le roi Stirling ne va pas bien. Son déclin est lent, mais j'ai entendu le prince Will dire qu'il le pensait en train de mourir. »

Mes lèvres s'entrouvrirent en un « o » de surprise. « Les vampires peuvent mourir sans être tués ?

— Non, confirma-t-elle. C'est bien là le problème. N'empêche qu'il continue à être de plus en plus malade. La duchesse est dans tous ses états… » Elle laissa sa phrase en suspens, puis : « En tout cas, il y a des années, ou du moins c'est ce qu'on dit, il y en avait des centaines et les soldats les montaient pour partir au combat. Mais aujourd'hui, ces créatures sont bien trop lunatiques pour qu'on les approche, sans même parler de les chevaucher.

— Mais alors, pourquoi ces trois-là sont-elles ici, maintenant ?

— Pour alerter les gardes de la présence d'envahisseurs venus du Sud, je suppose.

— Ils redoutent une invasion ? demandai-je, stupéfiée.

— Ce n'est jamais à exclure, répondit-elle en haussant les épaules. Les choses ne sont pas au beau fixe entre les vampires et les loups. »

Je fronçai les sourcils. Si les Chasseurs faisaient office de simples chiens de garde, pourquoi des soldats n'avaient-ils pas déboulé en force lorsqu'ils avaient commencé à glapir et à hurler ?

Une seule réponse me vint à l'esprit et elle me remplit d'horreur.

Bee poussa un petit cri en se couvrant la bouche d'une main pour me désigner un Chasseur de l'autre. Là, sur le côté, se trouvait une chaussure. Prise de nausée, je fis un pas de plus en reconnaissant la ballerine couleur chair ornée de cristaux dessinant une feuille de houx.

Je l'avais vue au pied de Holly pendant qu'elle dansait autour du mât. Sauf qu'à présent, elle était en partie mâchonnée et couverte de sang.

« C'est celle de Holly, lâcha Bee d'une voix étranglée en me rejoignant. Oh, mes dieux ! C'est sa chaussure. »

Nous avions toute l'attention des Chasseurs, désormais. Le plus éloigné de nous s'était hissé sur ses pattes et avait levé la tête pour renifler l'air.

« Ils l'ont donnée à manger à ces monstres ? » demandai-je. La colère avait pris le pas sur l'horreur.

Les deux autres créatures s'étaient levées, elles aussi, et toutes trois nous observaient attentivement derrière leurs paupières mi-closes.

« Sans doute », convint Bee à travers ses larmes. Le gémissement qui lui échappa m'obligea à lui plaquer une main sur la bouche. Trop tard, cependant : les trois Chasseurs s'étaient mis en mouvement, leurs ailes toujours bien repliées dans le dos. Leurs queues traînaient sur le sol derrière eux lorsqu'ils firent, à l'unisson, un pas vers nous. L'un d'eux poussa un grognement sourd, révélant une rangée supérieure de dents pointues visiblement dangereuses.

Pour mieux te déchiqueter, ma chère, lança une voix dans un coin de mon crâne.

Les chaînes à leur cou semblaient suffisamment solides pour les retenir, mais je ne tenais pas à tenter ma chance.

« Bee, recule d'un pas… lentement… histoire de ne pas les énerver plus qu'on ne l'a déjà fait. »

Elle suivit mes instructions, mais trébucha sur quelque chose et s'étala de tout son long à côté de moi.

Le Chasseur le plus proche réagit aussitôt. Déployant des ailes d'une dizaine de mètres d'envergure, il rugit en bondissant vers Bee.

Je réalisai alors que nous avions sous-estimé la longueur de la chaîne.

Bee se révélait être à portée de mâchoires.

J'attrapai mon épingle à cheveux, sans me laisser arrêter par la considération qu'une fine épingle de métal de quinze centimètres ne faisait pas le poids face à un monstre de cette taille. Au lieu de quoi, je sautai au-devant de Bee et poussai un cri de guerre, espérant qu'il suffirait à surprendre le monstre et à nous donner une chance de nous échapper.

À mon grand étonnement, la bête s'immobilisa, puis baissa lentement le cou, jusqu'à ce que son museau ne se trouve plus qu'à trente centimètres de mon visage. À voir comme la chaîne pendait à son cou, il était clair que je ne me trouvais pas à une distance de sécurité adéquate.

Le Chasseur leva la tête vers le ciel et rugit. La puissance de son cri fit trembler le sol sous mes pieds. Après quoi, il baissa de nouveau la tête vers moi, sa gueule face à mon visage, tandis que ses ailes se déployaient démesurément.

« Recule ! » hurlai-je.

La bête grogna, puis expulsa une grande bouffée d'air puant la viande avariée. La force de ce souffle faillit me faire tomber à la renverse, mais je tins bon, devinant instinctivement que si je tournais le dos à la créature, je me transformerais en nourriture pour Chasseurs.

Le monstre fit claquer ses mâchoires à trois reprises, puis renversa la tête en arrière et rugit de nouveau alors que je me hâtais de m'éloigner, entraînant Bee avec moi pour nous mettre hors de sa portée.

Le Chasseur grogna et chercha encore à s'approcher, mais sa laisse l'arrêta de justesse. Grinçant des dents, il grogna.

« Qu'est-ce qui vient de se passer ? demanda Bee d'une voix tremblante.

— Je ne sais pas. » J'étais moi-même terrifiée, mais je n'allais pas m'interroger plus avant.

Nous étions en vie, c'était tout ce qui comptait.

On se remit en marche d'un pas vif vers le palais, jusqu'aux arbres, où, tacitement, on piqua un sprint. Pour ne nous arrêter qu'au bout d'une centaine de mètres, et encore, seulement parce que Bee m'attrapa le bras et tira brusquement dessus.

Elle haletait et frissonnait tout à la fois. Les joues pâles, elle me considérait, bouche ouverte. « Sérieusement, Sienna, qu'est-ce qui s'est passé là-bas, bon sang ? »

Tout en la dévisageant, impuissante, je m'efforçai de calmer les battements de mon cœur.

« Comment se fait-il qu'on soit encore en vie ?

— Je ne sais pas, réussis-je à répondre. Peut-être qu'il n'avait pas faim ? » J'humectai mes lèvres desséchées.

Ils venaient juste de se remplir la panse, après tout…

« Il faut qu'on fiche le camp d'ici, Bee, insistai-je, tremblant toujours. On ne devrait pas retourner au château. On peut tenter notre chance, essayer de s'enfuir, de gagner le territoire voisin. Il y a un bateau…

— Non ! s'écria-t-elle en secouant furieusement la tête, le visage maculé de terre et de larmes. Par miracle nous venons d'échapper à la mort, Sienna. Il ne nous en sera pas accordé d'autres. Il va falloir que vous vous donniez le temps d'élaborer un véritable plan, doté d'une véritable chance de réussir, sans quoi autant retourner là-bas maintenant pour que le monstre vous mette en charpie. Prenez le temps nécessaire. » Son visage était sérieux, son ton suppliant.

Au fond de moi, je savais qu'elle avait raison. Mais comment pourrais-je continuer à faire semblant que tout allait bien ? À flirter, danser et rire ? Avais-je le talent d'actrice requis ?

Il le fallait pour Jordan, si je voulais nous sortir d'ici.

La seule idée d'affronter Anthony ou le prince héritier me retournait l'estomac.

Et puis, regarder Dominic en face après l'avoir vu se caresser ? Le désirer malgré tout ce qui se passait autour ?

Bee attrapa mes avant-bras et me secoua pour me tirer de mes pensées torturées. « Promettez-moi que vous allez redoubler d'efforts dans la compétition. Promettez-le-moi ou je ne vous aiderai plus jamais pour quoi que ce soit !

— J'en fais, des efforts ! rétorquai-je, l'esprit en ébullition. Bee, j'en fais. »

Dominic s'intéressait encore à moi, manifestement. Ce sentiment était peut-être mêlé d'une bonne dose d'irritation, mais impossible de nier qu'il se passait quelque chose de puissant entre nous, lorsque nous étions ensemble.

Peut-être que j'avais rêvé de lui non pas parce qu'il serait la cause de ma destruction, mais, d'une manière ou d'une autre, mon échappatoire, mon moyen de sortir d'ici ?

Si je voulais survivre assez longtemps pour échapper à ce cauchemar et trouver Jordan, j'avais besoin de protection.

Et qui mieux que le général de l'armée du prince héritier pour me la fournir ? me rappelai-je gravement.

Je lançai à Bee un autre regard plein de ténèbres, alors qu'une détermination renouvelée s'installait en moi.

Il n'y avait pas de retour en arrière possible, même si je n'aurais pas demandé mieux.

Maintenant que les Jeux venaient de prendre une tournure plus sinistre, je comprenais que mes projets devaient être avancés. Que cela me plaise ou non.

19
Dominic

Je me pinçai l'arête du nez entre le pouce et l'index, sentant ma tête commencer à m'élancer. La nuit avait été longue et sans repos. Entre les pensées érotiques d'une danse avec une sorcière dont le goût s'apparentait au nectar des dieux et le stress lié à mes interrogations sur ce que mon diabolique de frère mijotait, je n'avais pas fermé l'œil. Notre race n'avait pas besoin de beaucoup de sommeil, mais la nuit où j'avais sombré dans une stupeur éthylique mise à part, je n'avais pas enchaîné plus de trente minutes de sommeil depuis le début des Jeux.

« On ne peut pas l'autoriser à n'en faire qu'à sa tête, sans contrôle, poursuivait la duchesse. Mes dieux, mon frère, c'est déjà un processus assez barbare sans qu'on permette à un homme-enfant irascible de le rendre encore plus horrible. »

Ses paroles résonnèrent dans le bureau royal, où elles demeurèrent en suspens pendant de longues minutes de silence.

Je devais bien l'admettre, elle m'impressionnait. Lorsqu'elle avait convoqué cette réunion entre nous trois, je m'étais demandé ce qu'elle allait bien pouvoir lui dire. Edmund était un sujet délicat à aborder avec le roi et elle et moi étions convenus tacitement de procéder avec doigté et légèreté.

Apparemment, son attaque injustifiée sur Will, ses actes et l'élimination d'une de ses filles étaient les gouttes d'eau qui faisaient déborder le vase. Du coup, oubliée la diplomatie, il ne restait plus que de la fureur dans son sillage.

Ce n'était pas pour rien que tous les hommes la redoutaient.

« Les Jeux sont une tradition, Evangeline », objecta le roi Stirling d'une voix rauque. Il se déplaça maladroitement sur son siège, sans regarder sa sœur dans les yeux.

J'écrasai le sentiment de pitié qui tentait de pointer le bout de son nez quand je le regardais. Il avait vieilli de dix ans depuis la dernière fois où je l'avais vu, un mois plus tôt. Âgé de 1 000 ans au bas mot, il était le plus vieux de notre race de plusieurs siècles et l'un des derniers originels qui restaient, pourtant il avait toujours l'apparence d'un quinquagénaire. Seulement à présent, c'était celle d'un quinquagénaire souffreteux. Son déclin avait débuté lorsque le Voile s'était levé, il y avait quinze ans de cela et, jusqu'à présent, personne n'avait été capable de déterminer pourquoi, ni comment l'arrêter. On aurait presque dit que l'ancien sortilège qui ralentissait le processus de vieillissement de notre espèce avait commencé à défaillir. Je ne doutais pas qu'il vivrait encore des années, mais la détérioration était très rapide par rapport à nos standards et j'en étais venu à me demander si elle nous rattraperait tous, dans l'éventualité où nous ne serions pas capables de remettre le Voile en place.

Hélas, même en ayant mis nos plus grands esprits au service de cette tâche et malgré des prises de contact, par-delà les ponts et les mers, avec d'autres espèces surnaturelles – nos ennemis y compris –, nous n'avions pas plus progressé vers une forme de réponse que le jour où l'événement s'était produit. D'autres créatures subissaient également des changements. Les fae avaient vu naître des enfants difformes et hideux, pourtant issus des lignées les plus pures, les loups-garous avaient vu une folie se propager parmi les meutes qui se perdaient alors dans leur côté animal, et il ne s'agissait encore que des problèmes que nous avions pu cerner. Aucune race n'avait été épargnée. Même nos Chasseurs souffraient, pourtant nés de l'ingéniosité de mon père et de son désir de protéger notre race de ceux qui cherchaient à la détruire.

Les œufs pondus refusaient d'éclore.

En tombant, le Voile nous avait peut-être donné davantage de libertés, mais les pouvoirs par lesquels il protégeait notre monde s'étaient dorénavant retournés contre nous tous.

« C'est une tradition qui doit s'éteindre, mon frère », déclara la duchesse avec une fougue qui attira de nouveau mon attention. Elle se leva brusquement et se mit à déambuler dans le froufrou de ses jupes qui balayaient le parquet. « Elle a été conçue comme une punition… Un retour de bâton bien mérité pour ces barbares qui craignaient et pourchassaient tout ce qu'ils ne comprenaient pas. Avec notre évolution, ainsi que celle de la pensée et de la tolérance humaines, nous pouvons y mettre un terme, non ? »

Stirling fronça ses sourcils gris et se pencha sur le bureau en acajou devant lui. « Avec tous les conflits qui secouent notre monde en ce moment, nous avons besoin de cette pause pour le moral et l'unité. Et vous savez que sans cela, nous courons le risque de voir les hommes quitter eux-mêmes le continent et causer des ravages parmi les humains qui y vivent. Les Jeux sont un mal nécessaire pour apaiser certaines des pulsions les plus basses de nos hommes. En outre, si nous mettons un terme aux Jeux, quelle sera l'évolution exigée de nous ensuite, Evangeline ? Que nous cessions complètement de nous nourrir de sang humain ? Que nous nous tapissions dans l'ombre, pour manger des rats et de la vermine comme nous avons été forcés de le faire il y a des siècles ? »

La duchesse baissa les paupières tandis qu'elle ralentissait et s'immobilisait. « Je ne sais pas, mon frère. En vérité, je n'ai pas toutes les réponses. Je sais simplement qu'amener ces filles ici et les forcer à faire ça, ce n'est pas bien. Cela ne l'a jamais été. Et le comportement de votre fils...

— Le comportement de votre *prince*, rectifia Stirling, d'une voix plus forte, tout en se redressant sur son siège. Il est le premier né de mes fils, ne l'oubliez jamais. »

Je priai silencieusement la duchesse de ne pas insister, en espérant qu'elle se rendait compte à quel point elle était proche du précipice...

Si mon père ne possédait pas la cruauté innée d'Edmund, il n'était pas non plus un homme à traiter à la légère. Il était à la fois fier et têtu, et secrètement furieux de se sentir faible et inefficace maintenant que son corps lui faisait défaut. Une combinaison dangereuse.

« Oui, Votre Majesté, bien sûr, répondit-elle, ayant parfaitement déchiffré son humeur. Et c'est aussi mon neveu. Sa parole fait loi tant que vous n'en décidez pas autrement. Toutefois je vous implore d'envisager de prendre le contrôle des Jeux pour le reste du mois. Ou de permettre à Will de le faire. Il est prince, lui aussi, et tout aussi capable. Car Edmund est clairement distrait par ses devoirs et la noble tâche d'essayer de rétablir le Voile. On ne peut assurément pas attendre de lui qu'il se soucie des Jeux en cette période de crise imminente. »

Stirling s'appuya contre le dossier de son fauteuil avec un lourd soupir. Il passa une main dans ses longues mèches grisonnantes.

« William n'est pas le premier dans la ligne de succession au trône. Edmund si. Et il ne verrait pas d'un bon œil que je m'immisce dans cette affaire insignifiante. À raison, d'ailleurs. C'est sans importance dans l'ordre des choses et, si je ne lui fais pas confiance pour gérer une broutille pareille, qu'est-ce que cela dit de la confiance plus globale que je lui accorde ? » Il secoua la tête, maussade. « Je suis désolé que nous soyons en désaccord, ma sœur, mais je refuse de créer des tensions entre mes fils au sujet de ces humaines. Je sais que vous vous autorisez à vous attacher à certaines d'entre elles, par moments, mais le risque d'une telle décision de ma part, sur le plan politique, n'est pas de ceux que je suis prêt à courir. »

Je détestais l'admettre, mais j'étais d'accord avec lui, à un certain niveau. Après ce qu'il avait infligé à Will la veille, dans l'arène d'entraînement, il était clair que la laisse qui maintenait Edmund à l'écart de notre benjamin était en train de s'effilocher. Hâter ce processus pourrait avoir des conséquences désastreuses.

« Alors que suggérez-vous, Votre Altesse ? demanda la duchesse en écartant les mains, presque suppliante. Les filles vont commencer à paniquer si elles apprennent que celle qui a été éliminée a été donnée en pâture aux Chasseurs. »

Je fermai les yeux. Une partie de moi avait deviné que tel serait le destin de la fille. Edmund était fou furieux que la duchesse l'ait mis dans l'embarras. Ça ne lui aurait pas ressemblé d'opter pour un châtiment moins affreux. Une petite partie de moi avait cependant gardé l'espoir qu'il choisisse la diplomatie plutôt que l'orgueil et se contente d'une forme de représailles moins épouvantable.

Il ne l'avait pas fait et, à présent, le combat était lancé. Je le voyais dans les traits de la duchesse. Edmund était allé trop loin, cette fois. Les choses ne feraient désormais que s'envenimer entre eux. Je n'allais pas tarder à être obligé de choisir mon camp.

J'aimais ma tante. Elle était autoritaire et pouvait se montrer manipulatrice, mais, au fond, c'était une bonne âme. Cela étant, la sécurité de mon jeune frère et de ma mère dépendait de ma capacité à protéger Edmund jusqu'à la dernière extrémité.

Le moment était peut-être venu de mettre fin à cette mascarade. Jusqu'à présent, je m'étais résigné à mon sort, tant qu'il m'assurait une espèce de protection pour ceux que j'aimais le plus contre la cruauté d'Edmund.

Les choses avaient changé.

Ce serait une prise de risque. Je devrais faire entièrement confiance à mes alliés pour m'aider à déraciner et à démasquer les loyalistes, ces partisans secrets d'Edmund. Ensuite, il me faudrait les éliminer. Si j'étais pris, je serais condamné pour trahison et mis à mort. Mais si je ne l'étais pas ?

Je serais libre. Libre de fomenter un coup d'État et d'asseoir Will sur le trône, où était sa place. Et si notre père était victime du processus, qu'il en soit ainsi.

Je me rendis compte que cette pensée était là, dans un coin de mon crâne, depuis des mois, attendant que je sois prêt.

Et je savais qu'une partie de cette prise de conscience était liée à une paire d'yeux dorés. Même si je ne devais jamais l'avouer qu'à moi-même.

Maintenant que ma voie était tracée, je revins à la conversation, dont j'entendis la toute fin.

« Je vais parler à Edmund et voir ce que je peux faire pour calmer un peu les esprits, mais vous, faites profil bas pour le moment, Evangeline. Ce n'est pas une suggestion, c'est un ordre », conclut Stirling, les yeux rivés sur les papiers devant lui.

La duchesse pinça les lèvres, mais s'inclina dans une profonde révérence. « Oui, Votre Majesté. »

Tournant les talons, elle quitta la pièce à grands pas, sans faire le moindre effort pour masquer son mécontentement. Je me levai, prêt à la suivre, mais la voix de Stirling m'arrêta.

« Il y a des fois où je regrette que les choses ne soient pas différentes, tu sais. »

Je me retournai, veillant à demeurer impassible, malgré le sang qui bourdonnait soudain à mes oreilles.

« Qu'entendez-vous par là, Votre Majesté ?

— Ton frère Edmund a le cœur trop dur pour être un jour un grand chef d'État. Et, à dire vrai, Will est trop doux. C'est bien dommage que… ça ne puisse être toi. »

Il me fallut déployer d'immenses efforts pour ne pas sauter par-dessus son grand bureau et serrer mes mains autour de sa gorge. Il était responsable de la situation, lui qui maintenait le statu quo en continuant à soutenir un monstre.

« Eh bien, ça n'aurait jamais pu être le cas. Je suis un bâtard, après tout. »

Sur ces mots, je quittai moi aussi la pièce.

« Intéressant brin de causette avec notre père, cher frère ? »

Je pivotai. Edmund était adossé au mur du couloir, scrutant mon visage de son œil aiguisé.

« Pas vraiment. Juste des histoires de garde », répondis-je, l'air de rien. Je ne pouvais cependant m'empêcher de me demander ce qu'il avait entendu de notre discussion. Se trouvait-il assez proche pour entendre quoi que ce soit ?

« Bien entendu, lâcha-t-il sans me quitter des yeux. Bon, profitez du reste de votre journée, nous nous retrouverons aux festivités de ce soir. »

Jugeant inutile de répondre, je poursuivis dans le couloir, pressé d'aller m'éclaircir les idées à l'air libre.

La soirée précédente avait été un merdier aux proportions épiques. Non seulement les choses étaient allées trop loin avec Sienna, mais désormais Anthony et Edmund, qui avaient l'un et l'autre des soupçons, guettaient la fille qui avait piqué mon intérêt.

Je devais plus que jamais garder mes distances.

Sauf que maintenant, je connaissais son goût. J'étouffai un grognement en poussant la porte de la cour d'un coup de pied. Maintenant, j'étais incapable de penser à quoi que ce soit d'autre.

Le mieux que je puisse faire à l'avenir, ce serait de l'ignorer complètement. S'ils n'apprenaient jamais que je la désirais, ils ne pourraient pas l'utiliser pour me contrôler ou me punir. Après sa danse de la veille au soir, il ne faisait aucun doute qu'elle engrangerait assez d'attention masculine pour se prémunir d'une élimination…

Cette simple idée me fit serrer les poings. Qu'un autre homme la regarde ? Rien que d'y penser, j'avais envie de casser quelque chose. Qu'un autre homme la touche ? Un petit sifflement s'échappa de mes lèvres alors que mes crocs perçaient mes gencives.

Elle serait damnée si je cédais à la tentation et je serais damné si je ne le faisais pas. Vu le choix qui s'offrait à moi… Eh bien, il n'y avait pas vraiment de choix, si ?

Peu importait que je me consume de désir pour elle. Peu importait son goût ou son odeur. Peu importait la façon dont son pouls avait palpité sous ma langue.

Sienna m'était interdite.

20
Sienna

« Ce sera tout pour aujourd'hui, mesdemoiselles. Vous pouvez disposer pour le reste de l'après-midi. Ce soir, nous organisons une formidable rencontre où vous aurez la chance de passer quelques minutes en tête-à-tête avec tous les hommes éligibles du palais. Aiguisez votre esprit, nous conseilla notre hôtesse avec une exhibition délibérée de ses crocs qui était sans doute censée passer pour un sourire. Un bel esprit peut être aussi séduisant que l'apparence physique. Rompez ! »

Je poussai un discret soupir de soulagement et me levai pour gagner la porte. Je venais de passer deux interminables heures à écouter une vampire prénommée Hecula nous rebattre les oreilles à propos de l'histoire de la monarchie. Le tout suivi d'un test sur les titres des différents vampires de la noblesse, dont je n'avais strictement rien à foutre. Le seul point intéressant ? Apparemment, le roi Stirling avait été le premier et le dernier monarque de son espèce. Il avait eu plusieurs épouses au cours de son règne, quoique pas autant qu'on aurait pu le croire pour un être de plusieurs milliers d'années. Littéralement. Sa sœur, la duchesse Evangeline, n'avait eu qu'un seul mari, en revanche.

Maxim l'Audacieux.

Les yeux violets d'Hecula s'illuminaient d'excitation lorsqu'elle narrait les histoires de sa bravoure au combat contre ceux qui avaient voulu éradiquer leur race. Il avait connu une fin prématurée après qu'un groupe de villageois armés de fourches lui avait tendu une embuscade alors qu'il était en visite sur le continent, en quête de sang humain. Il en avait tué quarante-six avant qu'ils ne parviennent à l'abattre.

À la mort de son époux, la duchesse avait juré qu'elle ne se remarierait jamais, aucun homme ne pouvant lui être comparé. C'était une promesse à laquelle elle se tenait depuis deux siècles.

J'étouffai la vrille de pitié qui me transperça et partis presque au pas de course vers les portes de la cour, avec la sensation soudaine de suffoquer.

Ça avait été une journée d'enfer, après une nuit encore pire.

Une image de cette chaussure ensanglantée, ornée de sa joyeuse petite feuille de houx me traversa l'esprit et j'aspirai une bouffée d'air frais et vivifiant tandis que la porte claquait derrière moi.

« Maudit sois-tu, Edmund, espèce de salaud », murmurai-je tout en clignant des yeux pour repousser un brûlant afflux de larmes. Remontant mes jupes autour de mes genoux, je m'élançai vers les luxuriants jardins qui s'étendaient au loin. Je ne les avais vus que de la fenêtre de ma chambre, mais ils constituaient sûrement un lieu aussi valable qu'un autre pour disparaître un moment.

De toute ma vie, je n'avais jamais été aussi perdue, en colère et effrayée tout à la fois. Même dans les enclos pendant les enchères, la haine et le mépris que m'inspiraient mes ennemis m'avaient apporté une forme de réconfort.

Ici, au palais, il y avait un nouvel élément de… quelque chose d'autre.

À commencer par Will, avec son charmant sourire et son rire chaleureux, jusqu'à Evangeline, qui se débattait à l'évidence avec les implications morales des Jeux de la moisson et se souciait de nous, les filles, à sa manière.

Puis l'image de Dominic s'imposa à mon esprit et mon ventre se serra. Son sexe épais dans sa main, ses caresses de bas en haut, de haut en bas, tandis qu'il rivait ses yeux sur moi, tapie dans ma cachette.

Mouillée.

Pleine de désir.

Accepter le fait que j'avais besoin de lui pour survivre, c'était déjà assez dur. Mais ressentir cette attirance infernale… comme un aimant vers une lame, c'était inconcevable, putain.

« Sors de ma tête, Dominic », marmonnai-je en cheminant à travers les rangées de rosiers. Mêlé à celui de la pluie qui s'annonçait, leur parfum était presque enivrant. Je pressai le pas.

Respire, m'intimai-je. J'allais faire une véritable crise de panique si je ne me ressaisissais pas.

Bon, quelque chose de terrible s'était produit la nuit dernière. Mais au moins avais-je un plan désormais. Je continuerais à explorer le domaine jusqu'à trouver un moyen de foutre le camp, tout en m'efforçant de captiver Dominic. Après la nuit dernière, il ne faisait plus aucun doute qu'il me désirait. Tout ce que j'avais à faire, c'était d'exploiter ce désir et je ferais de lui exactement ce dont j'avais besoin. Il me protégerait jusqu'à ce que je puisse m'échapper et je serais alors capable de rejoindre Jordan. Je pourrais bien résister assez longtemps à ses attentions pour…

Un petit rire, à moitié hystérique, s'échappa de mes lèvres à cette idée, m'obligeant à plaquer une main sur ma bouche.

Résister à ses attentions ? La nuit passée, allongée bien au chaud dans la douceur de mon lit, j'avais eu toutes les peines du monde à m'empêcher de glisser une main entre mes cuisses afin de me débarrasser de la tension qui s'y était accumulée. Une fille avait été tuée et pourtant, je rêvais d'un homme splendide qui m'observait de ses yeux sombres, la mâchoire serrée, pendant qu'il se jouissait sur le ventre.

« Bon sang, Sienna, tu es un sacré numéro », murmurai-je tout en continuant de déambuler vers l'autre côté des jardins. Ici, les légumes poussaient en abondance et l'odeur de terre agissait comme un baume sur mon âme. Une note familière me chatouilla le nez. Je fronçai les sourcils.

De l'ail ?

Je cherchai la source de cette odeur dans les massifs, sans succès au départ. Ce fut seulement en examinant l'épaisse muraille de pierre qui entourait le jardin que je les vis. Les tiges effilées de l'ail sauvage.

M'étant frayée un chemin parmi les plantes, je me penchai pour arracher une poignée de bulbes minuscules. Sur un coup de tête, je les séparai de leurs feuilles et en glissai plusieurs dans la poche avant de ma robe. Malgré la leçon d'histoire à laquelle nous avions assisté, nous ignorions toujours ce qui était vrai et ce qui ne l'était pas dans les connaissances traditionnelles concernant les vampires. Étant donné que je n'avais encore vu personne se transformer en chauve-souris, l'ail avait peu de chances de m'être utile. Cependant, en avoir en ma possession ne pouvait certainement pas faire de mal. S'il y avait ne serait-ce qu'une infime chance que cette plante me sorte d'une situation dans le genre de celle où je m'étais trouvée avec Anthony, ça en valait la peine.

Un éclair illumina le ciel, suivi, quelques instants plus tard, par un coup de tonnerre.

Je détestais l'idée de passer la journée enfermée, mais avec le froid ambiant, la perspective d'une hypothermie était encore pire. Rassemblant mes jupes, je retraversai le jardin en sens inverse.

Je pénétrais dans la roseraie quand une voix grave lança mon nom.

« Sienna ? »

Je me figeai et toutes les terminaisons nerveuses de mon corps s'embrasèrent. Dominic.

Faisant demi-tour, je le découvris près d'un buisson de grosses fleurs pourpres.

« Qu'est-ce que tu fabriques ici ? demanda-t-il d'une voix basse et rauque.

— Je suis autorisée à aller où bon me semble, du moment que je reste de ce côté-ci du pont », répliquai-je, avec bien plus de hardiesse que je n'en éprouvais. En fait, j'avais du mal à empêcher mes yeux de dériver vers le bas… de quitter son regard, passer sur ces épaules larges et fortes, et descendre toujours plus bas…

« C'est bien beau, mais seul un idiot reste dehors quand un déluge se prépare, sans même parler des éclairs. »

La colère fusa à travers moi, mais je me retins de rétorquer qu'il se trouvait là, lui aussi, car je me rappelai à temps quel était mon objectif.

Entre l'affrontement et le renoncement, j'avais déjà fait mon choix.

Ce serait l'affrontement.

Dominic et moi avions devant nous un rare moment de tête-à-tête. Il fallait que j'en profite.

Je ravalai ma nervosité et me forçai à sourire.

« Vous avez raison, bien sûr, général. Quelle idiote de rester dehors. C'est juste que j'aime l'odeur de la pluie qui arrive. Pas vous ? »

Je levai mon visage vers le ciel pour inspirer, jusqu'à sentir mes seins presser contre le décolleté en forme de cœur de ma robe. *Mate-moi ça, mon grand.*

Inutile de croiser son regard pour savoir qu'il me reluquait. Je sentais la chaleur de ses yeux sur moi.

« Non, pour tout dire, rétorqua-t-il sèchement. Je préfère rester au sec. Et dans ce but, je vais te laisser à tes folies, quelles qu'elles soient. »

Tournant les talons, il s'était éloigné avant même que j'aie pu comprendre ce qui se passait.

« Où… où allez-vous ? lui lançai-je.

— Me mettre à couvert. Mais n'hésite pas à rester dehors. En fait, je préférerais. »

Mon esprit s'emballa tandis que je tentais de pénétrer le sens de ses paroles. Qu'est-ce qui se passait, avec cet homme infernal ? Tantôt il était chaud comme les braises, tantôt absolument glacial. La veille au soir, il m'avait donné l'impression de ne rien vouloir d'autre que se rapprocher de moi. Il m'avait même léchée…

Une pensée jaillit dans mon cerveau, pour y planter ses hameçons.

Mon sang n'était-il pas à son goût ?

Et d'ailleurs, pourquoi cette éventualité me faisait-elle l'effet d'une gifle ?

Pendant que je traversais ma petite crise existentielle façon syndrome de Stockholm, Dominic continuait à s'éloigner. Paniquée, je m'élançai à sa poursuite.

« Attendez, s'il vous plaît ! »

Il ralentit et s'arrêta, sans pour autant se retourner vers moi. « Qu'est-ce qu'il y a, Sienna ? »

Je me raccrochai à la première chose qui me vint à l'esprit. « J'ai… une écharde. Dans mon doigt. J'admirais les roses et je me suis piquée avec une épine. Je ne la vois pas, mais je la sens. Ça vous dérangerait d'y jeter un coup d'œil ? »

Il poussa un soupir d'impatience et se retourna. « Approche », lâcha-t-il en accompagnant son ordre d'un geste impérieux.

Je me précipitai vers lui et tendis la main. « Comme je le disais, je ne la vois pas, mais… »

Sa grande poigne chaude m'enserra le poignet et je tressaillis. Pourquoi me sentais-je ainsi en sa présence ? Comme si j'avais vécu dans la grisaille toute ma vie et qu'enfin, près de lui, le monde était plein de couleurs. Le tonnerre s'apparentait à un grondement sensuel, le parfum des roses devenait plus suave, la sensation de son pouce sur mon pouls suffisait à rendre mes genoux flageolants.

Je cillai et le regardai avec stupeur.

« C'est vous qui me faites ça », déclarai-je en retirant ma main. Oubliant totalement ma mission, je lui enfonçai brusquement le doigt dans le torse. « Vous me faites ressentir ce genre de choses avec votre contrôle mental de vampire. Je parie que c'est aussi ce vous faisiez dans mes rêves, la nuit dernière. Je ne me laisserai pas faire. Foutez le camp de ma tête, bordel ! »

Pendant une seconde, il parut perplexe. Puis il se mit à rire.

C'était un son étrange, rouillé au début. Comme si ça ne lui arrivait pas souvent. Mais une fois qu'il eut commencé, le rire sembla lui venir plus naturellement, ce qui ne fit que redoubler mon irritation.

« Qu'est-ce qu'il y a de drôle ? demandai-je.

— Toi, répondit-il quand il fut de nouveau en mesure de parler. C'est vraiment ce que tu penses ? Que je t'oblige à rêver de moi grâce à mes terrifiants pouvoirs ? » Il agita ses doigts sous mon nez et j'eus toutes les peines du monde à ne pas lui en arracher un avec mes dents.

« En quoi est-ce marrant ? rétorquai-je. Vous buvez du sang, non ? Vous êtes doté d'une force surnaturelle et vous semblez à peine vieillir.

— Certes, tout cela est vrai, mais un grand nombre des choses que vous, les humains, croyez à notre sujet, est absurde. Par exemple, poursuivit-il, le regard toujours amusé, nous nous reflétons dans les miroirs. Nous pouvons entrer dans vos maisons sans y avoir été invités. Mais l'ail que tu as fourré dans ta robe ? » Il tendit la main et l'en retira d'un geste si preste que je sentis à peine la manœuvre. « Il se marie délicieusement avec la dernière récolte de tomates que nous avons importée de San Marzano. »

Je sentis mes joues s'enflammer lorsqu'il jeta l'ail par-dessus son épaule.

« Il faut dire qu'aucun d'entre vous ne s'est montré très communicatif depuis qu'on est arrivées ici, répliquai-je. Donc pardonnez-moi d'avoir cherché à prendre quelques précautions. J'aurais été violée, l'autre nuit, sans l'intervention de la duchesse. J'aimerais éviter que ce scénario se reproduise, dans la mesure du possible. »

Toute trace d'amusement avait disparu quand Dominic se pencha sur moi, la mine féroce.

« Ça ne se produira jamais, déclara-t-il d'une voix si polaire qu'elle me glaça jusqu'aux os. Pas tant que je serai en vie. »

La gorge sèche, je le dévisageai.

« Ne faites pas de promesses que vous ne pouvez pas tenir, Dominic. Nous n'avons aucune idée de la façon dont les Jeux vont se terminer, ni même si je vais seulement parvenir jusqu'au bout.

— Ma parole a valeur d'obligation et, quoi qu'il arrive, je ne le permettrai pas. »

Je m'avançai jusqu'à ce que nos corps soient à deux doigts de se toucher.

« Et comment allez-vous y parvenir ? À moins que vous ne me preniez pour vous… »

Un petit nerf tressauta dans sa mâchoire pendant qu'il étudiait ma bouche avec quelque chose qui ressemblait à du désir.

« Je ne peux pas. C'est hors de question. En fait, l'endroit le plus sûr, pour toi, c'est aussi loin de moi que possible. »

Je ne comprenais pas trop ce qui motivait cette idée, mais je savais que je devais insister quand même avant qu'il ne disparaisse. Il me désirait toujours. C'était écrit sur son visage.

« Et si je préférais être proche de vous… », chuchotai-je.

Mon audacieuse déclaration eut l'effet escompté : le désir se mit à tourbillonner dans ses yeux.

« Tu ne te rends pas compte de ce que tu demandes, Sienna. Il y a d'autres personnes qui pourraient te traiter avec gentillesse. Des hommes qui ont plus d'amis que moi au palais… et bien moins d'ennemis.

— Et si je ne veux pas d'eux ? » Je pressai mes seins contre son torse et me hissai sur la pointe des pieds pour nouer mes bras autour de son cou. « Et si je vous désirais, vous ? »

Son grognement sourd enflamma mon entrejambe. Il ferma les yeux. « Arrête. Arrête ça tout de suite. »

Sans plus songer à mon plan et uniquement mue par le désir, j'avançai le bassin et me frottai contre lui.

« Je n'ai pas arrêté d'y penser », murmurai-je. Au même instant, les premières gouttes de pluie éclaboussèrent mes joues surchauffées. « Vous en train de vous toucher. C'était pour moi, n'est-ce pas ? Vous avez aimé me regarder danser ? »

Il glissa l'un de ses bras autour de moi pour me coller tout contre lui, tandis que, de sa main libre, il me prenait la nuque. Un frisson me parcourut de la tête aux pieds.

« Tu es une sorcière », lâcha-t-il.

Mes hanches se mirent à onduler de leur propre chef et il répondit à leur mouvement.

Poussant un grognement, il écrasa sa bouche sur la mienne, dans un enchevêtrement de langues et de dents. Une partie de moi savait que je devais redouter ses crocs, mais l'autre partie, celle qui prédominait... Elle brûlait de les sentir s'enfoncer dans ma lèvre inférieure pendant qu'il boirait mon sang.

Je serrai les cuisses tout en me frottant désespérément contre son sexe dur comme le roc. Chaque centimètre carré de ma chair palpitait de désir.

Un éclair aveuglant fit surgir une brume rouge sous mes paupières closes et le coup de tonnerre qui s'ensuivit fit trembler le sol. Un instant plus tard, le ciel s'ouvrit, libérant un déluge de pluie glacée qui s'abattit sur la terre.

Dominic s'écarta dans un grognement. Il me relâcha et recula d'un pas. Un pas de géant.

La pluie ruisselait sur son visage douloureusement beau, mais même à travers ce voile, je distinguais l'angoisse, tapie derrière le besoin non assouvi.

« Tiens-toi loin de moi, Sienna, siffla-t-il entre ses dents serrées. Je n'ai pas la force de te dire non, il faut donc que tu le fasses pour moi. Si tu tiens à ta sécurité, reste loin de moi, bordel ! »

Sur ces paroles menaçantes, il se détourna et s'éloigna, me laissant sous la pluie.

Seule.

21
Dominic

Deux jours s'étaient écoulés depuis l'incident dans les jardins.

L'incident.

Je ricanai de mon choix de mot. Comme si je pouvais résumer ce moment en un mot, d'ailleurs. Le goût du sang de Sienna, la sensation de son corps, le désir que je n'arrivais pas à chasser de mon corps, quoi que je fasse.

Et c'était loin d'être mon plus gros problème.

J'embrassai la pièce du regard, les volutes de fumée qui s'en élevaient, les rires masculins, l'impatience qui alimentait les parties en tête-à-tête dans la salle.

« On dirait que tu redoutes une attaque, même maintenant », constata Will de sa voix traînante.

Je lui rendis son regard. Sa mâchoire, si nettement brisée, avait été remise en place par nos guérisseurs les plus compétents.

« Tout à fait », répondis-je. Je me penchai sur le plateau de jeu. *Blitzkrieg* était un jeu de stratégie, avec des armées disposées sur la table, et j'avais clairement mis mon cadet en fuite. Tout comme Edmund dans la situation actuelle.

Le rouge foncé de mon armée couvrait les trois-quarts du plateau. Il recula dans son fauteuil et plissa légèrement les paupières. « Tu penses que ce n'était pas un accident. »

Je jetai un coup d'œil autour de moi. Même si les autres hommes étaient manifestement plongés dans leurs jeux, cela ne signifiait pas qu'ils n'écoutaient pas.

« Je pense que tu es un imbécile si tu crois ça et, d'après ce que j'ai vu pendant l'entraînement, tu caches tes cartes bien plus près de ta poitrine que je ne l'avais cru. » Je lui fis signe de déplacer ses pièces sur le plateau.

Il n'avait aucune échappatoire dans cette partie.

Ni dans la partie que nous vivions tous les deux.

« Qu'est-ce que ça veut dire ?

— Ça veut dire, repris-je en tâchant de garder une voix neutre, que je ne t'ai jamais vu te battre de cette façon dans aucun des entraînements que tu as eus avec moi. Pas une seule fois je n'ai vu en toi un feu que j'ai jugé digne d'un guerrier aguerri. Et pourtant, il était là. »

Will refusait de croiser mon regard. « J'estime qu'il est préférable de ne pas trahir sa véritable force, ses véritables capacités, dans notre monde. N'es-tu pas de cet avis, général ? »

Merde alors ! J'avais donc vu juste : Will avait en lui la capacité d'être le chef dont nous avions besoin, mais il la dissimulait. Ce qui s'était passé dans la cour m'avait montré ce que j'avais besoin de savoir. Et ce que je voyais méritait qu'on se batte en sa faveur – un prince assez fort pour arrêter Edmund.

Son sourire disait le contraire, cependant, et il déplaça son siège pour pouvoir appuyer ses avant-bras sur la table, pendant qu'il examinait le jeu d'un œil attentif. « Tu penses que je suis coincé. »

J'observai les pièces sur le plateau. « J'en suis sûr. »

Will étendit les mains au-dessus des pièces. « Ce n'est pas la taille de l'armée, général, mais le cœur des soldats qui détermine l'issue de la guerre. »

Je l'imitai, en appui sur les coudes pour observer le plateau. Ce moment avait été long à venir et je me demandais s'il était prêt à comprendre la profondeur de ce qui se jouait dans ce royaume. S'il était prêt à affronter Edmund comme je l'étais. Je devais croire que oui, car cet affrontement m'avait montré quelque chose en lui dont je le pensais dépourvu.

Quel malin il était, de s'être ainsi caché en pleine lumière !

« La guerre qui se prépare n'est pas une mince affaire et, le cœur des soldats aura beau être vaillant, ils peuvent être dépassés si l'ennemi se montre traître dans sa tactique. Comme des serpents lâchés dans les baraquements des soldats endormis. » Je touchai l'une de mes pièces, comme si j'avais l'intention de la déplacer, puis je retirai la main. Puisant dans ma réserve d'autres couleurs sur le côté de la table, je m'emparai de plusieurs pièces noires que je plaçai à divers endroits de la carte. À la fois dans mon propre camp et dans celui de Will. « Si tu ne sais pas qui est qui, comment peux-tu faire confiance au moindre mouvement ? Comment peux-tu avoir l'assurance que les mouvements que tu fais te mettront à l'abri ? »

Les yeux de Will se levèrent lentement vers les miens, s'emplissant peu à peu d'horreur alors qu'il saisissait la portée de mes paroles. « J'avais raison de ne pas dévoiler mes cartes.

— Tout à fait, confirmai-je.

— Dans ce cas, je dirais que c'est notre tante qui m'aime le plus, car c'est elle qui m'a conseillé de procéder ainsi. Quand j'avais 12 ans. »

12 ans. Il cachait son jeu depuis plus de deux cents ans. Par les dieux ! Tu parles d'une longue supercherie ! Je ne pus m'empêcher d'être impressionné, aussi bien par lui que par ma sournoise de tante.

Sa main survola le plateau. « Alors, quelle est la meilleure tactique maintenant, mon général ? »

Lentement, je renversai un à un les pions noirs. « Pour éradiquer un nid de vipères, il faut d'abord tuer les petits, pendant que la mère est à la chasse, car si c'est la mère qui est frappée en premier, tous les petits ne manqueront pas d'attaquer. »

Il porta son verre à sa bouche, avant de répondre : « C'est un sacré pétrin. Mais je suis d'accord avec ta façon de voir les choses. »

Même en cet instant, il me donnait envie de rire. « Un sacré pétrin, oui, tu l'as dit. »

Une cloche retentit dans la pièce. Je grimaçai. « Je crois que tu es sur le point d'être rejoint par les candidates de la moisson. » Je me levai, mais Will me fit signe de me rasseoir.

« Elles ne m'intéressent pas plus que toi, continuons notre partie, déclara-t-il.

— Pas même la rousse ? »

Bon sang, si mon sexe ne me mettait pas dans la panade, c'était ma bouche qui, assurément, allait s'en charger. Will m'observait pendant que les femmes entraient une à une par la porte lambrissée dissimulée derrière moi. Je ne les voyais pas et ça me convenait très bien. Will leva les yeux vers elles.

« Elle est charmante et je l'ai trouvée très amusante, mais plutôt comme une amie. Pas plus, général. Je préfère une beauté dont les cheveux brillent comme le soleil. » Il reporta ses yeux sur moi. « Pas toi, en revanche. »

Merde. Ma propre jalousie était en train de me rendre dingue.

« Blonde, brune, rousse. Ça m'est égal. » Je haussai les épaules en attrapant mon verre. « Je suis curieux, c'est tout. J'ai entendu les commérages de mon écuyer concernant le château qui serait en effervescence. On dit qu'elle t'a fait rire pendant votre danse de l'autre soir et que tu pourrais bien la choisir.

— On a ri ensemble, c'est vrai. À tes dépens. » Will sourit, puis grimaça en se frottant la mâchoire. « Tiens, la dame en question semble venir se joindre à nous. »

Je dus déployer d'immenses efforts pour ne pas réagir à l'odeur entêtante de cette créature déroutante qui s'approchait en effet de notre table. Elle portait une robe argentée constellée de joyaux noirs étincelants, dont la coupe ne laissait planer aucun doute sur les courbes de sa silhouette, l'étroitesse de sa taille et le doux renflement de ses hanches et de ses seins.

Un corps que je sentais encore sous mes paumes, depuis cet instant où j'avais pressé mes lèvres sur les siennes, goûté son désir en la buvant, léché sa peau… Je remuai sur mon siège pour combattre les désirs irrépressibles qui m'assaillaient. Par tous les dieux, il fallait que je sorte d'ici avant que mon corps ne me trahisse complètement.

Sienna nous gratifia d'une révérence parfaite, tout en tenant un plateau d'or garni de chocolats, ce qui me permit d'avoir une vue parfaite sur le haut de ses seins, véritable supplique adressée à mes crocs alors qu'ils gonflaient et semblaient vouloir s'échapper de leur corset.

J'avais du mal à respirer, ce qui n'était pas son cas, vu les mouvements ascendants et descendants de sa chair hypnotique.

« Apparemment, on est censées faire comme si on les avait confectionnés nous-mêmes, déclara-t-elle en demeurant inclinée, les yeux baissés avant qu'elle ne les relève brièvement, presque pétillants d'amusement. Mais ce n'est pas le cas. J'en ai goûté un et je vous conseille de les éviter car ils sont vraiment infects. Je ne les donnerais même pas à manger aux chiens. »

Will s'esclaffa. « Tu peux te redresser, Sienna. » Il marqua une pause et inclina la tête. « C'est inhabituel, comme prénom, Sienna. Est-ce celui qu'on t'a donné ou un surnom ? »

Elle se releva et abaissa le plateau. « C'est drôle que vous posiez la question. C'est un surnom, oui.

— En référence à tes cheveux ? » demandai-je.

Tais-toi, tais-toi. Ne l'encourage pas à croiser ton regard !

Trop tard.

Elle tourna ses yeux d'or vers moi. « Oui, en effet, mais probablement pas pour la raison que vous imaginez. J'ai eu un… un accident, je suppose qu'on peut appeler ça comme ça, quand j'étais petite. Avant, j'avais les cheveux clairs, presque blonds. Après, les racines ont commencé à pousser de cette couleur. »

Will secoua la tête. « Tu plaisantes ! Si tu étais venue ici en blonde, je t'aurais déjà kidnappée. »

Elle lui répondit d'un éclat de rire, ce qui m'obligea à me cramponner à la table pour m'empêcher de tendre la main et de l'arracher au regard de mon frère. « Non, c'est vrai. Les médecins ont dit que cela pouvait arriver après un grand choc, surtout chez un jeune enfant. » Même si son sourire n'avait pas failli, un voile de sueur s'était posé sur sa peau qui paraissait… délicieux pendant qu'elle parlait de son passé. L'envie de la clouer au sol et de lui lécher le corps me fit une fois de plus remuer sur mon siège.

« Et ton vrai nom… »

Elle se pencha sur le plateau. « Laissez-moi deviner : vous êtes en train de gagner, général ? » répliqua-t-elle, changeant habillement de sujet. Intéressant. Elle ne voulait pas que je connaisse son véritable nom ?

Will écarta les mains. « Il gagne toujours, Sienna. C'est pour cette raison qu'il est le général. »

Elle le gratifia d'un large sourire qui me donna envie de casser quelque chose, de renverser la table, n'importe quoi pour attirer son regard sur moi. Pour qu'elle continue à me contempler comme si c'était moi qui avais placé la lune dans le ciel et nommé toutes les étoiles pour elle.

Bordel, mais qu'est-ce qui ne va pas chez moi ?

Son regard glissa sur la table. « C'est vrai qu'il gagne toujours ? Eh bien, laissez-moi vous aider alors, Votre Majesté. Peut-être avez-vous seulement besoin de quelqu'un qui comprenne la stratégie aussi bien ou mieux que lui. » Après avoir déplacé l'une des pièces de Will vers une petite île au centre du plateau, elle se tourna enfin vers moi. « Parfois, c'est la pièce que tout le monde considère comme… inutile qui devient la plus importante de toutes. »

Sur quoi elle quitta la salle en balançant les hanches.

Et en moins de quinze minutes, Will triomphait de moi au milieu d'incessants gloussements. « Comment a-t-elle su quelle pièce provoquerait un tel effet domino ? Je ne pense pas t'avoir jamais battu, mon frère. » Il me gratifia d'une claque dans le dos et me laissa là, sans avoir cessé de rire.

Pire que ça, comment avait-elle pu devenir encore plus désirable en me battant à mon propre jeu ? Je n'aurais pas cru possible de la convoiter davantage et pourtant j'étais là, à me consumer pour elle.

La salle se vida lentement et je restai seul, à fixer les pièces du regard. Mon armée rouge. La bleue de William. Et les pièces noires qui figuraient celle d'Edmund. Je les ramassai pour les faire rouler dans ma main.

Elles étaient aussi froides que si elles avaient séjourné dans une glacière. La réalité de la menace d'Edmund me vida soudain de tout désir. J'avais besoin d'aide pour éradiquer les traîtres. Pour éradiquer les gens qu'Edmund avait placés près de ceux que j'aimais le plus au monde.

J'avais besoin des yeux et des oreilles de quelqu'un à l'intérieur du château. Quelqu'un en qui je pouvais avoir confiance. Quelqu'un que personne ne soupçonnerait.

Je me levai et restai planté là un long moment encore, tenant toujours les pièces, avant de les fourrer dans ma poche. Ma décision prise, je savais que je devais agir vite. Quel que soit le plan d'Edmund, il était en train de le mettre à exécution et j'en sentais les courants souterrains qui me titillaient. De la même manière que je savais déterminer le moment où une bataille était sur le point de basculer. C'était une sensation que je ressentais au plus profond de moi et que j'avais appris à ne jamais ignorer.

Ce fut avec cette idée en tête que je me rendis aux écuries, où je m'arrêtai devant le box de Ravage. Cette saleté de jument noire me coula un regard mauvais puis s'élança vers moi en montrant les dents.

« Et pourtant elle te monte comme si tu étais la plus gentille des bestioles », marmonnai-je. Quel que soit le sort que Sienna jetait à cette jument, il semblait qu'elle l'ait aussi jeté sur moi. Cette considération me donna à réfléchir, mais je m'en débarrassai rapidement. Je n'allais pas céder aux mêmes faiblesses que les autres habitants de ce royaume, en matière de superstitions.

Je sortis Arès de son box et le sellai rapidement. Il s'ébroua, comme pour s'enquérir du pourquoi d'une chevauchée aussi tardive, et je lui répondis d'une petite gratouille sur la nuque. « On part à la recherche d'un vieil ami. »

Sienna me contaminait avec son comportement ridicule. Voilà que maintenant moi aussi je m'adressais à mon cheval comme s'il me comprenait.

Je l'éperonnai dès que je fus en selle pour le faire galoper ventre à terre. Je traversai des champs, d'abord en direction des Chasseurs, desquels je passai suffisamment près pour entendre les grognements agités, puis j'obliquai vers l'est. La forêt se dressait devant moi et je guidai Arès vers l'étroit sentier où je le mis au pas, avant de l'immobiliser enfin.

« À partir de là, j'y vais seul. » Je lui tapotai l'encolure et l'attachai à un arbre, la bride longue.

Accélérant le pas, je trouvai sans tarder le chemin vers la ligne de démarcation entre les Territoires.

Basculant la tête en arrière, les mains en porte-voix autour de la bouche, je poussai un hurlement, comme on m'en avait fait la démonstration, il y avait près de soixante-dix ans et auquel je n'avais recouru qu'une seule fois pendant toutes ces années.

Le son s'éteignit lentement dans l'air et je compris que je devrais attendre. Mais pas aussi longtemps que je me l'étais imaginé.

Peu de temps après, je fus averti par le craquement d'une branche. Je me retournai, et un homme si massif qu'on aurait dit une énorme bête se tenait de son côté de la ligne de démarcation.

« Dom, grogna-t-il avec cet accent écossais que je connaissais bien. Je suis plutôt occupé, là. »

Je haussai les épaules. « Les problèmes surviennent rarement quand on a tout le temps du monde à leur consacrer. »

Lorsqu'il sourit, la cicatrice qui barrait son visage du coin de la bouche à l'oreille droite étira ses lèvres dans ce qui s'apparentait plus à une grimace. « Tu admets enfin que tu es un problème. »

Je tendis une main, qu'il serra dans son énorme paluche. « Ça fait trop longtemps, Lochlin.

— Parce qu'on ne peut pas être amis, répliqua-t-il en haussant les épaules. J'ai regardé *Rox et Rouky* avec ma nièce, pas plus tard que la semaine dernière. Je pense que c'est un dessin animé sur toi et moi. »

J'éclatai de rire. « Tu associerais notre amitié d'enfance à un film de Disney ? »

Lochlin haussa ses larges épaules et s'appuya contre le tronc robuste d'un chêne voisin. « Oui. Tu étais, et tu es encore, le seul ami que je sais sincère. »

Ses paroles me touchèrent au plus profond de mon être. « Tu dévoiles trop ton cœur, loup.

— Mieux vaut montrer ça que ma nature bestiale, répliqua-t-il. Que se passe-t-il pour que tu aies besoin de moi ? »

Je me surpris à faire les cent pas devant lui. « Le prince héritier… a des gens de mèche avec lui, installés à différents… postes. » Je lui jetai un regard, il me fit signe de continuer. « S'il lui arrive quoi que ce soit, ils frapperont ceux près desquels ils sont positionnés. »

Il lâcha un long soupir. Ses yeux marron, si profonds, étaient pensifs. « Et ? insista-t-il.

— Je ne peux pas les démasquer sans me faire prendre, ce qui entraînerait les mêmes conséquences. J'ai besoin que quelqu'un m'aide à les trouver, quelqu'un que personne ne soupçonnera. »

Il éclata de rire en écartant les mains. « Tu t'es dit que personne ne me remarquerait ?

— Peut-être que sous une forme différente, tu passerais inaperçu. »

Lochlin baissa les mains et plissa le nez. « En chien.

— Ce n'est pas l'une de tes formes ? »

Il leva les yeux au ciel. « Je préfère que les autres ne sachent pas que je transporte plus d'une forme dans mon ventre. Tu sais que je n'aime pas afficher les… dons de mon père, surtout devant ma meute. »

Il n'avait pas tort et je le comprenais. Son ascendance mi-fae mi-métamorphe avait doté Lochlin d'un ensemble de compétences uniques, qu'aucun autre métamorphe ne possédait. Ses pouvoirs lui permettaient de prendre multiples formes au sein de l'espèce canine.

« Un loup serait assez… facile à repérer, mais un gentil cabot ? Un clebs que je pourrais offrir à ma tante ? » Ce fut mon tour d'écarter les mains. « Personne n'y trouverait rien de louche.

— Ça t'arrive souvent d'offrir des petits chiens à manger à ta tante ? » Il inclina la tête sur le côté. « Je ne tiens pas à ce qu'on se régale à mes dépens. »

Je ralentis le pas. « C'est l'anniversaire de ma tante dans quelques semaines, je lui dirai que c'est… que *tu* es un cadeau anticipé. Toi sous ta forme d'animal de compagnie, bien entendu. Tu ne serais pas le premier. »

Lochlin poussa un profond soupir. « J'en viens presque à regretter de t'avoir laissé me sauver la vie.

— À deux reprises », lui rappelai-je.

Il grimaça. « À deux reprises. D'accord. Ça marche, mais j'ai besoin d'un peu de temps pour mettre de l'ordre dans mes affaires, puisque je vais être absent pendant un moment. Retrouvons-nous ici demain soir. »

Il me tendit une main que je pris, puis, à ma grande surprise, il me prit dans ses bras et me serra fort. « Tu es dans la mouise, mon frère. Mais je couvre tes arrières. » Il me relâcha et je reculai.

« Tu as toute ma gratitude, loup. »

Il me répondit d'un rire qui ressemblait à un aboiement. « À demain soir. »

Lochlin se fondit à nouveau parmi les arbres et je rebroussai chemin vers mon propre royaume.

Et la trahison que j'étais déterminé à débusquer.

22
Sienna

J'étouffai un bâillement dans le fauteuil de salon bien raide où j'écoutais un orchestre de six musiciens jouer ce qui devait être l'œuvre très compliquée de quelque compositeur défunt, que certains des vampires autour de moi auraient bien pu connaître personnellement. Les musiciens et le morceau étaient impressionnants, pourtant, plus les minutes passaient, plus j'étais anxieuse. Ma rencontre avec Dominic dans le jardin remontait à trois jours – sa petite séance masturbatoire en pensant à moi, à quatre – et il m'évitait comme si j'étais une maladie contagieuse.

Sauf qu'en son absence, je m'étais pourvue de nouveaux enchérisseurs potentiels. Depuis ma danse à la barre, j'avais attiré l'attention de plusieurs vampires, dont deux me flanquaient en ce moment même, sans se priver l'un et l'autre de me tripoter, même si c'était contraire aux règles. Mais il y avait des pelotages subtils… comme George, à ma droite, qui, ayant laissé tomber son programme, m'avait caressé la cheville en se penchant pour le ramasser. Ou Michael, à ma gauche, qui m'avait « accidentellement » frôlé un sein avec les doigts. Mais aucun d'eux ne provoquait en moi les mêmes réactions que Dominic. Or, à part devant le plateau de jeu, la veille au soir, je ne l'avais pas revu.

Avait-il vraiment l'intention de rester loin de moi ? Pourquoi pensait-il que je courais un risque en étant avec lui ? Il était fort, incroyablement fort, mais il avait aussi juré de me protéger, alors pourquoi redoutait-il de me faire du mal ?

Enfin – dieux merci –, le concert se termina et la duchesse annonça que nous devions passer dans la pièce voisine pour discuter devant des rafraîchissements. J'étais agitée. Je m'expliquai mon état par une longue station assise, certainement pas par l'absence du général au concert. L'horloge des Jeux tournait, mais la perspective d'endurer l'attention de n'importe lequel de ces pervers était plus que je ne pouvais en supporter, même s'ils pourraient bien être ma solution de repli pour survivre.

Moi, je voulais Dominic. Pas parce qu'il m'attirait. Non, ça, c'était plutôt un inconvénient. Je le voulais, parce que…

« Serais-tu tentée par un verre de punch ? me demanda George avec un sourire poli.

— Avec plaisir », répondis-je timidement.

Il s'agissait d'un jeu, au même titre que celui auquel jouaient Dominic et son frère Will, hier soir, à cette différence près que ce jeu-ci avait de véritables conséquences. Il s'agissait d'une question de vie ou de mort et je devais me ressaisir. Dominic n'était pas là, il avait délibérément choisi de rester loin de moi, autrement dit il fallait que je me concentre sur les hommes intéressés.

Du moins assez longtemps pour m'échapper. Il restait quarante-huit perles à mon bracelet.

George revint avec mon punch, puis entreprit de me raconter qu'il avait rencontré le compositeur de notre concert à Paris pendant une nuit de débauche, tandis que son regard ne cessait de se porter sur mon décolleté plongeant et la naissance de mes seins. J'avais demandé à Bee de sangler mon corset plus étroitement, justement pour cette raison-là, sauf que ce n'était pas le regard de George que j'ambitionnais alors de capturer.

Mon compagnon enchaîna sur le récit d'une autre aventure le mettant en scène avec F. Scott Fitzgerald, et je cessai de l'écouter pour balayer la salle du regard. Les hommes tournaient autour des femmes comme des vautours attendant qu'on leur donne l'autorisation de réclamer leur repas. La comparaison paraissait discutable, sachant que les vautours dévorent généralement de la chair morte, toutefois après la découverte de la chaussure de Holly, je n'étais pas sûre d'être si loin du compte.

Soudain, je me rendis compte que quelqu'un d'autre manquait à l'appel, ce soir – le comte Anthony DuMont. J'étais certaine de l'avoir vu au premier rang pendant le concert, mais il était absent désormais. Non que je sois triste de ne pas le repérer, bien au contraire, toutefois comme il avait assisté à tous les autres événements, je trouvais étrange de ne pas le voir maintenant. C'était un peu comme la fois où j'avais repéré une énorme araignée sur le mur de ma chambre, d'où elle avait disparu avant que je revienne, chaussure à la main, pour m'en débarrasser. Perturbant.

Après avoir enduré dix minutes des vantardises de George, j'eus l'impression que les murs se refermaient sur moi. Je n'étais pas certaine de pouvoir survivre à sa compagnie encore bien longtemps, et il n'y avait personne d'autre dans la pièce dont même la conversation m'intéresse un tant soit peu, sans parler d'un contact physique.

Le souvenir de ma rencontre au jardin avec Dominic me revint à l'esprit et me fit monter le rouge aux joues. J'imaginai George me prenant dans ses bras comme Dominic l'avait fait, posant ses lèvres sur les miennes, et j'en eus la nausée.

Je ne désirais que Dominic. Pourquoi ne voulait-il pas de moi ?

Rectification – je venais de me rappeler l'érection en béton qu'il avait pressée contre moi dans le jardin –, pourquoi ne voulait-il pas me désirer ?

« Excusez-moi, George, dis-je avec une grimace. Je sens tout à coup une migraine arriver. Je suis vraiment désolée, mais je dois retourner m'allonger dans ma chambre. »

Ses yeux s'emplirent d'inquiétude. « Veux-tu que je te raccompagne ? » George était un piètre acteur, car son inquiétude était manifestement feinte et il était tout aussi évident qu'il entendait profiter de l'occasion pour me coincer seule.

Je commençais à me demander si les règles de ce jeu n'étaient pas que de pures suggestions…

Je m'obligeai à sourire. « C'est très gentil de votre part, mais ma femme de chambre sera plus qu'heureuse de m'escorter. Je sens la migraine venir depuis le début de la journée, elle m'attend donc en coulisses pour m'aider à rentrer. »

Bee n'était pas censée revenir avant une heure, mais il n'avait pas besoin de le savoir.

Sans attendre sa réponse, je me hâtai de gagner le couloir. Je ne m'arrêtai pas avant d'avoir tourné et atterri dans une longue enfilade de fenêtres donnant sur une partie du château où se trouvaient notamment les écuries. Je m'adossai au mur, embrassant la vue, tandis que mon esprit s'emballait.

Qu'est-ce que je fabriquais ? Cette mascarade était stupide et inutile. Si Dominic n'était plus une solution envisageable, il fallait que je redouble d'efforts pour trouver un moyen de m'échapper avant que les choses tournent mal. Le mince vernis de civilité ne masquait pas la soif de sang dans les yeux de George, ni la façon salace dont il se pourléchait les babines chaque fois qu'il me reluquait. Il brûlait tout autant de me saigner à blanc que de me baiser et j'étais farouchement opposée à ces deux options. M'éloignant du mur, je posai ma main sur le rebord de la fenêtre pour étudier les remparts du château et le domaine qui l'entourait. J'avais exploré les terres planes à l'est, jusqu'à la frontière avec le territoire Loup-garou, mais je ne savais toujours pas s'il existait un autre point d'entrée, moins visible, qui n'impliquerait pas ma mise à mort immédiate à l'instant où je franchirais la ligne.

J'entamerais mon enquête demain, avec Ravage.

Ragaillardie par mon plan, j'allais pour repartir quand je me figeai : je venais d'apercevoir un cheval et son cavalier qui franchissaient le portail que Bee et moi avions emprunté, la nuit où nous avions trouvé les Chasseurs. Plissant les yeux, je regardai mieux, mon pouls de plus en plus rapide. Aucune erreur possible. Ce physique spectaculaire et ce cheval…

Dominic.

Que faisait-il hors du palais en pleine nuit, à chevaucher à la vitesse du vent ? Il avait dit avoir des ennemis… se pouvait-il qu'il ait des ennuis ?

Je n'avais aucun moyen de savoir ce qui se passait, mais j'avais bien l'intention de le découvrir.

Le temps d'arriver aux écuries, bien que m'étant convaincue qu'il s'agissait d'une très mauvaise idée, j'avais définitivement renoncé à faire demi-tour. S'il se tramait quelque chose, je devais en avoir le cœur net. Et s'il était juste sorti en pleine nuit pour décompresser un peu ? Quelle meilleure occasion pour le surprendre seul ? Rien que nous deux... dans le noir... peut-être que je pourrais le faire changer d'avis, après tout.

Serrant les cuisses, je me précipitai vers les portes des écuries.

Ce fut seulement à ce moment-là que je me rendis compte que je portais encore cette fichue robe de bal. Je courais le risque de perdre Dominic après m'être précipitée ici pour seller Ravage à toute vitesse. Mais mon corset était plus serré qu'un nœud coulant et j'allais avoir du mal à grimper sur la jument, sans même parler de la laisser galoper à sa guise à travers la nuit.

Souffre en silence, Sienna. Un peu d'inconfort, ce n'est rien comparé à la mort ou à une vie d'esclave sexuelle auprès de quelqu'un comme George. Ni l'une ni l'autre ne t'aideront à parvenir jusqu'à Jordan.

Je frissonnai et conduisis Ravage hors de son box.

Timmy, assis devant les portes en compagnie d'un autre garçon d'écurie d'à peu près son âge, se leva d'un bond sous l'effet de la surprise. « Mademoiselle Sienna. Je ne savais pas que vous comptiez monter, cette nuit.

— Eh bien, si. Et je te promets une pâtisserie demain matin si tu gardes pour toi que tu m'as vue. »

L'autre garçon intervint, les sourcils froncés par l'inquiétude. « D'accord, mais... vous ne pouvez pas vous enfuir, mademoiselle. Ça nous retomberait dessus. »

Je lui répondis d'un petit rire, avant de le rassurer : « M'enfuir ? Et j'irais où ? J'ai simplement besoin de me changer les idées. Timmy te confirmera que je sors Ravage presque tous les matins et que je reviens toujours. »

L'intéressé observait ma robe de tulle dorée, mon chignon et les fleurs tissées dans mes cheveux autour du papillon d'or de mon épingle à cheveux. J'étais toujours habillée sobrement, le matin, mais je n'avais pas le temps de parlementer, je le savais. À chaque minute écoulée, Dominic prenait un peu plus d'avance sur moi. Je risquais fort de le perdre si je ne me dépêchais pas.

« Tu veux une pâtisserie ou pas ? insistai-je.

— Mettez-m'en deux, répondit Timmy après un coup d'œil à son ami. Mais si vous ne revenez pas…

— Je reviendrai, le coupai-je. Maintenant, ouvre-moi les portes de l'écurie.

— Vous ne voulez pas une selle d'amazone, mademoiselle ? me lança l'autre garçon.

— Elle en utilise pas, l'informa Timmy. Enfin, elle est pas non plus aussi jolie, d'ordinaire. »

Je ne savais pas trop si je devais prendre ça comme un compliment ou une insulte.

« Vous ne voulez pas que je vous aide à la monter ? » reprit-il avec un regard sceptique. Je le soupçonnais de douter de mes capacités à grimper toute seule sur la jument, ainsi vêtue.

« Non, on va marcher, pour le moment. » J'avais prévu de lui faire emprunter le même portail que Dominic, mais je devais ouvrir la porte pour que nous puissions sortir.

Sans attendre leurs protestations, je m'empressai de tourner à gauche pour me diriger vers l'étroit portillon. Dominic l'avait laissé ouvert, je fis donc de même. Il me fallut plusieurs tentatives pour réussir à grimper sur Ravage depuis le sol, sans escabeau et avec ces imposants jupons. Je remontai la robe jusqu'à ma taille d'une main et attrapai le bord de la selle de l'autre, afin de me hisser dessus. À ma grande surprise, la jument se tint parfaitement immobile. La robe était encore assez ample pour couvrir complètement mes jambes ainsi que la croupe de Ravage.

Elle qui avait été patiente pendant que je m'installais parut comprendre quand je fus prête, car elle s'élança sans que je l'éperonne. Puis, comme si elle avait compris que c'était là notre mission, elle fonça dans la direction empruntée par Dominic.

J'étais persuadée que nous l'avions perdu, mais après un galop d'une bonne dizaine de minutes, j'aperçus le cheval et le cavalier au loin, dont le clair de lune faisait briller les décorations et les boutons de sa cape.

La soirée était fraîche et ma robe sans manche, de quoi regretter de n'avoir pas emporté au moins l'un des vêtements d'extérieur des garçons d'écurie. Mes jupes claquèrent pendant la chevauchée, le vent détacha les épingles dans mes cheveux, si bien qu'une cascade sauvage me dégringola dans le dos. Mais je gagnais du terrain sur Dominic, qui ne s'était pas retourné une seule fois. Il était donc exclu pour moi de ralentir.

Une chose était sûre alors que son cheval dépassait la forêt à la vitesse du vent, Dominic se dirigeait vers le pont de pierre de l'Est… le territoire Loup-garou. Alors que je n'étais plus qu'à une centaine de mètres derrière lui et la frontière encore à une cinquantaine de mètres au-delà, il franchit la crête d'une petite colline et disparut de ma vue.

Je n'étais pas inquiète, je savais qu'il réapparaîtrait sous peu, ne serait-ce que parce qu'il n'avait nulle part ailleurs où aller, si ce n'était dans la forêt, d'un côté comme de l'autre. Ravage ralentit alors que nous franchissions la colline à notre tour et je fronçai les sourcils : aucun signe de Dominic. Pas même de l'autre côté de la rivière…

À moins qu'il n'ait franchi le pont. Mais il ne ferait pas ça, si ?

Où diable était-il passé ?

Une rafale de vent me fit frissonner. Les poils de mes bras se hérissèrent sous l'effet de la chair de poule.

Ma décision de le suivre n'avait peut-être pas été la meilleure, tout compte fait.

J'envisageai de rebrousser chemin et de regagner le château, mais avant que je puisse bouger, un cheval jaillit des arbres, fonçant droit sur nous. Ravage s'ébroua, les muscles frémissants, alors que la terreur me poignardait avec la violence d'un couteau.

Ce n'était pas Arès avec Dominic sur son dos, mais le comte Anthony DuMont, qui affichait une allégresse digne d'un dément. Comment avais-je pu les confondre, tous les deux ? À bonne distance, dans l'obscurité, peut-être avec le secours d'une psyché qui prenait ses désirs pour la réalité ? Quoi qu'il en soit, j'avais commis une grave erreur.

« Ah, espèce de salope stupide. Ça y est, je t'ai eue. »

Il éperonna violemment son cheval, fonçant vers nous et nous poussant ainsi vers la rivière… et le pont.

J'étais tombée tout droit dans un piège.

Je sentais la panique de Ravage, qui tournait sauvagement la tête et martelait le sol de ses sabots à un rythme furieux. Je devais gagner du temps. Du temps pour élaborer un plan. Du temps pour calmer ma jument terrifiée.

Ce qui n'était pas une mince affaire quand mes entrailles étaient nouées par la terreur.

Anthony tira brusquement sur les rênes de son cheval, à quelques mètres devant moi, où la bête agitée piaffa.

« Cessez donc ces petits jeux, comte Anthony, réussis-je à sortir, malgré mes lèvres engourdies. Ce n'est pas très noble de votre part que d'effrayer une dame sortie prendre l'air du soir. »

Un sourire narquois se dessina sur son visage. « On pourrait objecter que tu n'es pas une dame. »

Je n'osais imaginer à quoi je ressemblais. Ma coiffure était presque complètement défaite et j'étais à califourchon sur le dos d'un cheval, ma robe relevée sur mes cuisses. Ce n'était pas ainsi que les vampires de la cour appréciaient voir leurs « dames ». Ou du moins était-ce ce qu'ils aimaient prétendre.

« En fait, je me suis bien trop souvent demandé si tu ne serais pas plutôt une petite diablesse, une fois que je t'aurais allongée sur le dos. Tu pousserais même peut-être des cris pour moi ? »

Je tentai de dissimuler ma peur, mais il dut la sentir, parce qu'il me parut encore plus excité quand il descendit de monture dans un mouvement plein d'emphase.

Inclinant la tête, il me dévisagea comme pour me dire : « À toi de jouer », mais je savais tout aussi bien que lui que j'étais prise au piège. Mon unique échappatoire était le pont derrière moi, ce qui équivalait presque à un suicide par loup-garou, et à mon ultime recours.

Il y a encore une option. N'oublie pas la rivière.

Je n'osai jeter un œil aux eaux tumultueuses, histoire de tester l'idée. Le cours d'eau faisait environ dix mètres de large, mais je n'avais aucune idée de sa profondeur et la température glaciale de l'eau ne me permettrait pas d'y survivre bien longtemps. Et puis, qu'est-ce qui l'empêcherait de me suivre dedans ?

Anthony fit un pas menaçant vers moi et Ravage piétina le sol, de plus en plus anxieuse.

« Pour être honnête, je préférerais que tu me résistes. J'aime quand c'est brutal », susurra-t-il, avec un sourire carrément diabolique cette fois.

Il ne m'en fallut pas plus pour passer à l'action. Comme si elle avait lu dans mes pensées, Ravage se cabra, lançant sauvagement ses pattes avant dans les airs. Si nous pouvions forcer Anthony à s'écarter et si, avec un peu de chance, cela effrayait son cheval par la même occasion, peut-être pourrions-nous prendre suffisamment d'avance pour les distancer jusqu'à nous mettre en sécurité au château. Ou du moins assez près pour que quelqu'un puisse m'entendre crier. Je serais punie pour m'être éclipsée à la nuit tombée, cela étant, le prix à payer me semblait modique si cela me permettait d'éviter ce que me réservait Anthony.

Il recula effectivement d'un pas, mais alors que j'incitais Ravage à bondir en avant, il s'élança vers nous, si vite qu'il n'était plus qu'un brouillard flou. Il réussit à refermer sa main sur un pan de ma robe, toujours déployée sur le dos de Ravage, et tira d'un coup sec.

Mes pieds s'envolèrent des étriers et je dégringolai de mon cheval pour aller percuter le sol dans une violente secousse.

Ravage s'ébroua et hennit tandis qu'Anthony se servait du bas de ma robe pour me tirer par terre, vers le pont.

« Ma faveur ! Je veux utiliser ma faveur !

— Tu crois que j'en ai quelque chose à foutre de ta faveur ? demanda-t-il dans un grognement.

— La duchesse vous punira pour…

— Et qui sera en vie pour lui raconter que tu as cherché à invoquer ta faveur ? »

Que ce salopard aille rôtir en enfer !

« Vous n'avez pas le droit de me toucher avant la fin des Jeux ! » criai-je, haletante, tout en donnant de furieux coups de pied et en m'agrippant à l'herbe drue que je trouvais sous mes doigts.

« Tu te crois maligne, hein ? demanda-t-il avec un rire dur. Les singeries de Marguerite ne t'ont donc rien appris ? Si tu essaies de t'échapper, aucune règle ne vaut plus. Je peux faire ce que bon me semble. Je dois retourner au palais, mais je pense qu'on va pouvoir s'amuser un peu avant que je te tue et que je te laisse sur le territoire Loup-garou. Les autres penseront que tu as cherché à t'enfuir et que tu as reçu le châtiment que tu méritais. Quel heureux hasard que de te trouver là ! »

Je n'avais pas eu le temps de réfléchir à ses paroles que nous avions atteint les premières dalles du pont.

Ravage poussa un hennissement de protestation sonore, puis chargea Anthony qui avait entrepris de traverser, en m'entraînant à sa suite. Elle se cabra de nouveau sur ses pattes arrière, obligeant le comte à lâcher ma robe pour se protéger en levant les bras au-dessus de sa tête. Je tentai de me relever, du sang plein la bouche, mais je me pris les pieds dans les innombrables mètres de tissu entortillés autour de mes jambes.

Ravage abattit ses sabots au sol, dangereusement proche de mes côtes, mais elle utilisa sa tête et ses dents menaçantes pour obliger Anthony à reculer de plusieurs pas. Il trébucha sur une pierre branlante et tomba les quatre fers en l'air.

Boostée par le flot d'adrénaline pure qu'avait fait naître ma terreur, je réussis enfin à me remettre debout et je piquai un sprint vers les arbres du côté sud de la clairière. J'entendais encore les sabots de Ravage marteler le pont de pierre ainsi que ses renâclements furieux.

Elle me donnait le temps de m'échapper, mais à quel prix ?

Je l'entendis hurler de douleur, faiblement, comme à travers un brouillard, mais même sans ça, je l'aurais senti. Une douleur fulgurante me traversa la gorge, comme si j'avais été blessée moi-même, et je compris qu'Anthony avait planté ses crocs monstrueux en elle.

« Non ! » hurlai-je, sachant que je devais continuer à courir mais incapable de m'empêcher de revenir en arrière.

Quelques secondes plus tard, un second cri retentit, seulement cette fois, c'était celui d'un homme.

Je cillai, pivotai et scrutai la nuit éclairée par la lune : deux silhouettes se battaient sur le pont.

« Où est-elle, putain de lâche ? »

La voix de Dominic fut un coup de fouet glacé qui me tira de ma torpeur. Je me dirigeai vers eux d'un pas chancelant, essayant de parler, mais ma voix était paralysée par le choc et la peur.

D'une main serrée autour de sa gorge, il tenait un Anthony geignant, plaqué sur le dos.

« Je vous donne une dernière chance de répondre avant de vous arracher le cœur à vif.

— Elle essayait de s'enfuir. Je l'en ai empêchée. Vous devriez vous estimer heureux que je n'aie pas laissé les loups tailler cette petite salope en pièces, siffla le comte tant bien que mal.

— Il… il ment », réussis-je à lancer. J'avais enfin retrouvé ma voix pendant que je me traînais vers eux. « J'étais sortie faire une promenade à cheval, il m'a coincée et il a voulu me traîner de l'autre côté du pont. »

Dominic se retourna vers moi et se figea dès qu'il me vit.

« Tu vas bien ? s'inquiéta-t-il.

— Oui », lui assurai-je. Mon cœur s'arrêta de battre un instant quand je constatai l'émotion brute qui se lisait sur ses traits. Le clair de lune fut brièvement traversé par un éclair argenté : Anthony avait réussi à dégainer une dague de sa botte. « Attention ! » criai-je.

Je vis avec horreur la lame se diriger vers le cœur de Dominic. Alerté par mon cri, il se retourna à la dernière seconde et la lame du comte s'enfonça dans le muscle épais de son épaule.

Le craquement d'un os résonna dans la nuit, tout comme les sanglots d'Anthony. La main qui avait brandi la dague pendouillait, retenue seulement par des lambeaux de chair après que l'os avait été brisé en deux.

« Espèce de bâtard, votre frère aura votre tête pour ça ! pleurnichait-il, le visage ruisselant de larmes et de morve. Cette salope ne vous mérite pas ! »

Je n'en revenais pas. Il y avait de la jalousie dans la voix d'Anthony. Dominic se rendait-il compte que c'était ce qui motivait le comte ? Pas son désir pour moi, mais son désir pour le général.

Ce dernier ne parut pas le remarquer. « Oui, je suis sûr que s'il reste quelque chose de vous à la fin, il m'exécutera. Parce que vous êtes l'un de ses partisans, n'est-ce pas ? Un vrai loyaliste ? Voyons voir comment il s'en sort avec un zigue de moins, d'accord ? »

Dominic resserra encore sa main autour du cou d'Anthony, dont les yeux s'exorbitèrent.

« Vous pensez que vous débarrasser de moi mettra fin à vos ennuis ? croassa-t-il. Il reste une demi-douzaine d'entre nous et vous n'apprendrez jamais l'identité des autres.

— Parfait. Nommez-les ou votre mort sera aussi lente et douloureuse que possible, rétorqua Dominic en tendant une main menaçante vers le bras indemne d'Anthony.

— C'est là toute la beauté de la chose, lâcha celui-ci avec un rire étranglé qui frôlait l'hystérie. Je n'en sais rien. Aucun d'entre nous ne le sait. Edmund efface ce pan de notre mémoire après chacune de nos rencontres, pour que nous ne puissions jamais nous trahir. Astucieux, n'est-ce pas ?

— Une astuce que vous auriez mieux fait de garder pour vous, car vous ne m'êtes plus d'aucune utilité, maintenant », grogna Dominic.

Une seconde plus tard, il y eut un drôle de gargouillis et je me détournai en hoquetant. Je sus que c'était terminé quand le tambourinement des jambes d'Anthony sur le pont cessa. S'ensuivit presque aussitôt le bruit des éclaboussures que firent jaillir les deux morceaux du comte en entrant dans l'eau. Dominic l'avait décapité à mains nues.

Je tremblais encore quand je sentis une main sur mon épaule.

« Sienna, tout va bien. Je… Il faut que je sache : est-ce qu'il t'a fait du mal ? » demanda-t-il, les dents serrées, tout en m'obligeant à relever le menton pour pouvoir croiser son regard.

Je levai les yeux vers lui, toujours étourdie, tandis qu'il cherchait à lire sur mon visage la réponse à sa question.

« Est-ce qu'il t'a touchée ? insista-t-il.

— Pas… pas dans le sens où vous l'entendez », réussis-je à répondre. Je dégageais mon bras lorsque j'entendis une respiration sifflante et un faible renâclement.

Bon sang ! Ravage était encore en vie.

Je me précipitai vers la jument qui gisait dans l'ombre et m'agenouillai à côté d'elle. Sa respiration était saccadée et une épaisse rivière de sang s'écoulait de la blessure à son cou.

« Oh, ma douce, ma jolie. Tu es mon héroïne, si courageuse. Mon trésor. S'il te plaît, ne me quitte pas », chuchotai-je en caressant son museau velouté pour essayer de lui apporter un peu de réconfort. La pauvre avait les yeux qui roulaient frénétiquement dans leurs orbites, tandis que ses muscles se tétanisaient et tremblaient. « Vous ne pouvez pas faire quelque chose ? suppliai-je en me tournant vers Dominic, à peine capable de voir à travers le flou de mes larmes. S'il vous plaît. »

Il s'approcha de nous et posa une main délicate sur mon épaule. La fureur s'évanouissait de ses yeux. « Je suis désolé, Sienna. Si ça n'avait pas été plus grave qu'une morsure… mais ça… » Il s'interrompit et désigna la plaie macabre. « Je peux mettre fin à ses souffrances. »

— Non ! » Je me jetai au-devant de Ravage, protégeant sa tête et son cou de mon corps. « Non… pas encore. »

Je ne pouvais pas le supporter. Fermant les yeux, je l'enlaçai et enfouis mon visage contre le sien, lui prodiguant de douces paroles.

S'il vous plaît, mes dieux, guérissez-la. S'il vous plaît.

D'instinct, je posai ma main sur la plaie et j'appuyai. Je sentais tout ce qui m'entourait avec une acuité particulière. L'odeur cuivrée du sang frais qui m'empoissait la main. La force vitale de l'animal qui émanait de son corps. Sa peur.

Guéris-la.

Guéris-la.

Un fil d'énergie tremblant parut s'échapper de ma main et je faillis la retirer, mais quelque chose me poussa à rester immobile.

Guéris-la.

Le fil s'épaissit, devint un ruban et se déploya, pulsant de mon corps jusque dans la bête allongée devant moi.

« Sienna ? » marmonna Dominic.

Mais je l'entendis à peine, tant l'énergie bondissante et grandissante me consumait.

Guéris-la !

Puis il n'y eut plus rien d'autre que l'obscurité.

23
Sienna

« Sienna ? »

Une voix grave et mélodieuse murmura mon nom, et je m'efforçai de me concentrer dessus à travers les toiles d'araignées de mon esprit.

« Sienna, tu m'entends ? »

Je tentai de parler, mais impossible de faire fonctionner ma langue. Quand une main chaude se referma sur la mienne et la serra, en revanche, je parvins à répondre à la pression.

« Merci, mes dieux », marmonna la voix.

Dominic.

J'obligeai mes paupières à se soulever, au prix d'un effort qui me parut herculéen. Ma vision trouble eut besoin d'une seconde pour redevenir nette, mais alors, je le découvris qui me dévisageait, le visage blême d'inquiétude.

« Qu'est-ce qui s'est passé ? » croassai-je. Des images se bousculèrent dans mon esprit, tels des fragments d'un mauvais film que je ne parvenais toutefois pas à assembler de façon cohérente.

« On en reparlera bien assez tôt. Comment tu te sens ? »

Je laissai mes paupières se refermer, pour tenter d'évaluer la situation. Au bout de quelques instants, je lâchai un soupir.

« Comme une merde écrasée. »

Il partit d'un rire rauque et mes propres lèvres esquissèrent un sourire.

« Vu que j'ignorais si tu allais seulement survivre, je m'en contenterai, déclara-t-il en retirant sa main. Si tu parviens à te redresser un peu en position assise, je te donnerai à boire. »

Dans un gémissement, je reculai jusqu'à me retrouver appuyée contre la tête de lit. Je rouvris les yeux quand il approcha un gobelet de mes lèvres. Je bus plusieurs gorgées avides, puis je hochai la tête.

« Merci. »

Il reposa le gobelet sur une table bancale au chevet du lit.

« Où as-tu mal ? s'enquit-il en examinant mon corps qui disparaissait entièrement sous une couverture.

— Nulle part. » Je secouai la tête. « J'ai l'impression que mon corps a été vidé de toute son énergie. Je pense que quand… »

Je poussai un cri, les yeux exorbités.

Anthony… le combat sur le pont… Ravage…

Tout me revint d'un coup.

« Ma jument… elle est… ? »

La mâchoire si bien dessinée de Dominic se crispa et il détourna le regard. « Elle est en vie. » Il haussa ses larges épaules et se passa une main sur le visage. « Je ne comprends pas ce qui s'est passé, mais elle est bien vivante. En fait, quand je suis sorti pour lui donner à boire, cette ingrate a cherché à me mordre au visage. Une vraie harpie ! Comment, Sienna ? » Il secoua la tête, sidéré. « Comment as-tu fait ça ? Elle était en train de mourir. »

La gorge nouée, je tentai de me remémorer le moment où c'était arrivé. « Je… je ne sais pas, Dominic. Je voulais vraiment la sauver. Elle avait été prête à sacrifier sa vie pour me protéger. Je n'arrêtais pas de me répéter "Guéris-la", et plus je me le répétais, plus j'étais envahie par une sensation étrange. Comme une énergie venue du plus profond de mon corps et dont je ne soupçonnais même pas l'existence.

— Et ça ne t'était jamais arrivé avant ? Tu n'avais jamais été capable de guérir quelqu'un par le passé ?

— Guérir quelqu'un ? Non, répondis-je fermement. Mais il y a eu des fois où... » Je laissai ma phrase en suspens, en repensant à mon affinité de longue date avec les animaux et à la facilité avec laquelle ils semblaient s'attacher à moi. « Quand Bee et moi sommes allées voir les Chasseurs...

— Quand vous avez fait *quoi* ? s'exclama-t-il, incrédule. Tu es suicidaire, c'est ça ? »

Je lui jetai un regard noir et je croisai les bras.

« Je préfère le Dominic inquiet, un peu papa poule, plutôt que le général, si ça ne vous dérange pas, rétorquai-je. Je me sens un peu mieux, certes, mais pas au point de pouvoir me disputer avec vous. Maintenant, vous pouvez me laisser terminer mon histoire ? »

Sur un petit reniflement, il me fit signe de continuer, mais il n'avait pas l'air ravi.

« *Comme je le disais*, Bee et moi avons essayé de comprendre ce qui était arrivé à Holly et nous sommes tombées sur les Chasseurs qui gardent la frontière sud. Il y a eu comme qui dirait une bourde, on s'est retrouvées trop près et, pour vous la faire courte, l'un d'eux a failli nous manger. »

Dominic se pressa les doigts aux tempes en poussant un grognement. « Je n'arrive pas à croire ce que j'entends. Tu... » Il s'interrompit et soupira. « Oublie. Vas-y, continue.

— Je ne sais pas. J'ai juste... souhaité très fort qu'il ne nous mange pas, et il ne l'a pas fait. On a fiché le camp en courant et sans se retourner. Mais ça ne s'est toujours produit qu'avec des animaux, jamais avec des gens. Et jamais rien d'approchant ce qui s'est passé avec Ravage. »

Il me dévisageait, comme s'il pouvait trouver tatouées sur ma peau d'autres réponses à ses questions. « J'aurais dû me douter qu'il y avait quelque chose d'anormal quand elle s'est laissé monter sans protester. Je me suis dit qu'il s'agissait juste d'une connexion exceptionnelle, mais ça ? C'est de la *magie*, Sienna, et d'un genre que je n'ai jamais vu. La question est : comment ? Pourquoi ? Tes parents, ils sont tous les deux humains ?

— Oui. J'en suis sûre, du moins autant qu'on peut l'être. Ils sont morts tous les deux. »

Je me creusai la cervelle pour tenter de trouver une autre explication et ce fut seulement à ce moment-là que je pris conscience de l'environnement étranger, inconnu, dans lequel je me trouvais.

« On est où ? » demandai-je en découvrant le décor sombre et boisé de la vaste pièce. Un feu crépitait joyeusement dans l'âtre voisin et j'avisai quelques meubles sommaires, mais rien de comparable au luxe du palais.

« Dans l'un des pavillons de chasse de la forêt, au nord du château. Je pouvais difficilement rentrer avec toi inconsciente sur le dos de mon cheval, sans qu'ils en concluent que tu avais cherché à t'échapper. Et je ne parle même pas du fait que j'étais couvert de sang. »

Je grimaçai en lui jetant un coup d'œil. Il ne plaisantait pas. Tout son gilet était taché d'un sang presque noir.

Celui d'Anthony.

Le souvenir de Dominic le tuant sur le pont refit surface et je le repoussai. Je n'étais pas encore prête à y repenser.

« Bien vu. Qu'en est-il du mien ? »

Je fronçai les sourcils tout en baissant les yeux pour examiner mes propres vêtements, réalisant avec un sursaut que j'étais désormais vêtue en tout et pour tout d'une chemise de lin blanc qui m'arrivait aux genoux.

« Avez-vous…, commençai-je avant de m'interrompre, les joues devenues brûlantes.

— Oui, confirma-t-il avec un hochement de tête sévère en détournant le regard. Avant que tu ne me poses la question, oui, je me suis conduit en parfait gentleman, et oui, c'était nécessaire. Tes vêtements étaient complètement imbibés de sang et te collaient à la peau. Je n'arrivais pas à distinguer celui qui t'appartenait de celui qui provenait de la jument ou d'Anthony. Je devais m'assurer que tu n'étais pas blessée. »

C'était logique, pourtant mon corps se mit à me picoter de la tête aux pieds à la pensée qu'il m'avait vue nue.

« J'ai été agréablement surpris de constater que tu n'avais qu'une petite coupure à la lèvre et deux-trois égratignures et griffures. Est-ce que tu souffres, là ? » Il effleura mes doigts, presque comme s'il n'était pas conscient de son geste.

Je secouai la tête. « Non. J'ai encore un peu mal suite à ma chute, quand Anthony m'a tirée de la croupe de Ravage, mais sinon, tout va bien. Et mon énergie revient peu à peu. »

Le visage de Dominic s'assombrit. « Tant mieux. Peut-être que tu pourrais me raconter ce qui s'est passé dans ce cas ? Il t'a suivie ? »

Je me mordillai la lèvre et grimaçai lorsque mes dents y trouvèrent la coupure. « Pas exactement… »

Il plissa ses yeux sombres. « Crache le morceau, exigea-t-il.

— C'est moi qui le suivais, bredouillai-je piteusement. Mais à ma décharge, je pensais que c'était vous. J'aurais juré avoir aperçu Arès et j'ai pensé que vous aviez peut-être des ennuis. Vous aviez parlé d'ennemis et…

— Qu'est-ce qui t'est passé par la tête ? Par les dieux ! Il y a des gens ici qui ne demanderaient pas mieux que de te faire du mal. Anthony n'est que l'un d'entre eux. Tu ne peux pas aller te promener à ta guise à la nuit tombée. » Comme il avait progressivement élevé la voix, ses paroles résonnèrent dans toute la cabane.

Je le fusillai du regard, bien contente de pouvoir masquer mon embarras sous de la colère. « Vous me mettez ça sur le dos ? Il m'a piégée et m'a traquée comme une hyène le ferait avec une gazelle blessée, et c'est moi le problème ? Si cela vous dérange de me voir blessée, alors je vais vous donner une putain d'idée originale. Laissez-moi foutre le camp d'ici ! Aidez-moi à m'échapper de cet horrible endroit. Aidez-nous toutes autant que nous sommes, les victimes de ce jeu tordu. À ce moment-là, je serai en sécurité et vous, débarrassé de moi comme vous aspirez à l'être. »

Il poussa un grognement, se détourna et passa une main dans ses cheveux noirs.

« Ce n'est pas aussi facile, Sienna…

— Dans ce cas, expliquez-moi pourquoi, cessez de me maintenir dans l'ignorance », exigeai-je, désireuse de savoir, d'obtenir des réponses.

Ses yeux brûlaient de fureur contenue. Il se leva d'un bond et se mit à déambuler dans la pièce d'un pas agité. « Je ne peux pas, répliqua-t-il dans un murmure rauque.

— Pour protéger la tradition ? crachai-je comme s'il s'agissait d'un juron. En vertu d'une loyauté mal avisée à l'égard de votre monstre de frère ? Pourquoi, bons dieux ? »

Il pivota sur lui-même et se pencha pour croiser mon regard. « Parce que si je défie Edmund de quelque manière que ce soit, il les détruira tous. Tous ceux que j'aime, Sienna. Il tuera Will, ma mère, notre tante. Tous. Cela prendra peut-être un jour, peut-être une semaine, mais il aura sa revanche. Edmund ne croit pas à cette histoire de "œil pour œil, dent pour dent", vois-tu. Si tu lui prends un œil, il t'arrache le cœur et le dévore. »

Je levai les yeux vers lui, la gorge sèche et l'esprit en ébullition. « Pourquoi vous le tolérez dans ce cas ? Vous êtes fort… plus fort que lui. Je vous ai vu à l'entraînement, dans l'arène. Vous auriez facilement pu prendre le dessus… Même moi, j'ai vu que vous reteniez vos coups. Achevez-le, Dominic. S'il est mort, tous les gens que vous aimez seront débarrassés de ce danger.

— Tu ne crois pas que j'en ai envie ? demanda-t-il avec un rire amer, avant de se remettre à faire les cent pas. J'en rêve tous les jours depuis des décennies. Mais il n'est pas seul. Il dispose d'une cabale de loyalistes, petite, certes, mais puissante. Il a mis en place un dispositif de sécurité pour le cas où il lui arriverait quelque chose. Sa mort en entraînera toute une série d'autres. »

Les derniers mots qu'Anthony et lui avaient échangés, avant la mise à mort du comte sur le pont de pierre, me revinrent à l'esprit. En proie à la terreur et à la confusion, je ne les avais pas compris sur le coup. Ils s'expliquaient à présent.

« Si Edmund est victime d'un acte criminel ou s'il y a une tentative de coup d'État pour mettre Will au pouvoir, Will sera assassiné dans les heures qui suivent », ajouta Dominic d'un ton grave.

Je clignai des yeux, sous le choc. « C'est pour cette raison que vous avez accepté de devenir général. Pour le protéger… »

Il opina de la tête. « Exactement. Quel meilleur moyen pour s'assurer que je protégerais Edmund au péril de ma vie que de menacer de mort ceux que j'aime s'il lui arrivait malheur ?

— Vous ne pourriez pas employer ceux qui vous sont loyaux à vous et à Will pour mettre au point une attaque coordonnée contre les hommes d'Edmund ? Les frapper tous en même temps et débarrasser le palais de son influence pour l'écarter du pouvoir une bonne fois pour toutes ?

— C'est possible. Mais il faudrait d'abord que je parvienne à les identifier. C'est ce que j'essayais de faire quand tu m'as vu à cheval, ce soir.

— Donc c'était bien vous, murmurai-je. Je le savais !

— Oui, et, manifestement, Anthony le savait lui aussi, c'est pourquoi il a dû me suivre. Il ne s'est sans doute arrêté que parce qu'il t'a sentie derrière lui. Le comte ne sera plus un problème à l'avenir. Je me suis débarrassé de son corps sans laisser aucune trace. Mais Edmund va se demander où il est passé et il posera des questions. Nous devons nous assurer que lesdites questions mènent à des réponses qui n'impliquent aucun de nous deux.

— Les garçons d'écurie… Je leur ai parlé à tous les deux. Il ne va tout de même pas leur faire de mal…

— Je m'en occuperai. En fait, je m'occuperai de tout. Il nous reste quatre bonnes heures avant le lever du soleil et, du moment que tu regagnes le palais avant le réveil des servantes, nous devrions être tranquilles. » Il s'écarta et désigna ses vêtements crasseux. « Il faut que je sorte un petit moment, mais ne crains rien, je ne serai pas loin. Je dois retrouver un allié avant qu'il ne quitte la région. À mon retour, je prendrai un bain et je changerai de vêtements. Après quoi, j'essaierai de mettre au point une histoire crédible, et une autre de secours, au cas où. En attendant, repose-toi encore un peu, afin que ton énergie soit revenue quand nous rentrerons. Nous aurons tous les deux besoin d'avoir l'esprit vif. »

J'avais encore un million de questions à poser, mais il était clair que Dominic avait assez de pain sur la planche et, effectivement, mon énergie commençait à baisser.

Je me calai contre l'oreiller en poussant un soupir.

« Soyez prudent », lançai-je doucement alors qu'il sortait de la pièce, tout en espérant à moitié qu'il ne m'avait pas entendue. Pourquoi me soucier de savoir s'il était prudent ou non ? D'accord, il avait une raison de soutenir Edmund et ses jeux tordus, et alors ? Beaucoup de gens rationalisaient des tas de comportements affreux. Ça n'excusait rien.

Une image du sourire chaleureux et du visage aimable de Will me traversa l'esprit, m'obligeant à fermer les yeux. Je repensai à toutes les fois où Bee s'était épanchée sur sa gentillesse, sur l'affection que son peuple lui portait, à lui plus qu'à ses frères.

Ce n'était pas mon problème. Rien de tout cela n'était mon problème. J'avais besoin de me reposer pour comprendre comment la folle tournure de ces événements allait nous affecter, mon avenir et moi. Dominic était peut-être le moins horrible des monstres ici, n'empêche que c'était quand même un monstre.

Je m'efforçai de chasser de mon esprit tous les conflits et traumatismes pour me concentrer sur ma respiration. L'épuisement ne tarda pas à faire son œuvre et je me laissai dériver.

À mon réveil, la pièce était sombre, si l'on exceptait le feu en train de s'éteindre et un rai de lumière sous la porte. Un coup d'œil par la fenêtre m'indiqua qu'il faisait encore nuit noire et que la lune et les étoiles avaient disparu derrière une épaisse couverture de nuages menaçants. Ils se déplaçaient pendant la nuit, contrairement au ciel et aux nuages de la journée, qui étaient factices.

J'avais dû dormir une heure, deux au maximum.

Je me redressai avec précaution et fus soulagée de constater que la lassitude profonde qui m'avait enveloppée tel un drap humide s'était dissipée. En fait, curieusement, je me sentais pleine d'énergie. Presque revenue à mon état normal. Étrange après une sieste aussi courte.

Ayant fait basculer mes pieds au bas du lit, je me levai. Pas de jambes flageolantes, de douleur ou de fatigue.

Parfait.

Je traversai la pièce et tirai doucement sur la porte pour jeter un coup d'œil dans la salle voisine.

C'était une grande salle de vie meublée d'un canapé et d'une table, avec une cuisine rustique équipée d'un poêle à bois dans un coin. Dominic n'était manifestement pas encore rentré, donc je pourrais peut-être…

Je penchai la tête lorsque le clapotement caractéristique de l'eau se fit entendre. D'où cela provenait-il ?

Un rapide examen de la pièce me révéla une autre porte ouverte à côté de la cuisine.

Je ne pris pas consciemment la décision de me diriger vers elle…

Ni de la franchir…

Ni d'emprunter le petit couloir.

Et je n'avais certainement pas l'intention de pousser la porte de la salle de bains et de jeter un coup d'œil à l'intérieur.

Une fois celle-ci ouverte, cependant, impossible de revenir en arrière. Pas après avoir entrevu le dos nu de Dominic, dépassant de la grande baignoire au centre de la pièce, éclairé par la lumière dorée des bougies.

La gorge nouée, je laissai mes yeux vagabonder sur ses larges épaules et ses bras musclés. Seigneur, quel spécimen ! Les doigts me démangeaient tant j'avais envie de le toucher…

« Je sais que tu es là, Sienna, marmonna-t-il. Je sens ton odeur. Retourne te coucher. »

Je voulais tourner les talons. Partir et oublier que j'étais venue jusqu'ici. Au lieu de quoi je demeurai pétrifiée, aussi sûrement que si mes pieds s'étaient retrouvés pris dans un bloc de ciment.

« Et si je reste ? chuchotai-je.

— Hors de question, répliqua-t-il sans se retourner. Il le faut. J'ai beau ne pas être humain, je suis fait de chair et de sang. La nuit a été éprouvante. Je n'ai plus beaucoup de patience et encore moins de self-control. Sors d'ici. »

Je m'approchai lentement de la baignoire, frémissante, haletant au lieu de respirer, car chacun de mes pas me révélait une parcelle supplémentaire de son corps somptueux.

Quand je ne fus plus qu'à quelques centimètres, je m'agenouillai, en pilotage automatique désormais.

« Ce sera un miracle si je sors vivante de ce merdier, murmurai-je en glissant une main dans ses boucles humides couleur chocolat. Si je dois mourir, j'aimerais me fabriquer quelques bons souvenirs pour compenser tous les mauvais qui m'habitent. » Je tirai légèrement sur ses cheveux, lui arrachant un grondement sourd. « Vous pouvez bien m'accorder ce vœu. »

Il consentit alors à tourner la tête et captura mon regard. Le désir peint sur ses traits finit de me couper le souffle.

« Je donnerais volontiers ma main droite pour le faire, Sienna, mais je ne renoncerai pas à mon honneur. Avant les

Jeux, nous faisons tous le serment de ne pas corrompre les femmes…

— Je vous libère de ce serment, le coupai-je.

— Tu ne peux pas, ce n'est pas un serment que tu es en mesure de délier, répliqua-t-il d'une voix si rauque qu'on avait l'impression qu'il avait avalé du verre pilé. Tu n'es pas ici de ton plein gré. Tu es ici parce qu'on t'a enlevée. Tu n'as pas les idées claires. »

Je me relevai sur des jambes chancelantes et m'approchai du bord de la baignoire. « Je sais ce que je veux et c'est vous, Dominic. Ici… maintenant. Ce choix est le mien. Ce consentement est le mien. »

Je portai des mains tremblantes aux boutons de ma chemise et commençai à les défaire un par un.

« Ne fais pas ça. »

C'était sûrement censé être un ordre, mais cette injonction avait plutôt ressemblé à la plainte désespérée d'un mourant. Malgré ses protestations, ses yeux restaient fixés sur mes doigts à l'œuvre. Le temps que j'atteigne mon nombril, tous les muscles de son corps étaient tendus et il s'agrippait aux parois de la baignoire, les phalanges blanchies.

Je défis le dernier bouton et laissai le chemisier glisser sur le sol…

Le grondement guttural de Dominic me secoua comme un tremblement de terre, partant de mes orteils pour remonter vers mon sexe déjà humide, où le son parut s'accrocher et vibrer. Ses yeux sombres brûlaient de désir quand je me penchai vers lui jusqu'à ce que mes seins lui frôlent l'avant-bras. Après quoi je pressai mes lèvres contre son oreille. « Si tu ne me touches pas, c'est moi qui te toucherai. »

Il gronda et je reculai. Le pouvoir que j'avais sur lui était un élixir aussi enivrant que son odeur.

« Sorcière, marmonna-t-il, les crocs étincelant à la lueur des chandelles.

— Monstre », répliquai-je en cambrant le dos, histoire que l'opération consistant à nouer mes cheveux en chignon au sommet de mon crâne devienne un spectacle à part entière.

Tandis que ses doigts serraient et relâchaient convulsivement le rebord de la baignoire, j'autorisai mes yeux à descendre plus bas. Le long de son torse, de son ventre dur, du « V » musculeux de son bas-ventre qui me donna envie d'y passer la langue.

« Mes dieux, prenez-moi en pitié », chuchotai-je.

Je hoquetai en découvrant un sexe épais et long fièrement dressé entre ses hanches minces.

« Tu me tues. Fiche le camp », gronda-t-il, dans une ultime tentative pour me renvoyer.

« Et je n'ai même pas encore commencé », parvins-je à répliquer en soulevant une jambe pour la plonger dans l'eau chaude, toujours comme une automate.

— Je ne pourrai pas m'arrêter si tu vas plus loin », me prévint-il.

Je m'immobilisai, comprenant que je me trouvais sur un seuil qui, une fois franchi, m'empêcherait tout retour en arrière.

C'était à coup sûr une très mauvaise idée. Jouer la tentatrice devant un vampire alors que je venais d'échapper de justesse aux griffes d'un autre ?

Mais si portée que je sois à mettre Dominic dans le même sac que les autres, il était différent. Je le savais au plus profond de moi. Et en cet instant, je ne voulais rien d'autre que le sentir aller et venir en moi, me remplir, me faire oublier…

Je passai mon autre jambe par-dessus le rebord de la baignoire, de façon à le chevaucher, et je me laissai lentement descendre, en prenant appui sur mes genoux. Je restai ainsi, en suspend au-dessus de lui, pendant que je posais les mains sur son torse nu.

« Combien de temps avons-nous ? » chuchotai-je. Mon cœur battait si fort que je pouvais l'entendre.

La gorge visiblement nouée, il détacha ses yeux de mes seins et plongea son regard dans le mien. « Une heure. Peut-être deux.

— Alors je ferais mieux de commencer. »

24
Dominic

Ses mots auraient tout aussi bien pu être des pieux de dragonnier, car ils me terrassèrent tout aussi sûrement.

Si elle n'avait pas encore commencé, alors j'étais parti pour en baver sérieusement. Mon sexe l'appelait déjà de ses vœux, palpitant et pulsant contre mon ventre, à quelques centimètres seulement de l'endroit où il brûlait d'être. Comme si ça ne suffisait pas, la vapeur du bain intensifiait encore son odeur, augmentant jusqu'à la fièvre mon désir de la goûter.

Je réalisai l'ampleur de ma naïveté quand elle referma son poing autour de moi, enveloppant ma hampe de sa main soyeuse avant de serrer.

« Putain ! » grondai-je, arquant aussitôt le bassin vers elle, incapable de résister. Si seulement je pouvais refermer ma main sur la sienne pour la faire monter et descendre le long de mon membre en souffrance, cela me procurerait un peu de soulagement. Au lieu de quoi, je serrai les dents, crocs sortis, et je restai immobile, tendu comme un ressort prêt à rompre.

« Tu es aussi doux que le velours », murmura-t-elle en installant ses fesses délicates sur mes cuisses et en examinant mon sexe serré dans sa petite main.

Il tressauta et elle resserra sa prise, m'arrachant un autre grognement.

Ses yeux de miel doré tournés vers moi, elle s'humecta les lèvres. La simple vue de sa langue fit rugir le sang à mes oreilles. Et puis…

« Est-ce que je peux… te goûter ? »

Le rebord de la baignoire gémit et grinça quand la fonte se tordit avant de céder sous la pression de ma poigne.

Refuse, exigea une petite voix à l'intérieur de mon crâne. *Elle te demande la permission… il suffit de refuser.*

Au lieu de quoi, tout ce que je pus faire, ce fut la contempler, le souffle coupé, quand elle pencha la tête, recula les fesses et approcha sa bouche de moi.

Une chaleur torride et humide enveloppa mon gland, effaçant toute velléité de refus… effaçant toute pensée cohérente.

Les vampires étaient une espèce très portée sur le sexe et j'avais été sucé plus de fois que je ne pourrais jamais les dénombrer. Mais ça ? Cette exploration timide et subtile, cette succion douce et torturante… c'était différent de tout ce que j'avais pu ressentir.

Je relâchai ma prise mortelle sur la baignoire et tendis une main vers ses cheveux, m'arrêtant juste avant d'y plonger les doigts.

Une lueur espiègle alluma son regard et elle retira ma queue de sa bouche dans un petit bruit de ventouse.

« Interdiction de toucher, tu te rappelles ? »

Une sorcière à n'en pas douter. Je faillis glousser, mais le désir reprit le dessus dès qu'elle passa la langue sur mon gland épais avant de me reprendre profondément en bouche. Plus profondément. Si profondément que je sentais la chair tendre et douce au fond de sa gorge. Ses joues se creusaient quand elle aspirait et la pression dans mes bourses augmenta jusqu'à devenir douloureuse.

« Sienna, grognai-je en secouant la tête comme un possédé, tout en la mangeant des yeux. Putain, merde, s'il te plaît. »

Elle tourna une fois de plus le regard vers moi et m'expulsa de sa bouche.

« J'ai besoin de t'avoir en moi », lâcha-t-elle, à bout de souffle.

Ma langue resta collée à mon palais alors qu'elle se tortillait le long de mon corps et venait sceller ses hanches aux miennes. Elle ne me prit pas en elle, cependant. À la place, elle nicha mon imposante érection contre son entrejambe et glissa dessus, d'avant en arrière, d'abord lentement, puis plus rapidement, à mesure que ses joues s'empourpraient. Dire qu'elle me tuait serait loin de la vérité. C'était de la pure torture de la voir grimper vers les sommets que son corps exigeait.

« C'est tellement bon, chuchota-t-elle en ondulant plus vite du bassin, les mains sur mes épaules pour se stabiliser. Tellement bon de te sentir, putain. »

Je tentai de détourner le regard, parce que le besoin de prendre le contrôle – de la saisir par la taille, la soulever et plonger ma queue engorgée en elle, dans la douceur de son sexe – était si puissant que j'en tremblais. Mais j'étais tout aussi incapable de ne pas la regarder que d'empêcher la terre de tourner. Elle était magnifique. La tête rejetée en arrière, les cheveux libérés de toute attache, ruisselant dans un désordre sauvage sur ses épaules, ses seins ronds qui rebondissaient de haut en bas, encore et encore…

« Dominic ? »

Il fallut une seconde à mon cerveau pour comprendre. La nouvelle voix dans la pièce. L'accent écossais que je connaissais si bien. Sienna dut finalement l'entendre, elle aussi, car elle se figea, en suspens au-dessus de moi, les yeux écarquillés de stupeur.

« Je suis désolé pour l'interruption, demoiselle... Tu n'as pas idée d'à quel point... mais le temps presse. »

Je me penchai en avant, enveloppant Sienna de mes bras et me servant de mon torse pour la dissimuler.

« Qu'est-ce qui ne pouvait pas attendre, Loch, bordel ? » crachai-je. Mon courroux ressemblait à une bête furieuse qui haletait à l'intérieur de mon corps. Je me tournai vers la porte et reçus comme un coup de poing en découvrant son expression.

J'eus beau m'armer de courage, rien n'aurait pu me préparer à ses paroles.

« Je suis désolé, Dominic. Ton père est mort. »

Ce qui signifiait...

« Edmund est roi », murmurai-je.

Nom des dieux !

25
Sienna

Le roi Stirling était mort. Edmund était monté sur le trône.

J'étais encore sous le choc de la nouvelle.

« On va toutes mourir », murmurai-je alors que nous traversions les champs à vive allure, laissant aux chevaux la liberté de galoper aussi vite qu'ils le pouvaient.

Ravage et Arès étaient au coude à coude, la jument baissant les oreilles chaque fois qu'il osait ne serait-ce que poser les yeux sur elle.

Je ne pouvais m'empêcher de regarder Dominic, penché sur l'encolure de son étalon, le corps parfaitement à l'unisson avec la cadence du cheval.

Bon sang, j'avais bien failli me retrouver sous lui. Sans cette histoire de « le roi est mort, vive le roi ».

Je m'efforçais de ne pas penser à Dominic nu, à la baignoire, à l'interruption. Je faisais aussi de mon mieux pour ne pas penser à ce qui nous attendait.

« C'est le chaos, avait dit Lochlin, l'allié de Dominic, pendant qu'on se rhabillait. Le château est plongé en plein chaos. Il n'est pas mort de cause naturelle. D'après ce que j'ai entendu, il était en train de causer avec sa sœur quand il s'est soudain effondré sur la table, les deux mains agrippées à la gorge. »

C'était cette précision qui avait frappé Dominic. Il s'était immobilisé, seulement vêtu de son pantalon. « La gorge ? Tu es sûr ? »

Lochlin lui avait répondu d'un lent hochement de tête. « C'est ce que je pense ?

— Un ver de sang, avait craché Dominic. Par les dieux, on pensait qu'ils avaient été éradiqués ! C'est Edmund qui était en charge de… » Il enfilait alors sa chemise. « Edmund. C'est forcément Edmund. C'est lui qui avait les échantillons et qui affirmait que les vers de sang avaient disparu !

— Ça expliquerait le long déclin du roi, avait convenu Lochlin. Et sa folie. Ces vers, on les attrape bien avant qu'ils n'infligent la mort normalement, non ? D'après nos espions, ça fait longtemps que personne n'est décédé à cause d'eux.

— Putain. Ça ne sera même pas considéré comme un meurtre ! avait grondé Dominic. Edmund affirmera qu'il s'agit d'un événement naturel, d'une anomalie ou d'une résurgence qui n'a pas pu être détectée. Et il prétendra… »

Ce n'était pas que je me désintéressais de ce qui s'était passé, je savais que ça m'affecterait puisque j'étais piégée ici. Mais je m'efforçais de trouver la meilleure façon d'utiliser ce nouveau rebondissement de ma destinée.

J'avais déjà prévu de trouver un moyen d'accéder au territoire Loup-garou afin de parvenir jusqu'à Jordan. Le moment était peut-être venu. Plus tôt que je ne l'avais envisagé, cependant.

Des vêtements propres, simples, usés et très confortables, assurément pas les soies élégantes que je portais pour les Jeux, avaient été étalés pour moi sur le lit. J'avais alors réfléchi à ce que j'avais à ma disposition, en dehors des vêtements.

Le chaos. Les Jeux interrompus le temps des funérailles royales. Même moi, je savais qu'ils ne continueraient pas les Jeux de la moisson : les vampires tenaient à être vus comme nobles et respectueux des traditions. Les Jeux reprendraient-ils ?

« Est-ce que je dois rester ici ? Cachée ? » avais-je demandé dans un chuchotement. Les deux hommes avaient levé les yeux vers moi, mais Dominic avait rapidement secoué la tête.

« Non. Une fille qui disparaîtrait des Jeux à ce stade, ça ferait mauvais effet. Même si je comprends que tu veuilles te cacher. »

C'était bien dommage. J'avais espéré qu'il me laisse derrière, ce qui m'aurait permis d'explorer les lieux pour trouver comment gagner le territoire Loup-garou. Si je n'utilisais pas le pont, je réussirais sans doute à m'éclipser sans qu'on me remarque.

Les discussions avaient cessé à partir de là. Les deux hommes avaient préparé les chevaux et, sans un mot de plus, nous avions pris la route.

Voilà comment nous nous retrouvions à chevaucher en direction du château. Autrement dit ma prison.

Aux abords des écuries, la confusion sautait aux yeux. Des gens couraient dans tous les sens, humains comme vampires. Plus inquiétant encore, des files s'étaient formées devant des hommes munis de sondes qui les enfonçaient tour à tour dans la gorge des malheureux, jusqu'à ce qu'ils vomissent.

Et non, les sondes n'étaient pas nettoyées avant réutilisation. Dégoûtant.

« Ne t'approche pas d'eux », m'avertit Dominic en descendant de monture avant de me tendre la main. Comme si j'avais besoin d'encouragement pour garder mes distances avec les hommes aux sondes. Je sautai toute seule de selle, ce qui le fit grimacer. « Ils vont implanter quelques vers de sang ici et là, histoire de faire croire que Père n'est pas le seul à avoir été contaminé. Et de donner à penser qu'on est face à une épidémie. »

Comment pouvait-il le savoir ? Est-ce qu'il lisait dans les pensées, maintenant ?

« C'est ce que je ferais à leur place, lâcha-t-il, la voix vibrante de colère. Pour effacer la trace du meurtre que j'aurais commis. »

Je frissonnai. Combien de meurtres avait-il commis exactement ? Je me refusais à poser cette question, pour l'instant en tout cas, je préférai donc réorienter la conversation.

« Pourquoi Lochlin n'est pas venu avec nous ?

— Ce n'est pas... un vampire. » Dominic secoua la tête. « C'est l'un de nos voisins. »

Je dus vraiment prendre sur moi pour ne pas pousser un cri en comprenant ce qu'il insinuait. J'aurais parié jusqu'à mon dernier haillon que Lochlin était un loup-garou. Un loup-garou qui s'était montré gentil. Peut-être un loup-garou prêt à m'aider à retrouver Jordan ?

« Il est resté à la cabane ? » demandai-je en faisant de mon mieux pour parler d'une voix dénuée d'excitation.

Dominic me décocha un regard bref, mais ne répondit pas à ma question. « Va dans ta chambre, verrouille ta porte et restes-y jusqu'à ce que la duchesse te fasse appeler. » Quand il esquissa le geste de prendre mes rênes, Ravage secoua le cou et fit claquer brutalement sa mâchoire.

« Je vais la ramener à l'écurie, puis je suivrai vos conseils, déclarai-je en inclinant la tête, avant de plonger dans une lente révérence. Général. »

Il grogna comme si je venais de lui flanquer un coup de poing dans les parties. « Je dois y aller. Ne fais rien de stupide. »

Je demeurai inclinée, tête basse pour qu'il ne puisse voir la tromperie dans mes yeux. Je savais que s'il décelait ne serait-ce qu'une lueur de ce que je m'apprêtais à faire, il ne me lâcherait plus d'une semelle.

« Jamais. »

L'un des garçons d'écurie surgit soudain à nos côtés. Il prit les rênes d'Arès mais n'esquissa pas un seul geste vers Ravage. Je relevai lentement la tête.

Dominic était parti.

« Au revoir », chuchotai-je, tout en haïssant l'étrange serrement de mon cœur. Je ne voulais pas que ce soit ma dernière entrevue avec le général, mais je savais qu'il valait mieux pour moi que je parte tant que je le pouvais encore.

Je ramenai Ravage dans son box et lui donnai du *mash*, de l'eau tiède et une bonne dose de foin. Je ne la débarrassai pas de sa selle, me contentant d'en desserrer les sangles. J'ôtai en revanche sa bride, que j'accrochai à un crochet de l'autre côté de la porte.

Il fallait que je puisse agir vite, dès l'instant où je serais prête.

Avant que le garçon d'écurie ne puisse me demander d'enlever le reste de son harnachement, je me faufilai dehors pour regagner ma chambre. Voilà, je suivais la première partie des conseils de Dominic.

Si j'avais qualifié de chaos ce qui se passait dehors, ce n'était rien comparé à l'intérieur du château.

Les gens couraient presque dans les couloirs, le visage crispé par l'inquiétude. Si je n'avais pas déjà deviné qu'Edmund serait un tyran, cette réaction à la mort du vieux roi me l'aurait indiqué.

Tout le monde redoutait les jours à venir.

Dès que j'eus atteint ma chambre, je refermai la porte et la verrouillai.

« Oh ! »

Je pivotai et trouvai Bee, levant la tête de son lit, le visage strié de larmes et les yeux terriblement rouges et gonflés.

« Bee, c'est bon, je suis de retour. »

Devant ses pleurs qui refusaient de se calmer, je sentis la peur me gagner. « Qu'est-ce qui s'est passé ? Tu vas bien ?

— Ils ont capturé Will, ils l'ont enfermé ! sanglota-t-elle. Tout le monde… tout le monde dit qu'il va mourir. Edmund le tuera pour l'empêcher de monter sur le trône. »

Elle se laissa tomber dans mes bras. Je réfléchis, tout en la tenant contre moi. Stupide… C'était une idée stupide qui mijotait en moi, mais sa réalisation me procurerait une certaine protection. Et peut-être… oui, peut-être qu'elle sauverait Will.

Je serrai Bee dans mes bras une dernière fois, puis je m'écartai. « Bee, écoute-moi. Écoute-moi bien. Où détiennent-ils Will ?

— Juste dans ses appartements pour le moment, mais…

— Il est surveillé ?

— Non, tout le monde le connaît. Il ne s'esquivera jamais, il a trop d'honneur. »

Mon idée folle prenait forme dans ma tête, presque aussi dingue que celle qui m'avait amenée ici, quand j'étais persuadée que je saurais être plus maligne que les Autres et ramener Jordan à la maison. « OK, alors voilà ce qui va se passer. Je vais lui procurer une des capes du général. Tu t'arrangeras pour qu'il la porte, d'accord ? » J'avais vu des casques dans la chambre de Dominic. J'en récupérerais un aussi.

Bee s'était redressée. « Comment je vais...

— Informe la duchesse que tu vas apporter un chocolat chaud à Will. Et lorsque tu lui donneras, dis-lui d'escalader le mur, vêtu de la cape et d'un casque, et de me retrouver aux écuries. »

Ses larmes commencèrent à se tarir. « Quoi ? Pourquoi feriez-vous une chose pareille ?

— Tu veux qu'il vive ? » demandai-je en fourrant des vêtements supplémentaires dans un sac, un peu d'argent et quelques-uns des bijoux les plus élégants. Je pourrais les utiliser comme monnaie d'échange, j'en étais certaine.

« Attendez. Vous l'aimez ?

— Non. » Je fis passer le sac sur mon épaule et je la regardai. Je la regardai vraiment. Elle était toujours bouleversée, et son visage était pâle. « Je ne veux pas de lui, pas de cette manière, Bee. Il est important... » Je n'allais pas lui révéler que le sauver ne me fournirait pas seulement un moyen de négocier avec les loups-garous, mais que je sauverais aussi le frère de Dominic. Un frère qu'il aimait.

« Va préparer le chocolat chaud et retrouve-moi ici dans quinze minutes. »

Je laissai tomber devant la porte mon sac de provisions – si l'on pouvait les appeler ainsi – et je m'empressai de sortir, pour foncer droit vers les quartiers des soldats, et les appartements de Dominic, sans la moindre hésitation. Jusqu'à ce que j'ouvre la porte et que j'y découvre une femme en train de fouiller son bureau. Elle avait des cheveux d'un roux éclatant et j'eus la certitude de l'avoir aperçue sur le terrain d'entraînement. Relevant brusquement la tête, elle dénuda ses crocs, une fraction de seconde avant de se ressaisir.

« Qu'est-ce que tu fabriques ici ?

— Le général m'a demandé de lui rapporter une cape et un casque, répondis-je avec une révérence. Je vous prie de m'excuser, j'ignorais qu'il y aurait quelqu'un ici. »

Elle se redressa et passa devant moi. « Tu ne m'as jamais vue ici. Pigé ?

— Bien sûr. » Comme je l'avais fait avec Dominic, je conservai ma posture révérencieuse, bien qu'en sueur et les jambes flageolantes, jusqu'à ce qu'elle se soit éloignée.

Je me relevai alors et me précipitai dans la pièce pour attraper une longue cape à capuche et le casque qui la flanquait. Je profitai d'une brève halte devant la table pour m'emparer de deux dagues que je glissai sous les replis du tissu. Ce n'étaient peut-être pas des épées, mais c'était mieux que rien.

Je croisai plusieurs vampires sur le rapide trajet de retour à ma chambre, mais aucun d'eux ne m'accorda le moindre regard. Les yeux vitreux, ils donnaient l'impression de n'être pas vraiment là.

Pour l'instant, mon plan improvisé fonctionnait.

Bee m'attendait dans la chambre, avec un bol de chocolat chaud sur un plateau et un sac à ses pieds. « Je viens avec vous.

— Bee…

— Non. Je l'aime. Et je… je sais qu'il ne m'aimera jamais, mais je mourrais pour lui. »

Je lâchai un bref soupir. « La duchesse…

— Je suis là, Sienna. »

Putain de merde. Je fis volte-face. La duchesse était tapie dans l'ombre, près de la porte. « Vous voulez me donner des cheveux blancs, ou quoi ? hoquetai-je, sentant mon cœur battre à tout rompre.

— Pourquoi veux-tu sauver Will si tu ne l'aimes pas ? » Elle me scrutait de ses yeux perspicaces.

Le moment était venu de lâcher un peu de vérité. « Le général. »

Son regard s'adoucit. « C'est donc bien par amour. Seulement pas pour mon Will. »

Je fermai les yeux. Était-ce de l'amour ? C'était quelque chose de plus grand que le désir, de plus puissant que l'amitié. Peut-être était-ce de l'amour, en effet. Je voulais l'aider. « Si Will n'est pas ici, il ne pourra pas être tué.

— C'est vrai. Et si le bruit courait qu'il a kidnappé deux des filles, peut-être que le général lui-même se lancerait à la poursuite de son frère ? Cela nous donnerait du temps à tous pour trouver comment détrôner l'usurpateur qui a assassiné le mien. »

Un frisson parcourut mon corps. « Vous lisez dans mes pensées ? »

Elle me répondit d'un large sourire. « Je ferai en sorte que Will soit aux écuries dans un quart d'heure. Soyez prêtes, les filles. Donnez-moi la cape, le casque et le chocolat. »

Ayant récupéré les objets, elle n'accorda qu'un regard indifférent aux dagues. Dès qu'elle eut disparu, Bee et moi détalâmes à toute allure. « Ici, par là ! »

Elle m'entraîna vers un panneau dans le mur. Une simple pression suffit à le faire céder et on se retrouva bientôt à courir à travers le château, zigzaguant entre les autres domestiques, jusqu'aux cuisines. Lesquelles étaient désertes.

« Prends de la nourriture. Du pain. Des viandes séchées. Des aliments qui pourront se conserver », commandai-je.

J'étais déjà occupée à faire main basse sur les pommes et un morceau de fromage, que je fourrai dans mon sac.

Bee s'empara elle aussi de quelques aliments, et bientôt nous étions dehors, fonçant vers les écuries.

Les garçons d'écurie avaient disparu.

Étaient-ils en train de se faire enfoncer des vers de sang dans la gorge ? Je ne pouvais pas sauver tout le monde, je le savais.

« Tiens mon sac. » Je le passai à Bee pour aller chercher deux chevaux que je commençai à seller.

J'avais à peine fini d'attacher la sangle que la duchesse débarqua, le visage ruisselant de sang jusqu'au menton. « Les filles, je vous confie mon neveu. Prenez soin de lui »

Will la suivait en titubant.

« Il est blessé ? s'écria Bee.

— Oui. Il faudra que vous lui donniez du sang, toutes les deux. Conduisez-le dans la forêt de l'Est. Demandez asile aux loups-garous. Ils vous aideront peut-être. »

Si l'on exceptait le fait que Will était blessé, ça semblait trop beau pour être vrai. Je l'aidai à grimper sur le plus grand des deux chevaux, un étalon alezan avec une tache d'un blanc éclatant. Puis j'aidai Bee à monter sur une jument baie, légèrement plus petite.

« Allez-y, dis-je. Je vous rattrape. »

Bee s'empara des rênes de Will et le mena dehors, puis ils s'élancèrent au galop. Ravage les rattraperait facilement.

« Pourquoi fais-tu cela, Sienna ? Réellement ? demanda la duchesse.

— Parce que j'ai un ami qui a été enlevé par les loups-garous. Il est hors de question que je le laisse là-bas », répondis-je.

Elle écarquilla les yeux. « Tu… t'es débrouillée pour te faire capturer ? Et ramener ici afin de retrouver ton ami ? »

Je relevai le menton. « Personne ne m'attrape à moins que je ne les laisse faire, madame. » Et pour faire bonne mesure, je lui lançai un clin d'œil en jetant une jambe par-dessus la selle de Ravage. Sur quoi, je décampai.

Une occasion s'était présentée. Par hasard. Et pour une occasion de sauver Jordan, j'étais prête à envoyer promener ma chance et à prier n'importe quels dieux, du moment qu'ils voudraient bien m'écouter.

26
Dominic

Edmund faisait les cent pas devant moi. « Les funérailles auront lieu demain, bien sûr. Le couronnement suivra immédiatement. Et bien entendu, les exécutions commenceront dès que je serai sur le trône. »

Tenter de paraître ennuyé ou indifférent après une déclaration pareille n'était pas chose aisée. « Et, simple curiosité, par qui allez-vous commencer, Votre Majesté ? » Je m'efforçai de garder un ton léger. « Teresa des Méridioventis ? Elle s'est toujours complu à se visualiser comme la prochaine reine. Ou Anthony DuMont peut-être ? C'est un emmerdeur royal. »

Edmund partit d'un petit gloussement. « Je commencerais bien par toutes les filles des Jeux de la moisson. Une saignée pareille, ça ne s'est pas vu depuis un millénaire. Le peuple va m'adorer. Voyez cela comme une célébration, si vous voulez. Un retour au bon vieux temps. Avant que nous ne soyons castrés comme si nous n'étions qu'une bande de sales cabots. »

Putain… de merde.

« Vous n'êtes pas sérieux. »

Edmund poursuivit, comme si je n'avais pas ouvert la bouche. « Et ensuite, j'éliminerai tous mes rivaux pour le trône. Pas Teresa, elle est bien sûr trop éloignée de notre lignée. Mais tous ceux qui ont une prétention légitime au trône. Ils seront les premiers à rencontrer le bourreau. » Il me décocha un regard évaluateur, cherchant à déterminer si j'avais compris qu'il désignait Will sans pour autant prononcer son nom.

Je serrai la mâchoire. Comment diable allais-je sortir Will et Sienna de ce guêpier ? Will, je n'en doutais pas, attendait comme un gentil toutou dans ses appartements. Ignorant que sa mort n'était plus qu'une question d'heures. Ce n'était pas le moment de faire l'andouille. C'était le moment d'agir.

Mais, même si j'avais vu l'esquisse de quelque chose de plus chez mon cadet, je n'étais toujours pas certain de ce dont il était capable.

Ma plus grande inquiétude se portait cependant sur Sienna. Je l'avais envoyée dans sa chambre. Pour qu'elle m'y attende. Or, maintenant, la mort allait venir l'y chercher. Je ne pouvais empêcher ma main de dériver vers l'épée que j'avais à la taille. Nos têtes étaient toutes sur le billot. Est-ce que cela changerait quelque chose, si je tuais Edmund maintenant ? Il avait déjà décidé de la mort de Will.

« Et votre autre frère, le bâtard, quel sort lui réservez-vous ? » demandai-je doucement.

Edmund sourit. « Je pense… avoir besoin de vous pendant un certain temps. Pour rassembler les gens que je vous aurais indiqués. Pour les conduire au bourreau. Je ne vais pas m'attaquer à la duchesse, à moins qu'elle ne m'irrite. Autant dire qu'elle sera sans doute morte avant la fin de la semaine. Ha ha ! Je pense que c'est ce qui me réjouira le plus. »

Je devais le tuer, sur-le-champ. J'approchai la main de mon épée. Je serais exécuté pour le meurtre du roi, mais Will serait en vie. Ainsi que ma tante.

Et Sienna.

Je fermai les yeux et son visage m'apparut dans une netteté parfaite. Sa peau à la lumière de la bougie, luisante de désir, ses lèvres entrouvertes. Comme dernier souvenir à emporter avec moi, c'était peut-être le meilleur dont je puisse rêver.

« Edmund, je ne crois pas que… »

On frappa doucement à la porte.

« Entrez ! » aboya le futur roi.

La duchesse se glissa dans la pièce, tête inclinée. « Votre Majesté, j'apporte de graves nouvelles. » Elle releva lentement le menton ; elle avait le visage taché de sang et le haut du corps qui tremblait. Je ne l'avais jamais vue avec ne serait-ce qu'un cheveu de travers, alors la bouche en sang…

Edmund fit un pas vers elle. « Qu'est-ce que… ?

— J'apportais un chocolat chaud à Will. Il… m'a jetée contre le mur et s'est échappé. Je crois qu'un garde a tenté de l'arrêter. Je n'aurais jamais cru que ce garçon puisse un jour me faire du mal, mais… » Elle se laissa glisser au sol, ses jupes étalées autour d'elle.

Elle était élégante même dans la défaite.

Edmund lui passa devant en trombe, aboyant des ordres.

Je la rejoignis. Elle s'agrippa à ma chemise. « Il s'est échappé avec Sienna et sa servante. Étant donné qu'il est blessé, il a sans doute pensé qu'il aurait besoin des deux femmes pour réussir. »

La peur et la rage m'envahirent. Elle grimaça lorsque je resserrai mes mains sur ses bras. « Quoi ?

— Lance-toi à leur poursuite au nom d'Edmund, ajouta-t-elle d'une voix encore plus basse. Traque-les et sauve-les tous. Tu sais comment t'y prendre pour que ce malade t'envoie à leur poursuite. Il doit croire que tu as des raisons de détester Will. Ce qui… à mon avis serait le cas si tu croyais que Sienna allait le laisser boire son sang. »

Je dus consentir un énorme effort pour ne pas lui casser les bras.

« De l'extérieur du château, tu peux… rallier les partisans de Will. Tu le dois. »

Elle parlait d'une guerre totale. Du coup d'État qui se préparait depuis des années.

« Vous serez tuée, objectai-je.

— Je ne peux pas partir. Je dois essayer de protéger les filles, murmura-t-elle. Je connais le sort qu'il leur réserve. »

Je la lâchai et me relevai, comprenant qu'il n'y avait rien d'autre à faire. « Au revoir, duchesse. »

Elle m'adressa le sourire le plus doux que je lui aie jamais vu, mais pas une parole de plus. Je l'abandonnai pour me mettre en quête d'Edmund, occupé à tempêter dans la salle du trône.

« Deux ? Il a emmené deux filles avec lui ? »

Le moment était venu de jouer le jeu mis en place pour moi par ma tante. Une partie de *Blitzkrieg* dans la vraie vie. « Il a emmené qui ? »

Edmund fit volte-face. « Qu'est-ce que ça peut faire ?

— C'est important pour moi », répliquai-je, mâchoire crispée.

Edmund m'examina avec insistance. « Vous vouliez l'une des filles, cette fois-ci. » Ce n'était pas une question, mais je répondis quand même.

« Oui. Et si Will l'a enlevée, je le traquerai personnellement pour l'embrocher sur mon bâton », grondai-je. Il ne me fallait pas grand-chose pour imaginer mon cadet allongé sur elle, prenant son corps si doux et s'abreuvant à ses veines. Le grognement qui m'échappa ne fut pas intentionnel.

Mon frère aîné renifla. « Il a pris une domestique et la fille dont elle avait la charge. Celle aux yeux de miel. »

Je le savais déjà, naturellement, mais je laissai mon grognement se muer en quelque chose d'autre.

J'inclinai la tête en arrière, pour permettre à la rage de se déverser en moi. Mon mugissement fut perçu par les Chasseurs, qui se firent l'écho de ma sauvagerie. Au lieu d'apaiser ma peur et ma rage, je ne fis que les ressentir plus profondément encore, jusque dans la moelle de mes os.

Sienna était *mienne*.

Les poings serrés, je me laissai tomber sur un genou. « Envoyez-moi, mon roi. Je les débusquerai. »

Au début, seul le silence me répondit. Je restai là, tremblant, soutenu par ma fureur.

« Excellente idée. Une partie de chasse, c'est exactement ce qu'il nous faut. »

Je relevai la tête à ces mots. Edmund opinait, affichant une expression qui me déplut.

« Je vais faire préparer mon cheval et quelques hommes supplémentaires… »

L'horreur me transperça. Ce n'était pas… ce que je voulais. « Et le couronnement ? Et les funérailles du roi Stirling ? »

Bordel de merde ! S'il m'accompagnait, Will était condamné à mourir, et Sienna ne tarderait pas à suivre. Ou pire, Edmund en ferait son nouvel animal de compagnie. Rien ne l'en empêcherait, en tant que roi.

Non, je la tuerais moi-même plutôt que de laisser cela arriver.

« Oh, je crois que toutes ces questions officielles peuvent attendre, quand une chasse pareille se profile. J'ai hâte de vous voir tuer notre jeune frère. C'est l'un de mes rêves de toujours, je n'aurais jamais cru le voir se réaliser. » Il souriait et, au fond de ses yeux, je décelai les ténèbres, la folie totale qui était la sienne.

Il frappa dans ses mains. « Très bien. Le général va nous emmener chasser pour sauver sa dulcinée et tuer l'usurpateur. »